你好，金鱼先生

亚未 著

中国出版集团公司
华文出版社

图书在版编目（CIP）数据

你好，金鱼先生 / 亚未著. -- 北京：华文出版社，2019.1
　　ISBN 978-7-5075-5049-8

Ⅰ.①你… Ⅱ.①亚… Ⅲ.①长篇小说-中国-现代 Ⅳ.①I247.5

中国版本图书馆CIP数据核字(2018)第293544号

你好，金鱼先生

作　　　者：	亚　未
责任编辑：	张超琪
出版发行：	华文出版社
地　　　址：	北京市西城区广外大街305号8区2号楼
邮政编码：	100055
网　　　址：	http://www.hwcbs.com.cn
电　　　话：	发行部 010-58336202　编辑部 010-63426125
经　　　销：	新华书店
印　　　刷：	三河宏盛印务有限公司
开　　　本：	880×1230　1/32
印　　　张：	9
字　　　数：	180千字
版　　　次：	2019年3月第1版
印　　　次：	2019年3月第1次印刷
标准书号：	978-7-5075-5049-8
定　　　价：	39.80元

版权所有，侵权必究

楔 子

你听说过吗?
金鱼是一种很无情的生物。

它们的记忆力非常短暂,
只有七秒。

它们一旦分开,就不再记得彼此,
再相遇就得重新认识。

于是,在那小小的水族箱里,
相恋着的金鱼一旦走散,爱就会全部丢失。

目录

Chapter 1
若我会见到你，事隔经年 … 001

Chapter 2
只识摇光星 …………… 011

Chapter 3
岁月涟漪 ……………… 033

Chapter 4
初雪夜的告白 ………… 041

Chaper 5
光明的救赎 …………… 066

Chapter 6
摇曳的温暖 …………… 092

CONTENTS

Chapter 7
为了太阳,才来到这个世界 … 108

Chapter 8
狮子的特性 …………… 129

Chaper 9
红豆钵仔糕 …………… 147

Chapter 10
不能如愿 …………… 166

Chapter 11
不为人知的过往 …………… 180

Chapter 12
被捕与真相 …………… 201

C O N T E N T S

Chapter 13
失声的黄莺 ………… 216

Chaper 14
再见，我的爱 ………… 228

Chapter 15
城堡舞会 ……………… 242

Chapter 16
金鱼莫与流年错 ……… 259

尾声
相约格里芬湖 ………… 275

Chapter 1
若我会见到你,事隔经年

摇光抬头看了看面前的人,
目光轻轻停留在他脸上,
那的确是张令女人心潮澎湃的脸。

摇光端起托盘正要朝客人走去，便感觉手机隔着衣料震动，她停下来接听。电话是姑妈李红芬打来的，催问她几时下班，叮嘱她不要迟到。摇光合上手机，轻嘘出声，今晚的客人是个响当当的人物，在全市都有着极高的知名度，但这与她相干吗？摇光正思忖，余光瞥到经理的危险视线，忙又投入工作。

到达酒店，摇光步入富丽堂皇的大厅，灯火璀璨如同宫殿。这样的地方，一顿饭钱能抵上平常人数月薪水。摇光摸摸干瘪的口袋，忽地一乐，赚到了不是？反正今天来充数当配角，既来之则安之，努力将这金碧辉煌吃进肚里。

摇光寻到姑妈交代的包间，里面已落座几人，除姑父、姑妈及表妹管娜外，还有一位五十出头的中年男子。这位男子着一身名贵西装，气度非凡，他正扬着眉对姑父说话，虽是礼貌地微笑着，神情却难掩高傲。不必说，这人就是盛怀龙，天龙集团的董事长。

"啊，摇光来了！"李红芬看到摇光，露出笑脸，拉住摇光的手走来桌旁，冲盛怀龙介绍，"盛董，这是我侄女，李摇光。"再转向摇光，"这位是盛伯伯，著名的天龙集团的董事长！"

盛怀龙闻言看过来，摇光最怕这种场合，勉强扯开嘴角："盛伯伯。"

盛怀龙略微端详她："你好。"

摇光招呼完便要去管娜身边坐下，却被李红芬暗拽回来，继续冲盛怀龙赔笑："这孩子话少，其实人挺聪明，又能干，最要紧是吃得苦！"

"哦？现在的年轻人，能吃苦的倒不多见。"盛怀龙点头，表示赞许。

李红芬得到鼓励，捏了捏桌下摇光的手："是啊！摇光自小就吃得苦，成绩也好，可惜身子弱，高考时生病，要不怎么也能和娜娜念同所大学！"

"那目前在哪里就读？"

"唉，哪还有读什么书？当年高考失利，这孩子便放弃求学，如今还在一间咖啡厅里做服务员。没办法，高中文凭，想找个像样的工作也难！"

管建华听出妻子的用意，心中恼怒，心想这合作的事还没谈成，她倒好，先扯到别的事情上来了！今日盛怀龙肯来吃饭很不容易，她居然不管不顾，在这讨起人情来？思及此，管建华不由得迁怒于摇光，严厉地盯她一眼。

摇光察觉，垂下头窘迫得要命，她怎么也没料到姑妈催她来是揣着这样的心思，顿时感到难堪又无奈。

"既然这样，如果你愿意，可以到天龙来工作看看。"盛怀龙望向摇光，一脸慈祥与宽厚，"虽然学历很重要，但我们最注重的还是个人能力，只要你有能力，公司就会给你发展的平台。"

摇光来不及谢绝，李红芬尤喜出望外，拉着摇光起身，向盛怀龙敬酒:"只要能进天龙,就是做个清洁工也有发展前途!真是太感谢了!来,摇光,快敬你盛伯伯一杯!"

摇光被迫端着酒杯,正不知所措,包间门被推开了。众人转头去看,一时都无语,似乎被来人的光华所慑。走进包间的男子身材修长,清俊脱俗,只穿一件款式简单的白衬衫,一条黑色棉质长裤。随性的打扮丝毫不削减他胜于常人的出众气质,反而更加彰显他本身的魅力。

他轻带上门,环视一眼包间,目光落在盛怀龙脸上:"爸。"

管建华最快反应:"原来是盛公子!啧啧,真是一表人才!快过来坐,都等着你呢!"

盛晖微笑,径直走去空位坐下,他的样貌此时在灯光下越发清晰,灯光勾勒出他精致的轮廓,眉目深邃,使人心驰神往。若非亲眼所见,管建华实在很难相信居然有人生得如此完美,比那受万人追捧的明星,只有过之而无不及。

"不好意思,堵车来晚了。"盛晖坐下后道歉,礼貌自然,却也如他父亲般透着难以察觉的高傲。偏偏这类人,让你觉得他的傲慢也是理所应当。

"没关系!我们没等多久,这个时段是容易堵车!"管建华笑着接话。

"哎呀!盛董,令郎可真是……真是风度翩翩、英俊潇洒啊!"李红芬睇着盛晖,不由得赞叹出声。

"哪里,只模样长得比较好,随他母亲。"盛怀龙笑笑。

盛晖闻言,眼中闪过些厌恶,修长的手指在茶盏上绕了绕，不动声色地缓解了怒意。

"哦？那盛夫人一定貌美如仙！"李红芬继续恭维。

这句怎么想也出不了差错的客套话，却使盛怀龙脸色微变。他含糊两声，眉宇间透出尴尬与不悦。管建华暗叫不好，连忙打哈哈关心盛晖的工作情况。

盛晖逐一回答，谈吐有致，透着不属于他这个年纪的沉稳与大气。

"原来小晖也是华大毕业？呵呵，这可巧了，我女儿管娜也念华大！"李红芬说着拍拍管娜的肩，"娜娜，你原来在学校没碰见过盛晖吗？"

"妈，盛师兄哪有那么容易碰到，照片倒是满校都是。"管娜羞赧地笑笑，"盛师兄名气太大，在华大谁不知道，我是一直听说，却没见过本尊！"

管娜早在盛晖进门那刻便激动不已，揣着近乎膜拜的一颗心注视他的一举一动。仅是看到盛晖的外貌便已惊艳不已，再得知盛晖在华大的光辉事迹，恐怕任何人都会与管娜一样露出如见大神的表情。

这世上总有一些人，命中注定被上天挑选出来。他们天资聪慧，目光长远而独到，具备与生俱来的领导能力，盛晖无疑就是其中之一。作为华大的一名普通学子，管娜对这位叱咤风云的师兄自然无比崇拜。虽已毕业两年，但盛晖的名字仍被时时提及，他的照片印在校刊及宣传册上四处散布，本尊却是难得一见。自从大四组建自己的公司后，盛晖便很少回学校。后来盛晖毕业考结束，更没了踪迹。

盛晖在校时，曾是全国计算机职业技能大赛最年轻的金奖得主，还发明了"超链接分析"技术，获得专利。大三时，甚至受聘为世界五百强企业瑞泰软件在中国地区的首席执行官。当时消息一出，全市媒体都炸开锅，争相采访盛晖，却遭到婉拒。两年前，盛晖毅然离开瑞泰，与同专业四人创办了自己的公司，注册名为"腾晖"。如今，公司已由当初的五人发展至百余人。

盛晖对小师妹印象不坏，难得有兴致地问道："你读什么专业？"

"我读新闻。"管娜乖巧答。

盛晖点点头。

"信息管理是华大最好的专业，但很难考进去，我要能有师兄的万分之一就好了！"

"这可不一定，行行出状元。"

李红芬的目光在两人间转了转，忽然心思一动，开口道，"既然都是校友，小晖你留个电话给娜娜，以后有什么学习上的问题也好请教，你看行吗？"

"请教不敢，可以交流。"盛晖拿出手机，与管娜互留了号码。

摇光抬头看了看面前的这个人，目光停留在他脸上，那的确是张能令女人心潮澎湃的脸。

开席二十分钟，盛晖便接到电话走出包厢了，近十分钟才再进来。盛怀龙脸色已经不佳，谁知盛晖刚坐下，便表示要先行离开。

"不能缓缓？"盛怀龙很不高兴。

"朋友那里出了些事，很紧急，正等着人过去。"盛晖为难地解释，"真抱歉，突发状况，我也没料到。"

管建华张了张嘴，刚要说没关系那你赶快去吧，却听到盛怀龙再次开口："那也不耽误什么，怎么也要先吃饭。"

管建华话锋一转，连忙附和："是啊！吃点东西再走吧！"

"真的不行。"盛晖起身，移开椅子微一颔首，"实在不好意思，各位请慢用。"又转向盛怀龙，"爸，我先走了，您吃好。"

盛怀龙沉着脸不作声，表示他的不满。盛晖却仿佛没注意到，礼貌地离开。管建华夫妇起身相送几步，待再坐定时，都敏感地察觉到盛怀龙情绪的变化。

盛晖离开后，盛怀龙便沉默寡言，直到临别，他都没再提起为摇光安排工作的事。李红芬自然更不敢问，饭局就这么在压抑的气氛中草草结束。局面演变至此，最难受的当数管建华，他挖空心思请到盛怀龙，就盼着在这饭桌上能与天龙集团达成合作，没想这几千块的宴席，竟吃到不欢而散。

闷闷不乐的管建华回到家便开始与李红芬争吵起来，开始时声音还算小，慢慢地便全无顾忌地嚷嚷起来。

"没你的事？今天这事就是你搅黄的！你以为我请到盛怀龙容易吗？他是什么人？随便就能请到？我正事还没来得及说！你就开始给我瞎掺和！现在好了，什么都不用说了！"

管建华铜锣似的高亢嗓音自客厅外透进来，摇光顿了顿，继续打开电脑的动作。

李红芬低声说了句什么,管建华嗓门更大了:"怎么,还怕人听见?这'锅里有了,碗里才能有'的道理你不懂?捡芝麻丢西瓜!你说说,这些年我风里来雨里去都是为什么?你一点忙帮不上也就算了,还扯我后腿,真是个败家货!"

"你小声点,她会听见!"李红芬急了。

"听见就听见,这日子还就不过了!"管建华越发大声,声音从客厅里传来,整间屋子都能听见,"自己的女儿还没管好呢,倒总惦记别人的孩子,有你这么当妈的吗?!"

"管建华!你不要太过分!"李红芬的声音蓦然尖了,"我怎么不管娜娜?她才大三,又是重点大学,过两年还要出国,我还要怎么管?再说了,她让我管过吗?她能瞧上我为她找的工作吗?"李红芬顿了顿,似有一丝哽咽,"摇光就不同,高中毕业,做到现在还是个服务员。当年大哥对我们不薄,这孩子又听话,从不给我们添麻烦,我关心关心她怎么了?建华,做人不能这么没良心!"

"我没良心?这几年她在咱们家吃过苦吗?吃的穿的,哪一样少她的了?"管建华打断她,"是,大哥当年帮过我,那又怎么样?这几年我还没还清吗?对你们李家,我做到仁至义尽,问心无愧!"

"好,好啊!"李红芬冷笑两声,"好一个仁至义尽,问心无愧!当初是谁上赶着非要娶我?来给我哥提亲,就差没跪下,你当初是为了什么?你以为——"

"砰!"

东西碎裂的声音传来,摇光怔了怔,望向紧闭的房门,犹豫着,是否该出去劝劝?转头望一眼靠在床上的管娜,她戴着耳机,手里摊着托福考试的复习资料,正若无其事地背单词,似乎对客厅里的争吵习以为常,懒得过问。

摇光调转头,再次对上电脑屏幕,一下一下地继续敲字。

客厅里安静了好一会儿,才听到李红芬再次开口,声音疲倦而低沉:"建华,你现在不冷静,我不和你吵。这次没谈成我们可以下次再想办法,你心态好一点,可以吗?今天我是有错,我不该没和你商量就那么做,但你把罪名都安在我头上还是过分了吧?今天的事只能说我们运气不好,要怪就怪盛怀龙那个好儿子!"

良久,管建华淡淡开口:"好了,你早点休息吧,我出去走走。"

接着便是大门开启、合上的声响,屋子重新恢复安静。

摇光听着外面的动静,仍是一动不动地坐在电脑前,不曾出去安慰李红芬半句。有些事,她知道自己没有立场,无能为力,越掺和只能越乱。

"姐!"管娜的声音钻进耳里。

摇光转头看她:"怎么了?"

管娜只比摇光小一岁,通常是直呼其名,但也有例外,如有事需摇光帮忙,就会甜甜地喊她姐,很惹人开心。

"姐,我们系好几个班都在组织漂流,大家一起去可以便宜不少!"管娜不好意思地笑笑,"本来我是不去的,但宿舍几个姐妹都吵着要去,我不想扫她们兴。妈才给我换了台笔记本,现在……我不好意思开口。"

摇光拿眼白她:"装什么可怜?需要多少,你说吧!"
　　管娜嘻嘻笑着:"我自己还有点钱,你借我五百就够了,以后我做家教再给你!"
　　"谁让你给,我有钱。"摇光说着掏出钱包,将里面仅有的五张"红票"递过去,"玩开心点儿!"
　　管娜应声接过,收进自己的小包,慢慢打着哈欠:"不早了,你还不睡吗?"
　　"我发个电邮,马上就睡。"
　　"哦,那我先睡了。"管娜躺下。
　　摇光替她拉了拉被单,将房里的灯关上,只余下电脑屏幕荧荧的一点亮。

Chapter 2

只识摇光星

人的生命分属七个星君掌管,
各人根据自己的生辰,
就可以找到属于自己的主命星,
而他的那一颗就是摇光。

天气逐渐转冷,夜里很是凉意逼人。摇光晚班出来已是深夜,锁好店门往夜间公交站走。她工作的这间咖啡店位于旺谷商业街,是市政府新开发的一块宝地,风景秀美,幢幢高楼临湖而立,北面是工厂区,再往前一些便能看到全市最昂贵的别墅群,星罗分布在半山腰的林间。

摇光慢慢走着,盘算本月的各项开支,忽然身后传来汽车的引擎声,越近越清晰,十分嚣张。摇光往旁边闪了闪,估摸着是辆跑车,夜里开这样的快车,不会是飙车党吧?

转瞬间,车灯已照过来。摇光回过头,只见一辆分明已失控的跑车呼啸而来,大幅度左摇右摆,车身不停随着路形与石壁摩擦碰撞,发出尖厉刺耳的声响!

醉酒驾驶?!

摇光来不及多想,只见失控的车正朝着道路拐弯处冲去。这样的速度,驾驶员不可能及时有效地打转方向盘,可拐弯处就是深湖,冲下去必死无疑!

摇光下意识地捂住耳朵惊叫。

那辆车仍像出膛的子弹般呼啸着,却在接近拐弯处突然转向。车尾飞扬,整辆车弹跳起来,车身重重撞在深湖方向的一个隔离带上,这才勉强停下,但车身已经破烂不堪。

摇光呆呆地愣着,反应过来后朝车辆飞奔而去。她冲到车前,伸手就去拉车门,车体已经变形,一下子没能拉开,她

Chapter 2
只识摇光星

有点惶遽,双臂再次用力,车门终于"砰"的一声被打开。摇光迅速打量车里的情况,只有驾驶座上有人。摇光连拖带拽地将他拖到车外,因害怕车体漏油引发爆炸,摇光将对方的胳膊搭在自己肩上,撑起身子往后退,一直退出几十步,才筋疲力尽地抱着那人倒在地上。她喘息不止,回头去看那辆车,还没爆炸,但酷炫的外形已面目全非。

摇光长出口气,想低头看自己从车中救出的人伤势如何。然而只一瞬,她整个人就呆住了,她竟对上了一双清醒冷静的眼眸!

摇光怎么也没料到在这种危急状况下会看到这样一双眼睛,她眉头紧蹙,一时说不出话。

被压在下面的人将她推开一些,双手撑着地面坐起,在黑暗中打量摇光,许久,似乎笑了。没有路灯,所以摇光看不清他的笑容,可是却看清了他在黑暗中白得发亮的一排牙齿。

"女孩子?"那人慢慢启唇,清晰地吐出一句,"很有胆量啊。"

摇光听着他的声音,身体略微僵硬,神情中现出一丝不真实的恍惚。

这个人,居然是盛晖。

摇光没有说话,盛晖也一时无语,此时的他与那天饭局上见到的判若两人。

风过,树叶发出的轻微响动,在静谧的夜晚格外突显。

"想接吻吗?"盛晖轻声问道。

你好，金鱼先生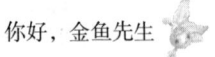

摇光愣住，记忆里那个熟悉的声音仿佛抖落掉厚重的灰尘，穿越悠长的时空回响在她耳畔。

"想要吗？我的初吻。"那个如太阳般、身披阳光的高中男孩曾这样问过她。

她当时是怎么回答的？摇光微微歪着头，似乎想要将往昔补充完整。

盛晖注视着摇光恍惚的神情，一双漆黑如墨的眼眸讳莫如深，他慢慢勾起嘴角，借着摇光略俯在他身上的姿势，伸手按住她的后脑吻上去，两唇相抵，摇光没有挣扎，只睁着一双眼睛看他，盛晖似被她直勾勾的目光瞧得难受，于是伸出另一只手遮住。原本浅尝辄止的吻，因为摇光的配合变得放肆起来，唇舌交缠直至两人皆有些喘息。

盛晖放开她，眼中掠过疑惑，却什么也没问。他起身走向自己的车，绕了一圈看了看："你救了我，想要什么？"

没听到回答，他转身看向摇光。

摇光瞥一眼那辆沦为废铁的名车，看模样，应该刚买不久。

盛晖注意到她的视线，只抬脚轻踹车身，本就摇摇摆摆的平衡立即被打破，车身晃荡几下，轰隆隆响着跌进深湖，激起巨大的水花。

"你！"摇光吓了一跳，惊讶地瞪着他。

盛晖恍惚地笑了笑，继续问："说吧！想要什么？我会报答你，就来最实际的吧，开张支票怎么样？"

"……你没喝酒。"摇光望着他，缓慢地问，"所以，

Chapter 2
只识摇光星

你想自杀?"

"想自杀就不会停下来。"盛晖随手自口袋里抽出支票簿,用笔敲了敲脑袋,"写多少好呢?"

"十万吧。"摇光出声,"给我十万好了。"

盛晖再次看向她,半晌,点点头:"好吧,就十万。"接着握笔一挥,撕下一张递过去。

摇光接过,腼腆地道谢,然后拍了拍脑袋:"啊,公交车末班快到了,我先走了!"

她对盛晖挥了挥手,匆匆告别,跑出十几步后,又慢慢减速,终于忍不住回头看过去,只见盛晖早已转过身,毫无留恋地往与她相反的方向走去。

摇光静静注视着他的背影。

盛晖,这些年来,你不痛快吗?

盛晖,你又把我忘了。

下午生意清淡,摇光与同事徐莎莎闲聊。已经立冬,徐莎莎望一眼玻璃门外穿戴厚实的行人,下意识搓了搓手。这时恰巧有客人,寒气夹着风带进来,摇光与徐莎莎都缩了缩脖子。

"欢迎光临,请问几位?"徐莎莎迎上去。

"两位。"一个低沉的声音答道。

摇光抬头看过去,立即眼前一亮。是一位年轻男子,他的样貌英俊,声音柔和,打扮也入时,深色格子衬衣外罩一件随意的驼色毛衣,再搭配奶油色羊绒大衣,妥帖合身。而男子身旁的人，摇光认识，她暗自叹息，他穿得也太少了，一件单衣，外面只套黑色毛衫，领口还半敞着，他不冷吗？

徐莎莎拿着点餐单走过来时，摇光的视线还落在那边桌上。

"看呆了？"徐莎莎将点餐单交到她手中："原来你也迷帅哥？"

"我当然迷。"摇光看一眼点餐单，开始制作咖啡。

徐莎莎倚着吧台，也将视线落到那边桌上："哎，真帅，又多金！"

"你怎么知道多金？"摇光笑。

徐莎莎用下巴指了指泊在门口的车："虽然我不懂车，但一看就不便宜吧。"

摇光瞥一眼那辆车，黑色凯雷德，虽然身价不菲，但相较那辆报销的跑车却便宜许多。

"是谁的呢？他们两个之中。"徐莎莎注视着那辆车，若有所思，"不管是谁的，同一个阶层的人才能成为朋友，他们两个都非富即贵。"

"莎莎小朋友，分析得不错！"摇光逗她。

徐莎莎也笑，单手托住下巴："黑衣服那个，帅到没天理，但眼神却冷冰冰的，浑身都散发着高不可攀的气场，使人望而却步，这样的帅哥就只能饱饱眼福。"她说着，又瞥一眼对面，"对着我们这边的帅哥就不同了，人长得帅，笑容又亲切，使人如沐春风，正好介于梦想与现实之间。"

摇光"噗"的一声笑出来："那你可以去挑战一下。"

Chapter 2
只识摇光星

徐莎莎挑眉:"别小瞧我,保不齐就撞大运!"

摇光扳过她的脸细看:"嗯,你面带桃花,没准儿今天就能撞上。"

徐莎莎"啧"了一声,摸着下巴继续观察。

摇光没空理会她,做好了两人份的咖啡,放在托盘上端过去。轻轻放下咖啡时,温柔的男人抬头笑了笑,盛晖只淡淡瞥来一眼。

摇光没有停留,她收起托盘便往回走,走得不紧不慢,却感到一丝冷意,于是拢了拢单薄的领口。回到吧台,徐莎莎仍旧与她闲扯,直到服务器亮起小灯,显示客人招呼服务员,徐莎莎看了眼,正好是那一桌。她冲摇光一笑,转身走过去。

"您好,请问有什么需要吗?"徐莎莎冲温柔帅哥问。

"续杯。"回答的却是另一位。

徐莎莎转头看去,仍旧笑容满面:"哦,好的!"

"谢谢。"盛晖的声音低沉,还有些清冷,却异常好听。

徐莎莎近距离观察他,再次感叹他真是长得非常俊朗,神情淡漠,却藏着一种难以言表的特殊魅力。她有些蒙,呆呆地愣在原地,反常的表现终于引起了盛晖的注意。他看向她,静静地,而后笑了一下。

这一笑,等于火上浇油,徐莎莎本就迈不动的双腿更是如同被钉在了地上。她涨红了脸,半句话也吐不出,浑身僵硬,眼见着盛晖拿出笔,在咖啡杯垫的硬纸片上写下一串号码及姓名,从容插进她围裙的口袋。

你好，金鱼先生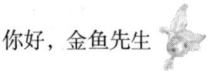

"这是我的号码，你可以选择打给我，或是不打。"盛晖看着徐莎莎绯红的脸颊，轻声说。

徐莎莎仍旧无言，她还处在突如其来的惊慌之中，嘴唇嚅动两下，似要开口，却又忽地转身快速走回吧台。

摇光看到刚才那一幕，手上动作只顿了顿，便继续干活。匆忙逃回来的徐莎莎躲在她身旁，半晌也不见出声。摇光侧头看她，只见她表情恍惚地沉默着，还陷在刚才的事情里。摇光也不作声，只安静工作。

直到盛晖与温柔帅哥离开，徐莎莎也没敢再看他们一眼，缩着身子将自己藏在摇光身后。盛晖并未往这边看上一眼，便推门离开了。摇光擦着手中的玻璃杯，看着他们打开车门，驱车驶远。

徐莎莎这时才敢站出来，默默掏出口袋里的纸片，呆呆地看着上面行云流水的名字及号码，一改之前的灵巧，如梦似幻地吐出两个字来："盛……晖？"

摇光放好擦干净的玻璃杯，认真打量起徐莎莎，她个子小巧，巴掌大的瓜子脸，嘴唇红润饱满，鼻形也不错，原来是个美女。

摇光笑了笑，稍微活动一下僵硬的背，数着还未洗干净的玻璃杯呼了口气，继续埋头工作。

同所有恋爱中的女人一样，徐莎莎整日红扑扑的小脸，时常发呆或是傻笑。她的帆布手提袋换成了品牌新款手提包，里面装着昂贵的化妆品和从国外订购的智能手机。眼见着徐

Chapter 2
只识摇光星

莎莎突如其来的改变,听她说着男友的种种大手笔,同事们惊诧万分,又羡慕不已。每到这一刻,徐莎莎都表现出很满足的样子。她不再认真上班,这份服务员的工作令她厌烦,每月微薄的薪水更是无法入她眼。

徐莎莎吹了吹艳丽的指甲,伸到摇光面前:"漂亮吗?"

摇光忙着做咖啡,只稍瞥一眼,提醒道:"经理好像回来了,你别让她看见。"

"看见就看见,正好辞了我。"徐莎莎不以为然地继续小心涂着指甲油,"本来我也不想干了,阿晖会养我的。"

见摇光没有反应,只注意手中的活儿,徐莎莎有些气闷。无论其他同事如何羡慕、巴结自己,她总一副无所谓、全不在意的模样。徐莎莎不信摇光就真的一点也不羡慕,毕竟那天她也看了盛晖好半天不是?想到盛晖,她立刻浮出一脸柔情。

"真像一场梦,那样完美的人居然爱上我了。"徐莎莎微叹,伏在吧台上,"还记得那天阿晖来咱们店里吗?我当时真觉得他和我是两个完全不同世界里的人,一个天上,一个地下,我甚至连一点点侥幸的心理都不敢有。可是现在,他却活生生融入我的生活,真不可思议,不是吗?"

摇光终于停下手看过来,状似哀怨地皱起脸:"是挺不可思议的,镶钻的白马随便就给你拿下了,我怎么没这种运气?"

徐莎莎闻言感到格外舒爽,那种幸运者的施恩感涌上来:"别说姐妹不帮你,今天我就成人之美,为你制造良机。晚

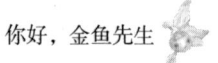

上阿晖来接我去宝琛路的餐饮酒吧，你和我一块儿去，我介绍柏然给你认识！就是上次那位温柔帅哥。你可得给我把握住，知道吗？"

摇光诧异，推脱着："还是改天吧，我今晚答应姑妈回家吃饭。"

"一起去吧！等会儿下班陪我去商场挑件衣服。去吧！去吧！"徐莎莎双手合十，撒娇似的拜托。

见摇光还在犹豫，徐莎莎赶紧补充："柏然真的很不错，如此不待见帅哥要遭天谴的！"

摇光拗不过，只好答应下来。

临近下班，有位外国男人走进来，神情焦急，他看到站在吧台前的徐莎莎便开口说起了英文。

徐莎莎满脸尴尬，用仅能说出口的几句英文向他解释着自己英文不好，并对摇光使着眼色，示意她过来解围。

摇光连忙绕过吧台走出来，听着外国人并不娴熟的英文，稍微打量他的外貌，便自然而然对他说出一句法语，问有什么可以帮助他。

男人听到母语，惊喜万分地看向摇光，接着叽里呱啦地讲了一通。摇光听着，点点头，原来他是迷路了，和一位中国友人走散，两人住的酒店就在附近，出来散步忘记带手机，现在联系不上对方，又找不到下榻的酒店。

摇光请男人描述酒店的样子，初步分析后写下一所酒店的名称递给男人看，他看着复杂的中文字，在脑中回忆，点头表示应该没错。摇光于是画下一张地形图，指导他如何走。

Chapter 2
只识摇光星

男人感激地要给摇光一些小费,摇光拒绝,男人于是又感谢了几次,才匆匆离去。

"原来你不止英文好,还会其他国家语言?"徐莎莎惊讶地睁大眼睛。

摇光无辜地眨眼:"其实我们在讲潮州话。"

徐莎莎不理她的玩笑:"你到底是为什么要做这份服务员的工作啊?怎么我觉得,认识你越久越不了解你呢!"

摇光歪着头:"是啊!我为什么要做服务员?"

"我在说正经的!"徐莎莎嗔怪。

"好吧,我坦白,不论是刚才的法语还是英语,我都只会皮毛罢了,点份单,问个路,还能有多专业?"摇光走回吧台,"前段时间玩skype,认识了一位法国网友,跟他随便学了两句。不瞒你说,刚才大部分都是猜的!"

徐莎莎笑起来:"听你瞎掰,走吧!陪我买衣服去,今晚咱们可得闪亮登场!"

两人来到市中心,因周末的关系,商场里熙熙攘攘。徐莎莎很兴奋,花蝴蝶般满场飞舞,在镜前一件件比试着各类新款服饰,偶尔回头询问摇光的意见。待她买到心满意足,已过去近三小时。摇光长嘘口气,帮她接过手中拎不下的几只大手提袋。

徐莎莎感激地冲摇光笑了笑,忽地想起什么:"啊,看我!光顾着自己,都忘了给你挑一件!"

"不用不用,我不需要。"摇光拒绝着,拎好手提袋往外走,今天商场顾客太多,挤得她头昏脑涨。

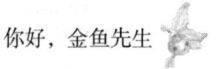

"那怎么行！一定得买一件，没关系我有卡，刷我的！"

摇光笑了笑，扶住她肩膀："真不用，我这样挺好，天然美女一枚！"

徐莎莎看了看她简单的外套及牛仔裤，随意扎起的马尾，几缕发丝滑下来，虽不施脂粉却清丽照人，心头蓦地划过些阴郁，有些不甘地轻咬下唇，便也不再劝说。付款时，她状似无意地将手中的VIP卡亮于摇光眼前，见摇光不以为意，才讪讪收起。

刚走出商场徐莎莎便收到电话，她瞥一眼连忙接起，通话时语气娇嗔而小心翼翼，一种战战兢兢的亲密。摇光望着她，沉默不语，有些替她感到难受，这样的相处方式，真的开心吗？摇光微仰起头，望着布满星辰的夜空，少许冷空气自领口钻进来，她闭上眼，觉出些寒意。

"摇光！"听到徐莎莎唤她，摇光睁开眼看过去。

"阿晖有事忙，一时半会儿过不来，让我们自己去酒吧，他晚点才到。"徐莎莎解释，又自我安慰，"他总是比较忙，公司里事情多走不开，好像是做网络还是软件之类的。"

摇光脚下微顿，正视徐莎莎："他没告诉你他在什么公司？"

徐莎莎垂下眼，略一点头："他很少谈起自己的事，好像不太想让我知道，不过他对我很好，别看他眼神冷冰冰的，但出手很大方。至于公司具体经营什么，好像是软件开发吧？他虽然没说，不过听他和柏然谈话能猜得出。其实也是我自己没问，如果我问了，他还是会告诉我的。"

Chapter 2
只识摇光星

摇光歪了歪头,不置可否。

"你是不是,觉得我很卑微?"徐莎莎严肃地看着摇光,"我承认,我很在意他,很害怕失去他,所以,我也会好好抓牢他。"她自嘲地笑了笑,"他那样的人,能看上我已经是天大的幸运,我怎能不知足?他希望我怎么做,我就怎么做,只要他开心,我怎样都无所谓。我很爱他,摇光,你没有接触过他,所以你不了解他的魅力。换作是你,你也会爱他。摇光,不要看不起我,在他那样的人面前,你也许不会做得比我更好!"

摇光静静看着她,徐莎莎小巧的身体打着寒战,在冬夜里忍着寒意穿着新买的单薄衣裳,也不过为让盛晖多看一眼。摇光轻叹,稍微搂住她,想要给她些温暖,即使这温暖看来薄弱而多余:"是啊!我肯定不比你做得更好。"

来到宝琛路的餐饮酒吧,徐莎莎推开落地木格子的玻璃门:"还不错吧?我来过一次,感觉还行!"

摇光点点头,略微打量,酒吧面积不算大,但环境舒适,灯光也柔和得恰到好处,配合着轻巧悦耳的爵士乐曲,让人很喜欢。

徐莎莎朝里面张望,很快发现柏然,便拉着摇光走过去。摇光乖乖跟在后头,听到徐莎莎为他们介绍,于是笑说:"帅哥好。"

徐莎莎汗颜,斜眼瞪她。摇光无辜地眨了眨眼,试图纠正地再次说道:"帅哥,你好!"

"美女,你也好。"柏然有趣地答。

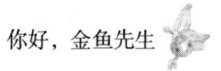

"呵呵,她就是挺幽默。"徐莎莎尴尬地说着,看向摇光的眼神有些怨念。

柏然温和地请她们坐下,唤服务员送菜单过来。他今天仍旧打扮得清新俊逸,自有股书生般的儒雅气而又不失风度。如果男人可以用夏利、桑塔纳、丰田以及宝马等品牌来划分长相的话,他无疑是帅到法拉利的程度。摇光想到这,被自己的比喻逗乐了,不由自主地牵起嘴角,那么盛晖呢,岂不是媲美飞机?

"什么事这样好笑?"柏然注意到摇光的表情,体贴地问,"如果不知道喝什么,我帮你推荐?"

摇光随意翻阅着菜单,听到他的话忙请他做主。

"一杯百利甜酒。"柏然对服务员说道,而后笑着解释,"这种甜酒产自爱尔兰,可以加入冰块或是冰激凌,很适合女孩子喝。"

"是吗?听起来很不错。"摇光回应。

"嗯,味道很好,上次我尝过。"徐莎莎也将菜单递还给服务员:"请给我一杯椰子酒,谢谢!"

"盛晖会晚点到,你们吃晚饭了吗?要不先用点餐?这里的简餐味道还不错。"柏然继续体贴地发问。

摇光感激地看向他:"有些什么简餐?我早饿得不行!"

徐莎莎咳嗽两声,斜眼看去,却懊恼地发现摇光根本不顾自己暗示,只惦记着挑选食物。她心一横,干脆暗里拉扯摇光衣角,在她耳边低语:"陪我去卫生间!"

摇光还来不及犹豫,已被徐莎莎拉离座位,随她走进卫生间。关上门，徐莎莎确定卫生间里再无其他人后，抱起双臂，匪夷所思地盯住摇光："你怎么了？有那么饿吗！在钻石白马面前，就你这种表现，再来一个连你也逮不住一个！"

摇光慢慢走到水槽边，按开水龙头："从下班到现在，我们粒米未进，你就真的一点不饿吗？"

徐莎莎有点心虚地挪开视线："就算有那么点饿，也不至于完全不能坚持。你说你刚才那样儿，多丢人，跟小市民似的！"

摇光将手冲净，抽出两张擦手巾揉了揉，丝毫不被徐莎莎的说法激怒："我就是小市民啊，饿了要吃，吃了要拉，没什么问题嘛。"

徐莎莎被摇光的粗俗吓了一跳，半晌才憋出一句："你！真不知怎么说你了！你今天来的目的是什么？如果柏然看上你，还能少了你吃的？你的眼光能不能长远一点啊？"

摇光顿时乐了，对镜子稍微整理自己的发型，转向徐莎莎："知道你为我好！行了行了，我们出去吧，真得吃些东西，我饿了嘛！"

徐莎莎见她服软，自己也觉得有些饿，于是小声嘟囔："没说不让你吃啊，只是点餐的时候含蓄点，别跟没见识似的。"

"好了好了，知道了！"摇光推她出去。

再回到位置，柏然身边已多出一位十分惹眼的美女，化着极精致的妆容，有着偏欧式的五官，听到动静，她往徐莎莎

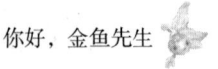

与摇光这边看过来。

　　柏然起身为两边介绍，提到徐莎莎的名字，美女眼中闪过一丝不易察觉的敌意，挑剔地将徐莎莎上下打量，只一瞬，很快又归于平淡，一副不愿理人的高傲模样。

　　"这是我女友，陶青，职业是模特。"柏然说着。

　　徐莎莎听后侧目看一眼摇光，做出个抱歉的表情，表明自己并不知情。摇光收到她的歉意，安慰地笑了笑，表示并不在意。

　　徐莎莎暗暗打量着陶青，对方的美貌与气质都明显盖过自己，而那张俏脸也很眼熟，似乎经常出现在某本知名的时尚杂志上。她咬住下唇，不甘心地想着，柏然和女友郎才女貌、无比登对，自己与盛晖站在一起，却是云泥之别。

　　四人闲聊，徐莎莎更加注意自己的言行，连肚子饿也忘记了，只沉浸在自己假想的较量中，全神戒备地应付着陶青偶然会冒出的尖锐问题。无人问津的摇光坦然自若地点了一份肉酱意面，待服务员端上后便旁若无人地开吃。徐莎莎这时已没心情再管她，只有些后悔带她来，扫了自己的颜面。

　　就在摇光解决完一大盘意面，腹饱体暖之际，盛晖来了。他的到来总能引得所有人频频侧目，仿佛耀眼的发光体，无形地牵引着周围人的视线。盛晖与柏然传递个眼神，便倾身坐在沙发上，微呼出口气，周身还带着些室外的凉意。

　　"你来了！外面冷吗？"徐莎莎殷勤地握住盛晖的手，似在测量他的体温。

Chapter 2
只识摇光星

盛晖没出声,稍微摇头,不动声色地抽走自己的手,轻捏眉间的穴位,双眸低垂着。

"又在公司待一天?事情解决了吗?"柏然唤服务员端来提神茶。

"都解决了。"提起这件事盛晖似乎有了些精神,扯出一丝微笑,视线滑向陶青,招呼一声,再扫过摇光,并不多问,略点头带过。

"阿晖,你忙了一天还没吃东西吧?要不要先吃点什么?"徐莎莎再次问道,盛晖刚才冷淡的表现让她觉得尴尬,于是迫切地想要扳回面子。

好在盛晖这次给予了回应,听到徐莎莎的话,他冲服务员点了份餐,服务员正欲转身,一旁的陶青忽然开口:"再加一碟五人份的荷叶香虾。"

她看向盛晖,笑着说:"师兄,你也太拼了,身体是革命的本钱,可不要因小失大!这儿的荷叶香虾不错哦,滋补,你尝尝。"

盛晖微笑,解散两颗衬衫领口的衣扣:"有些日子没见了,近来好吗?"

"瞎混呗,和师兄没法比,以前学校学的那点东西全还给教授了!"陶青叹道。

盛晖笑着摇头,朝柏然看一眼,柏然温柔地拨开一缕搭在陶青额前的发:"不打紧,你现在的事业也是如日中天。"

"那可不一样,十几年寒窗苦读啊,白白浪费了。"陶青无奈地眨眼,眉目间妩媚之色尽显。

你好，金鱼先生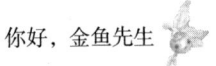

　　华大毕业的三人相谈甚欢，堪堪将徐莎莎和摇光隔绝在外。中途徐莎莎试图改变这种窘境，但老友间旧事长谈，她不知其中曲折，插不上嘴，只能郁闷地坐在一边，脸色不太好看，又极力掩饰，唯恐表现出来。

　　服务员很快将餐上齐，摆好荷叶香虾的同时还为每人送上一份盛吐司的瓷碟。五人皆神情自然，只陶青不露声色瞥一眼徐莎莎，徐莎莎全然不觉，只略感意外地看着瓷碟中的吐司，轻轻将之拿起。

　　"服务员，请等等！"摇光突然出声，她的声音略大，引得其余四人注意，也成功地打断徐莎莎下一步动作。

　　已离开几步的服务员折回来，礼貌地询问摇光有什么需要。

　　"这荷叶香虾怎么不配一次性手套？难到要我们直接用手抓着吃？"摇光柳眉微蹙，一脸为难的模样。

　　"小姐，您误会了。"服务员指了指瓷碟，客气地解释，"我们特意为客人准备一片吐司，就是方便擦手去油，这样更卫生。"

　　摇光听后长"哦"一声，用拇指与食指夹起面包嗅了嗅，遗憾地说："多浪费啊，这还是麦宝宝家的吐司，我一闻就知道，他们家吐司新鲜又软糯。"然后冲服务员笑道，"我还是吃掉好了，能麻烦你替我拿双一次性的手套过来吗？"

　　服务员还未表态，柏然便接口："拿五副手套过来吧。"而后看向摇光，"我还没尝过麦宝宝的吐司，今天正好试试。"

　　摇光朝他一笑，转向徐莎莎小声说："你也爱吃麦宝宝的吐司不是，咱没那么讲究，用手套吃是一样的，先把面包给

Chapter 2
只识摇光星

解决了!"说着就咬下一口。

徐莎莎面颊微红,刚才要不是摇光及时叫住服务员,她险些就直接将吐司吃了,好在挽救得及时。亏得摇光无知却敢问,帮了她大忙。徐莎莎想到这儿,感激地朝摇光笑笑,也大方地吃起手中的吐司来。

盛晖看一眼摇光,似乎此时才真正将她纳入眼中。陶青盯着面前的吐司,如临大敌,既不愿吃,也不便拿来擦手,硬是将它原封不动地冷落在旁,直到服务员收走餐盘。

饭吃到一半,盛晖借口到二楼侧面的阳台。酒吧内播放的音乐顷刻变得隐约,他倾斜着身子靠在石柱上,眺望城市远景,一片灯火霓虹。他摸了摸口袋,想起香烟在楼下外套里,又不想动弹,只懒洋洋靠在原处发呆。

摇光自卫生间出来正好看到盛晖拾级而上,犹豫片刻,还是跟了过去。见他靠着不动,她也就站在稍远处驻足看他。盛晖用左手食指一下一下轻轻扣着阳台的扶栏,清冷的月光洒在他身上,透出不经意的性感。现在的他不像那次饭局上表现的成熟沉稳,也不似那晚开快车时的张扬不羁,倒是给人一种寂寞的错觉。这种无声的寂寞从他身体周围一丝丝、一缕缕地散发出来,渗透在空气中,扩散在夜色里。

忽然,盛晖看过来。他的动作那样自然,似乎早知身后有人。摇光接触到他的视线,立刻从思忖中转醒,扯开嘴角,从容走过去:"嗨,王子殿下。"

盛晖微愣,稍眯起眼打量面前的女孩,她扎着简单马尾,面容素净,一双明眸却若朗朗星辰。

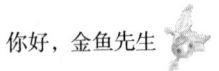

"来一支？"摇光单手揭开一盒女士香烟递过去，见盛晖没动，便笑说，"凑合着吧，我没别的。"

盛晖微笑一下接过，摇光为他点燃香烟，女孩靠过来时能闻到她身上淡淡的幽香，不是任何一种香水，而是沐浴乳的味道。盛晖抬眼看她，微弱的光火映亮她的脸，白皙肌肤上连细小的绒毛也可见。

"你叫什么名字？"盛晖缓缓吐出一口烟来。

摇光静了静，为自己也点上一支，夹在纤细的指间，空气中浮起淡淡的烟草味，很快又被风吹散，"我姓李，名摇光。"

"摇光……"盛晖重复，微仰头望向夜空，今夜晴朗无云，繁星遍布。他寻找了一会儿，看到大熊座的北斗七星，而后指向位于斗柄最末端的一颗，"是它吗？"

摇光也看过去，发出轻微的笑声："嗯，是啊！原来你懂星象。"

盛晖摇摇头："不算懂，但北斗七星还认得，不是有一首认星歌吗？"他想了想，念道，"认星先从北斗来，由北往西再展开。"

摇光颔首："的确，看得懂北斗七星的人很多，但知道它们每颗星名字的人却很少。"

"不，我只认识摇光。"盛晖看过来，许是酒精的作用，他漆黑的眼眸有点迷离，轮廓分明的侧脸在月光下显出柔和的光泽。

"摇光宫破军星君。"盛晖慢悠悠地说着，"小时候家里

Chapter 2
只识摇光星

有本书,母亲很爱看。她说人的生命分属七个星君掌管,各人根据自己的生辰,就可以找到属于自己的主命星,而我的那一颗就是摇光。"

"这样说来,我们是有缘分的。"摇光语气笃定。

盛晖转过身,背倚在扶栏上,看着她不语。

摇光被盯得有些不自然,绕开视线:"这间酒吧是你注资开的吗?"

"为什么这样想?"盛晖眼中闪动。

"Por una cabeza,译成中文是一步之遥的意思吧?"摇光稍微皱眉,"其实没有特别的原因,就是直觉这间酒吧与你有关,不是说女人的直觉都很灵吗。"

"你能看懂西班牙文?"

"当然不能,我只是听过这首探戈名曲,它出现在很多电影的配乐中,又是最负盛名的卡洛斯·加德尔所作,想不知道也难。"

盛晖不置可否,眼前的女孩神情随意,丝毫没有显摆的意味,像个优雅自然的艺术生,而这样的她却只是一名咖啡店服务员。

"一步之遥,是说距离成功吗?"摇光并未察觉盛晖的想法。

"或许吧。"

两人一时无语,背后有其他客人的欢声笑语遥遥传来,摇光慢慢将手中的烟蒂碾灭,然后抬头看向盛晖:"和我在一起好吗?我会给你所有。"

摇光毅然的声音在宁静的夜里飘荡开来，盛晖并不知她突兀说出的这句话是多么掷地有声的承诺。这声音传入盛晖耳畔，变得平淡无奇，除了"给你所有"四个字说得无端轻狂外，与那些曾无数次对他告白过的女人没有分别。

"你和徐莎莎是好友，说这种话没有觉得不妥？"盛晖定定看她，幽深的眼底一片清冷。

摇光坦然回视，浅笑不语。

"我不喜欢自作聪明的人。"盛晖抿起的嘴角掺杂一抹模糊的笑意，"你很特别，也的确勾起了我的兴趣，但是抱歉，你的机会已经用完了。"

"机会用完？"摇光疑惑，稍稍偏头看他，却毫无被拒绝的尴尬。

盛晖微顿："那十万块，还够用吗？"

摇光蓦地睁大眼："你记得？"

"我看起来很健忘吗？"

摇光莞尔，摇着头表示不是，却在心里说：我健忘？而你何止健忘，简直像金鱼一样无情。

"感谢你的烟。"盛晖直起身，"很遗憾不能接受你的提议，我先下去了。"

摇光点点头，并不挽留，安静地目送他离开。她又一次眼睁睁地看着他的背影毫不犹豫地远离自己，淡淡笑了，用只有自己才能听到的声音说："没关系，我有足够多的耐心去等，只要等的那个人是你。"

Chapter 3
岁月涟漪

人生漫漫,
这段孩童时期的短暂友谊很快被摇光抛诸脑后。
直到多年后重逢,她才明白,当年盛晖失约,
是因为他正遭受一场巨大的灾难。

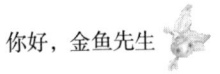

摇光虽打扮得漂亮、可爱，脸色却不太好。她母亲见状，似乎想劝说两句，但对面一对父子已迎面走来。被父亲牵着的男孩与她年纪相仿，穿着笔挺的儿童西装。

"李夫人，您好，别来无恙吧？"男人热情地与母亲打招呼。

母亲礼貌回应："盛老板，有阵子没见了，还好吗？"

"挺好挺好！李夫人客气了，一点薄礼，不成敬意！"男人说是薄礼，送上的却是宋代民窑的瓷枕，十分贵重。

母亲见了也不讶异，只笑容可掬地收下。

摇光见惯这种场面，懒得听长辈们寒暄，便开始观察一旁的小男孩。对方垂着眼，黑密的睫毛如两把小扇子挂在眼皮上，他感应到摇光的视线，忽然抬起小脸，白嫩嫩的面颊搭配上清秀细致的五官，一双黑白分明的眼睛清亮有神。

摇光没料到小男孩会突如其来地看过来，微微怔一下，有些不爽地别开眼，却又忍不住再瞥一眼他梳得格外整齐的发型，若不是短发西服，谁会知道他是男生？

母亲回头对摇光吩咐："摇摇，你和小晖到院子里去玩，不是有喷水池吗？去那边看鱼吧！"

摇光百般不愿，却不想在大人面前表现，只得友善地招呼盛晖："我们走吧！"

穿过一座别致的凉亭，入眼便是一处极美丽、奢华的私家

Chapter 3
岁月涟漪

庭院，宽敞的院落中种植着不少名贵植物，幽香浮动。摇光轻车熟路地走至喷水池旁，离开长辈视线，她无意再表现虚假的好意，坐在白玉石雕砌的池台边抱怨："鱼有什么好看的，要看你自己看吧！"

盛晖漂亮的瞳孔里映出她不愉快的脸，他收回视线，听话地靠近喷水池，观赏那些因习惯被人喂养而动作迟缓的锦鲤。

摇光懒洋洋地道："我要去吃东西，你慢慢看吧。"说着径自往庭院的另一侧走。

盛晖跟在后面，她途中察觉，不耐烦道："跟着我干吗？"

"你不高兴吗？"盛晖说话了，发出好听的童稚声音。

当然！若不是他们造访，自己就能与母亲去看电影。摇光感到气闷，但不打算告诉盛晖。

摇光来到院落深处，这里有一幢欧式小楼，奶油色墙面，造型简约又不失精致。迎面推开一扇饰花玻璃门，玄关处铺着纯白地毯，摇光脱鞋光脚踩上去，冲里面喊："小妈妈，我肚子饿了，想吃你做的点心！"

盛晖也脱掉鞋小心地踩上去，抬头便见一位阿姨迎出来："摇摇，你怎么过来了？"

"小妈妈，我饿了，想吃你做的排骨年糕！"摇光拉住她的手摇了摇。

摇光口中这位小妈妈其实是父亲远房亲戚家的女儿李红芬，几年前从乡村来这里投靠亲戚，边读成教边帮忙打理庭院。李红芬如今已经结婚，丈夫在外跑长途运输，女儿寄养

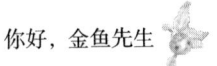

在奶奶家,为了能专心考试,她便暂住在这小楼里。

"你先和小朋友去露台上玩,我待会儿给你们送上去。"

摇光回头招呼盛晖:"走吧!我们去晒太阳。"

两人扶着雕花栏杆来到楼上,一片阳光明媚,花圃里种着各色的花儿。露台中央有张小巧的油木桌,两侧摆着贵妃椅,摇光率先坐入其中一张,伸直两条小腿交叠着。而盛晖只规矩地坐在椅边。

李红芬很快将点心送上来,摇光用手拈起一块排骨年糕,闷闷地嚼着,侧头瞥见盛晖也正咬下一口红豆钵仔糕,蓦地坏心一动:"我说给你吃了吗?"

盛晖拿着咬过一口的钵仔糕看她。

"我又说没请你吃,你怎么随便吃人家的东西?"摇光假装生气。

盛晖问:"那怎么办?"

"你赔给我。"

"可是,我等下就要回家了。"盛晖想了想,认真道,"我妈妈会做红豆钵仔糕,下次我再来赔给你。"

哪有什么下次?几乎每隔几天就会有不同的叔叔阿姨光临,有时也会带上小孩子,但摇光很少看到他们会来第二次,也从来记不住他们的脸。

"谁知道你还会不会来?"

"我会来的。"

摇光忽然觉得没趣,不再搭理他。

盛晖也不作声,两人默默地呆了一阵子,便听到李红芬喊他们下楼,接着盛晖就被他父亲带走了。摇光站在院里看了一会儿,然后回去接着晒太阳。若不是后来盛晖真的跑来送钵仔糕,摇光或许会像对待其他小孩那样很快就把他忘了。

学期末的最后一天,摇光去学校拿期末成绩,堵车到得晚了,却意外听到些关于她的悄悄话。这时刚好是柳芳菲在说话。柳芳菲是摇光最好的朋友,可她却与别人一起议论她、非议她,甚至说她爸爸是坏人,赚的是坏钱!摇光忍不住冲进教室与她大吵一架,狠狠撂下一句:"你等着,背叛我的人我不会让她好过!"然后跑出来。

摇光失魂落魄地走到校门口,慢慢爬上车后座,用小手盖住眼睛闷声闷气地哭起来。可就在这一天,在摇光难过地哭倒在沙发上时,盛晖带着钵仔糕来履行承诺了。

母亲领着盛晖进来:"摇摇,小晖来看你了,这么大还哭鼻子,小晖要笑话你了!"

摇光抹了抹眼泪,坐起来背过身去,仍抽泣着。

"小晖啊,在这里陪着摇摇好吗?阿姨出去和你爸爸谈点事情。"母亲分别摸了两个孩子的头,又将摇光抱在怀里哄了哄才关上门出去。

房间安静下来,有外人在旁,摇光感到难为情,终于不再抽泣。

"我带了钵仔糕。"盛晖从身后的双肩包里掏出一只密封的饭盒,里面装有五六块红豆钵仔糕,但因路上颠簸,有几个都破口了。

摇光扁着嘴，从未见过这么难看的钵仔糕，忍不住问："这还能吃吗？"

盛晖不好意思地抿唇："这些是我自己做的。"

"你做的？"摇光惊讶地看着他。

"嗯，妈妈教我做的。"

"……那，你蛮厉害的嘛！"摇光赞叹。

盛晖停了停，忽然问："你为什么哭？"

摇光看着这个真的来赔自己钵仔糕的男孩，思考了一会儿，闷闷地开口："我问你，你有好朋友吗？"

"有。"

"很要好吗？"

"还可以。"

摇光轻哼一声，慢悠悠地说："表面上对你好，背地里不知多讨厌你，这世上根本就没有真心的朋友。"她神情冷漠，又带着怨愤说出这句话，倒给人一种成熟的错觉。

"你没有朋友吗？"盛晖一针见血。

摇光像被踩了尾巴的猫："我不需要朋友！你以为你的朋友就很真心吗？那是因为你没有听见他们内心的想法！"

摇光胸腔起伏，小脸通红，相较于她的激动，盛晖就显得镇定多了，他安静地提议："我们可以做朋友啊。"

摇光噎住，半晌才找回自己声音："谁要和你做朋友了？"

"你不愿意吗？"

摇光不说话，刚才还浑身是刺的人忽然腼腆起来。她心情转好，眼前有个人想要和她做朋友，并且这个人会做钵仔糕。摇光饶有兴致地看着盛晖正试图帮她解开打结的悠悠球，满足地咬下一口钵仔糕。

那年暑假，盛晖的父母常来摇光家中做客，每次都带上盛晖，整个假期几乎一半的时间摇光都和盛晖待在一起。他们一同写作业、看童话书，也会一块儿晒太阳、玩游戏机。盛晖性子随和，与摇光相处融洽，两人从未发生矛盾。有次摇光心血来潮，硬缠着盛晖教她做红豆钵仔糕，捣鼓了一上午，最后的成品仍旧差强人意。摇光微微沮丧，扔掉失败的钵仔糕，转眼就跑去看电影，再没提过做钵仔糕的事。

暑期快结束的时候，摇光被告知不必再去原来的学校。她听着母亲喜上眉梢地描述将来的生活，脑子里一片空白，心中只一个念头，就是要赶紧将这个消息告诉盛晖。

见到盛晖时，摇光几乎是箭一般冲过去，还没开口就扁几下嘴，两行眼泪从眼眶滑落。

"怎么了？"盛晖将她拉到一旁。

摇光细细啜泣，将母亲的话告诉他，说到后来啜泣声逐渐加大，最后干脆呜呜哭出声。

盛晖沉默地站着，伸手轻轻擦她脸上的泪。

"法国有多远？"他问。

摇光哽咽着摇头。

"没关系，不是有飞机吗，坐飞机应该很快的。"盛晖低声说。

"你会坐飞机去看我吗？"摇光仰起脸问他。

盛晖不作声，摇光也沉默着，她觉得问这种话的自己真傻，盛晖也只是小孩子，他和自己一样无法左右长辈的决定，他怎么可能坐飞机去看自己呢。

"我会给你写信。"盛晖坚定地说，一如他曾答应要赔她钵仔糕。

"写信……"摇光犹豫地看他，"可是法国那么远，你写的信我能收到吗？"

"能收到，再远的国家也能互相通信。"

摇光仍旧止不住哭泣："可是，我再也见不到你了！"

盛晖勉强吸了吸鼻子，转开视线："你什么时候走？"

摇光告诉他时间，是一个迫在眉睫的日子。

"这么快。"盛晖低喃，"到时候我去送你。"

摇光从未想过盛晖会失约，直到离开的时间到了，父亲在车里按着喇叭催促，她才意识到盛晖可能不会来了。她死死扒住房门不松手，哭泣着恳请母亲再等等。她求得累了，哭着哭着竟睡过去。再醒来时已经在飞机上，她躺在母亲怀里，身上披着父亲的外套。母亲见她醒来，柔声劝慰："饿了吧？起来吃些东西。"

摇光轻轻点头，不再哭闹。饱餐过后，她不再提起盛晖，冷静下来的摇光感到自己被欺骗了，对盛晖只剩下深深地责怪与失望。人生漫漫，这段孩童时期的短暂友谊很快被摇光抛诸脑后。直到多年后重逢，她才明白，当年盛晖失约，是因为他正遭受一场巨大的灾难。

Chapter 4
初雪夜的告白

她露出八颗牙齿的标准笑容:
"我要你的全部,你的骨血、你的头发丝,所有的一切,包括零碎角落和顶梁柱。"

"这次是个机会!"李红芬敲了敲摇光面前的碗,让她注意听着,"虽然破费一点,但不管怎么说,结果是好的。你也晓得,我一个家庭主妇,没什么人际关系,一直想为你找个好工作都有心无力,这回你要好好把握!"

摇光用木筷送了口米饭到嘴里:"谢谢姑妈,其实我现在的工作也挺好。"

"好什么?一个服务员!"李红芬看着她,微微叹息,"摇摇,你不要自暴自弃,当年高考也是,我不信你真会考那么差,你是不是故意的?你在怕什么?那件事和你一点关系也没有,你的路还很长,我想看到你开心地生活!"

有多久呢,李红芬不再唤她摇摇,而她也不再喊她小妈妈。有些事仿佛就在昨天,却已经离得太远。

"对不起!姑妈,让您操心了。"摇光搁下木筷,手指交叉着,"我并没有您想的那么不好过,事实上我喜欢现在的生活状态,简单并且充实。"

李红芬眼角有些泛红,别开眼去:"你别这样说话,是姑妈没用,帮不了你。你本是个多娇贵的孩子,别人不知道我还不知道吗?可现在……"

"都是过去的事了。"摇光淡淡地打断她,"姑妈,您为我做的一切我真心感激,我永远都不会忘记,我的小妈妈。"

Chapter 4
初雪夜的告白

李红芬被久违的称呼逗得破涕为笑，立刻又正色道："摇光，我今天不是在征求你的同意，而是通知你。虽然我能力有限，也没为你谋到个多好的职位，但这毕竟是在写字楼里工作，公司里又有熟人，凡事都能帮着些。"她边说边示意摇光继续吃饭，"王伟是我原来的老同事，这人就是贪点小财，别的都挺好。他在这家公司也干了几年，如今是部门主管，你在他手下做事，我还是放心的。听他说公司效益还不错，主要经营室内花卉和盆景装饰那一块，挺适合女孩子干。"

摇光默默听着，没有表态。

"过两天就去报到，我已经给你联系好了。"李红芬强硬道，"还有什么可想的？快把那工作给辞了，经常半夜才下班，你一个女孩多不安全？既然不想我操心就听话！"

摇光抬头笑，给李红芬夹了块带鱼在碗里："我去，谁说不去了？以后在写字楼里上班，那我算不算白领呀？"

"当然算！"李红芬高兴地为她打气，"我们家摇光打小就聪明，只要你好好干，白领算什么，怎么也是个金领！"

摇光刚要回嘴，就听到传来钥匙转动的声音，是管娜回来了。

"娜娜？你今天怎么回来了？"李红芬接过她手中的手提袋，"吃饭了吗？快来吃一点，摇光也刚回来！"

"哎呀，我不吃了，累死我了！"管娜一屁股坐到沙发上，捶了捶酸痛的大腿。

"那喝点汤吧！"李红芬正要转身就被管娜拉回来，

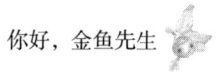

"妈,我现在什么也吃不下!"

摇光瞧了眼那只手提袋:"买什么了?给累成这样。"

"啊,快帮我看看!"管娜从手提袋里取出一套女式西服。

"唔,还不错!"摇光点头,"怎么想到买职业装?"

管娜将西服在身上比了比:"这不快大四了吗,我们好些同学都找着地方实习了,我也得准备准备。"

"明年你就要出国了,安心把课上好才是正经,别看着人家找工作你就凑热闹,以后去了国外,英文不好怎么办?"李红芬教育她。

"我这托福不刚考过嘛,您别担心了!"管娜搂着李红芬撒娇,"你女儿得赶快适应社会,去了国外才不会受欺负呀!"

"就爱狡辩!"李红芬笑着骂她,想了想又说,"你想去哪儿实习?要不让你爸——"

"不用不用,我自有打算,你们别管。"管娜冲她挤眼,下巴一抬,将话题引到摇光身上,"摇光,你还不快点依着妈换个工作,再这么下去,她可就盯上我了!"

摇光笑着白她一眼:"遵命,我的大小姐。"

从经理办公室出来,摇光直接去了店里,在公司招到新人选之前她还不能离开,要继续工作几日。刚从后门进来就被徐莎莎拉到角落,她一脸委屈和愤怒,见到摇光便竹筒倒豆子般开始控诉。原来盛晖、柏然和陶青就在外面,他们来店里消费，徐莎莎好意接待，陶青却有意让她出丑，对咖啡与环境百般挑剔，最后还建议她换份工作，说服务员没前途。

"最可气的是，她居然装作一副为我着想的样子！"徐莎莎愤然。

"听过就算了，你何必跟她计较？"摇光宽慰她。

"我就说不能在这干了！早应该辞职，否则哪轮到她来数落我？"徐莎莎说着，眼圈红起来，"太过分了，刚才其他同事都看到，那群八婆肯定在背后议论我！"

"你想多了，她们又不知道盛晖与你的关系，能八卦些什么？"

徐莎莎吸了吸鼻子，讷讷道："她们知道。"

摇光诧异："怎么知道的？我没记错的话，盛晖只那天来过一次吧？"

"……我给他们看过盛晖的照片，手机拍的。"徐莎莎坦白，"好了，我承认我虚荣！可他确实是我男朋友啊，我又没撒谎！他长那么帅，我就不能稍稍地炫耀一下吗？"

摇光不语，心想她已经"稍稍"炫耀得太多，因此遭人忌恨了，那陶青可不是省油的灯。望着面前可怜兮兮的女孩，她毕竟是将自己当作朋友才来倾诉。摇光轻叹，拍拍她的肩膀："没事儿，再有情况我去应付，你就在吧台待着。"

徐莎莎点头，想起盛晖刚才冷淡的态度，有些心灰意冷，却不愿摇光知道实情，只避而不谈。两人聊不到一刻，服务器的灯果然亮起来，摇光给徐莎莎传递一个放心的眼神，向盛晖坐的那一桌走去。

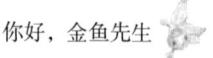

站定后摇光还未开口,柏然便一脸歉意地解释:"我们公司就在附近,想到又认识你们,正巧有空就带陶青来坐坐。她常往国外跑,对咖啡过于讲究了,真不好意思,麻烦你们过来了几次。"

"您别这么说,没能让顾客满意是我们的失误。"摇光客气地微笑,"请问有什么需要?"

陶青见来人不是徐莎莎,略微意外,又很快认出摇光,嘴角扯开一丝弧度:"原来你们是同事,抱歉,我可能挑剔了点,但这蓝山……"她说着,轻指面前的咖啡,"是不是也太不地道了?"

摇光不好意思地伸手摸头:"这个,确实是不太地道。"

陶青闻言,反而大度地笑了笑,摆出好意指教的姿态:"这蓝山本是咖啡中的极品,产自牙买加西部的蓝山山脉,只有在海拔1600米以上的那6000公顷地中出产的咖啡才能称为蓝山。而它的产量从来都是在900吨以下,按照除日本外,全世界仅10%的供应量原则,这种全世界每年只能消费90吨的咖啡的确不可能在任何一间咖啡店花几十元就能喝到。"

"啊,您懂得真多,简直比内行人还清楚嘛!"摇光睁大眼恭维,随即又解释,"说这是蓝山,确实有欺骗的嫌疑,但实在是没办法。您也知道,大家都爱蓝山,都想品尝拥有,偏又花不起大价钱,于是乐意到咖啡店里喝上一杯'特调蓝山'。"

"是啊!"陶青理解地点头,"虚荣的人多了,也分不清是咖啡店欺骗顾客还是顾客自欺欺人。"

Chapter 4
初雪夜的告白

摇光无奈地摊开手:"消费者决定市场,好比那茅台镇的茅台酒,虽说镇上每年的产量有限,但商场超市的供应品却总是无限的。如今的商家哪里会让供不应求的场面出现,至于那满满货柜上的真伪,怕是谁也说不清的。"

陶青若有所思地瞧着她,忽然发觉自己可能小看她了,这服务员倒挺能说会道。

摇光见她神色似有不悦,没明白自己顺着她话说怎么还得罪人了,忙诚恳地询问:"如果您觉得特调蓝山难以入口,我为您另换一杯单品好吗?您是喜欢哥伦比亚,还是巴西?或者想试试曼特宁?"

"就哥伦比亚吧。"陶青突然没了兴致,敷衍应道。来这间咖啡店是她的提议,也意料之中地让徐莎莎陷入难堪,那女人与她本就不可相提并论,陶青也不甚在意。可摇光却不同,有着十足的韧性,不由得自己搓圆搓扁,那张清秀的笑脸看似恭敬却透着一股狡猾,让她不太舒服却又揪不出错来。

"好的,请稍等。"摇光略一鞠躬正要转身,蓦地有个声音叫住她。她原本灵活的肢体微微僵硬,只一瞬又恢复常态,她抬眼礼貌对上盛晖:"您还有什么需要吗?"

盛晖静静地看着她,眼神深不见底,半晌才轻轻吐出两个字:"续杯。"

摇光闻言为他续杯,然后转身走回吧台。

"我刚才都听到了!"徐莎莎立刻为摇光不平,"那女人以为自己是谁?还敢在你面前卖弄!让她知道你是拿到国家高级技师的咖啡师,看她还敢趾高气扬!"

你好，金鱼先生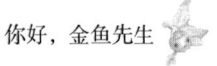

"别骂我了，什么高级技师。"摇光轻描淡写地撇嘴，"还不是服务员。"

"什么？你自己也瞧不起服务员，这工作果然不能干了！"徐莎莎皱眉苦脸，"再干下去那贱女人更得意，柏然从哪里淘来的活宝？又毒辣又恶劣！"

摇光取出器具开始煮制咖啡，望一眼愤怒的徐莎莎，玩笑道："来，让姐教育教育你，对她那样的人就得附和，好像猫一样，顺着毛摸它才不咬你。"

徐莎莎"扑哧"笑出声，挑起眼睛看她："谁说你不会骂人的？今天算见识了，什么叫骂人不带脏字！"

摇光笑了笑没接她的话，忙着做同事递来的新订单，又将单品放置在托盘上，请同事帮忙带过去。等稍闲时却发现吧台里尚有一杯哥伦比亚没被端走。摇光微愕，望向不远处的陶青，她正喝下一口曼特宁，神情无异，想是并未察觉。摇光打消过去致歉的念头，只默默睇着她，美女轻酌咖啡的姿态显得知性而优雅，似一幅画卷。摇光慢慢扬起嘴角，想到现实就是如此可笑，只要派头足够，本质如何又有多少人在乎呢？

摇光与徐莎莎五点从店中离开，刚走出几步迎面便碰到取车的盛晖与柏然。盛晖已坐上车，柏然听到动静回身，笑着招呼："下班了？"

摇光瞥一眼身边的徐莎莎，对方正凝望着车中的盛晖，一脸黯然。她有些摸不清状况，拿不准这两人是吵架、冷战还是如何，只得先向柏然答道："是啊，下班了。"

Chapter 4
初雪夜的告白

"那……"柏然面上还残留着歉意,仍为刚才陶青的事感到赧然,"都这个时间了,一起去吃饭?"

摇光想到陶青,连忙谢绝:"下次吧!你们去就好!"她用胳膊轻顶徐莎莎,"我们俩约好去吃福记牛肉面。"

"这样啊。"柏然扬手准备告别,"那下次,我们——"

话音未落,只见盛晖滑下车窗,对正要上车的柏然说:"何必下次,就今天吧。"他转向摇光她们,"上车吧,一起去。"

徐莎莎脸颊微红,心情顿时愉悦许多,暗自捏了捏摇光的手,示意她答应,自己却故意不作声,一副无所谓的模样。

"那好,就怕你们不爱吃。"摇光说着,与徐莎莎上了车,坐在后座。

"爱不爱吃要尝了才知道,那些星级酒店的菜也未必就色味俱佳,有时还是这些有特色的食物更讨人喜欢。"柏然转过头对后面说。

"这话没错,别看一些旧城街巷,其实藏着不少民间美味。"摇光迎合着。

四人在车中稍等,便见陶青从店里出来,她拉开车门看到摇光和徐莎莎,正要跨上来时顿住了。

"刚才取车碰到,正巧大家一起吃晚饭。"柏然对陶青说明,手一伸替她拿过肩上硕大的皮包。

陶青任他拿走,立刻露出优雅微笑,从容坐上车:"好啊,去哪儿吃?"

"福记面馆。"

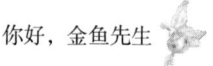

陶青得到答案，眉头刚要皱起，柏然又加上一句："盛晖也想去，正好大家都尝尝。"

"是吗，听说福记牛肉面做得很地道。"陶青微笑迎合，"师兄原来喜欢吃拉面？"

"还可以，以前高中时常去吃，味道不错。"

一路上，盛晖没怎么说话，其余四人也只是不咸不淡地聊几句。等到了面馆，发现门口有人排队，好在人数不多，摇光连忙去要了号，找来几张凳子让大家坐。陶青不愿坐这种千人坐过的塑料板凳，抱臂站在一旁。她的美丽自然吸引了不少人的目光，她戴上墨镜，挡住外人的注视，但遮掩面上的不悦。

待盛晖停好车回来，摇光拿的号也排到了，服务员引他们走到一张四人桌旁，解释今日客人较多，只能为他们添张椅子。面积不大的店面被食客塞得满满当当，人声嘈杂，走道本就狭小，还被一些身形庞大的人占去一半。这时，听服务员要为他们加椅子，陶青实在忍不住："这桌已经够挤了，你还想往哪儿添椅子？即便加进来，我们还怎么吃？动作都放不开！"

"那没办法，您只能将就一下，我们小店条件有限。"服务员有点不耐烦，外面排队的客人还很多。

陶青稍稍睁大眼，有些难以置信。还从未有人，特别是一个服务员这么对她说话。

"这里人均消费十块钱一碗的牛肉面，你指望得到多好的服务？"徐莎莎逮着机会讽刺。

Chapter 4
初雪夜的告白

陶青转过头看她，怒气直往上涌，冷着脸不说话。

徐莎莎觉得自己扳回一局，心中得意。

"没事，椅子就放这儿吧！"摇光指着朝向过道的一边，对已快不耐烦的服务员笑道，"麻烦你，五碗牛肉面。"

服务员"唰唰"用笔记下，为他们找来一张椅子后迅速离开。

"我就坐这儿，位置多好，要在酒席上还是贵宾的位置！"摇光笑嘻嘻地坐在新添的椅子上，冲其余人道，"快坐下呀，他们家牛肉面好吃，做得也快，马上就能端上来！"

柏然拉着陶青坐下，盛晖与徐莎莎坐另一边，就摇光独自坐着。她左右扫一眼面前的两对情侣，且不管他们内情如何，面上看着都是挺和谐的，而自己就像是多余的灯泡，照耀着两对儿。

服务员将面端上来，香味扑鼻，五人各自拾起木筷吃起来。周围吵闹，摇光这一桌没人说话，面碗上冒着蒸汽，摇光轻轻抬眼望一眼盛晖，他的脸隐在水气中，看不真切。

旁桌有人大声抱怨店家小气，生意这么好，还舍不得多给点牛肉。

老板听见，使用乡音嘟哝："多不得，要亏！"

陶青听了，嗤笑一声："搁这么点牛肉还亏呢，商人嘴里没有不亏的。"

"那可不是。"摇光摇了摇头，对她解释，"他们从贩子手里买肉，一斤30元左右。一斤熟牛肉要4斤生牛肉才做得成，也就是一斤120元，这还不算油钱和人工费。一碗素面5

元,牛肉面12元,所以每碗牛肉面里最多只能放7元的牛肉才能保证赚钱,否则不如卖素面。"她脸上挂起一丝笑容,"所以,哪天你要再来吃牛肉面,碰到老板用微量天平称牛肉也别见怪,这确实是勺子偏一点就要亏的营生。"

摇光想起高中时,自己尾随盛晖走进这家面馆,假装不识地坐在他对面安静地吃着一碗牛肉面,耳中正好听见面店老板与记者算账,这段话便奇迹般地记了下来。如今过去多年,自己却还能流利地讲出来。

她话音刚落,其余人都诧异地看过来,显然对她这样了解面店生意感到好奇。

摇光想起往事,情绪微微有点失控,此时也觉得自己话多了,忙打着哈哈:"我还知道更多呢,比如识别哪种菜比较新鲜,哪些生牛肉注过水,哪个——"

"好了摇光,快吃吧,面要凉了!"徐莎莎开口堵她的嘴,有些恨铁不成钢地想,她怎么就该炫耀的时候不作声,不该炫耀的时候瞎掺和呢!

柏然"呵呵"笑了两声,再次评价道:"你真有意思。"

摇光干笑,继续埋头吃面,刚好错过盛晖看向她的视线。

从面馆出来,陶青表示要赶明早的飞机去巴黎拍一组照片,今晚想早些回去休息,拜托盛晖载她一程。盛晖还没来得及表态,柏然却先替陶青谢绝了。

"就别麻烦盛晖,他还得送徐莎莎她们。"柏然微笑着轻揽陶青的肩,"走吧,我送你,抱歉今天没开车,得委屈你坐出租车了。"

Chapter 4
初雪夜的告白

摇光与徐莎莎对视一眼,都明白彼此的意思,坐出租车还委屈她呢?徐莎莎不屑,但转念想到盛晖要送自己回家,又窃喜不已。

"上车吧,我送你们。"盛晖不说多余的话,只绕到驾驶舱开门上去。

"麻烦你了,阿晖。"徐莎莎含蓄地道谢,不似上次酒吧见到时表现亲密。摇光注意到,也不作声,只当自己是附带品,望了会儿窗外便开始闭目养神。

奇怪的是徐莎莎也不再开口,车中一片诡异的安静,摇光略感不适地睁开眼,稍侧目观察身旁的徐莎莎,徐莎莎正垂着头,垂下的发丝掩住了神情。她又望一眼车内后视镜,看到盛晖泰然自若地驾车,并无不妥。摇光疑惑,凝视他的目光正欲收回却被碰个正着。盛晖忽然投来的视线令摇光微微怔住,仿佛年幼初见时他突兀地一抬头。

没等摇光做出反应,盛晖已撤回视线,随手按亮CD机上"Play"键,悠扬的音乐倾泻而出,瞬间打破沉闷的气氛。

"你住哪里?"盛晖出声。

徐莎莎没说话,摇光这才意识到他在问自己,于是报上地址。之后又是长时间的沉默,直到盛晖将车停下。

摇光望一眼窗外,这是一处居民小区,门口写着"青石"字样,应该是徐莎莎的住所。这样熟门熟路,盛晖显然是曾经来过。

徐莎莎没动,而是轻喊一声"阿晖",语气里是明显恳求的意味。

"你到了,回去吧。"盛晖自后视镜中看她。

徐莎莎咬着下唇斜睇一眼摇光,也不再顾及面子:"要不,先送摇光回去,我们——"

"我有点累了,你先回去好吗?"盛晖打断她,扯出个淡淡的笑容。

徐莎莎顿时脸色煞白,颤抖着手去推车门,而后不顾一切般跑出去,连摇光在背后大声提醒她忘记拿包时也没回头。

到底怎么了?摇光望着徐莎莎离去的背影微微挑眉。

"抱歉,我突然想到有些事要处理,可能没法送你回去。"盛晖单手撑住额头,顿了顿,"我会开到主干道帮你叫出租车,费用我来付。"

摇光无言地坐正身子,没有反对。

盛晖驶出小区,上主干道后很快拦到出租车,他随手自皮夹中抽一张百元钞递给摇光,简短道声路上小心,甚至未正眼看她。摇光脚刚落地,黑色凯雷德便扬起微尘,倏然而去。

摇光望着盛晖座驾上的尾灯飞速远离,一声轻叹融进深冬寒冷的空气中。她俯身坐入出租车内,将手中的百元钞转递给司机,对他说:"很容易,只要帮我追上前面那辆车。"

盛晖将车泊在山道边,徒步走上去,直到山顶一处平地才停下。这里远离道路,耳边安静得只余下呼呼风声。他坐下来,自外套取出香烟点燃,缓慢吞吐,望着山下。盛晖就这么一动不动地坐着,不知在思考什么。片刻后,大概感到有些冷了,他竖起衣领,遮去大半轮廓,只露出从额到鼻梁的线条，如雕塑般端正而深刻，眸色深沉，似暮霭般浓郁。

"这是你的嗜好？站在别人身后。"盛晖平淡的声音飘过来，却未回头。

摇光微怔，既然被发现也不打算再掩饰，她走过去："真厉害，警觉性这么高。"

摇光略微犹豫，在盛晖身旁的空地坐下，伸直两条腿交叉着："我只会站在你身后而已。"顿了顿又说，"在你一转身就能看到的地方。"

"我何必要转身？人应该往前看。"

摇光点点头，却说道："这可说不好，有些事得回头看才能明白。"

盛晖没说话，回过头来看摇光，他一只手托着腮，手肘支在膝盖上，没有笑。

摇光盯着他的脸，他的神情冰冷而阴沉，瞳仁仿佛结上一层冰晶。

"为什么总跟着我？"盛晖问她，"你想要什么？还是，我们以前见过？"

摇光闻言，心似漏掉半拍："你觉得，我们见过？"

盛晖看着她，冰晶般的瞳仁渐渐融化，唇角扯起一丝笑意："不是吗？那是什么理由让你这样锲而不舍地跟着我？"他说着逼近了摇光的脸。

摇光缩了缩脖子，刚想要转开视线，就被盛晖捏住下巴。此刻的他又让摇光想起撞车的那一夜，脱下礼貌的面具，整个人显得张扬不羁。

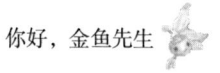

"看着我,告诉我你为什么缠着我?"

摇光几乎能看到他瞳孔中映照的自己,紧张又无措,她只能稍微垂下眼:"抱歉!盛晖,我那次撒谎了,其实你是个记性很差的人。"

盛晖松开手,轻轻开口:"或许我记得呢?"

"你记得什么?"摇光睁大眼。

"真以为我忘了?"盛晖反问,皱眉想了想,"那位叫……管建华对吗?你的姑父,我们曾一起吃过半顿饭。"

摇光看着他,一颗心慢慢落回原处,语气再次变得从容:"是啊!记忆犹新。"

"那时站在门外,恰巧听到你姑妈向盛怀龙推销你,高中文凭,确实难找工作。"盛晖不以为然地笑笑,"虽然我不想管,但因为我的关系,间接毁掉你去天龙集团的机会。现在我可以答应你,帮你找一份像样的工作,但是其他的,你不必处心积虑。"

摇光险些笑出来,他这语气,怕是只差说出癞蛤蟆别想吃天鹅肉了吧。

"没办法,我已经选择你了。"摇光眨了眨眼,面不改色地宣布。

盛晖睇她一眼,嘴角勾起一丝弧度:"你想要什么?钱,这张脸?"他停住,而后逐渐放慢音速,"还是,足可改变你生活窘境的能力?"

摇光摇头,露出八颗牙齿的标准笑容:"我要你的全部,你的骨血、你的头发丝,所有的一切,包括零碎角落和

Chapter 4
初雪夜的告白

顶梁柱。"

"呵呵,你把我看成一所房子?"盛晖被摇光的比喻逗乐,"你错了,在许多人眼里,我比一所房子要值钱得多。"

"那房子啊房子,我能住进去吗?"摇光轻声说着,漆黑的眼睛清净如水。

"不能。"

"为什么?"

盛晖思忖片刻:"因为没有门,没有门的房子你是进不来的。"

"谁说的,或许我会穿墙术呢?"

盛晖轻笑,原本阴沉的气氛扫去一半,他的声音平稳而直接:"恕我直言,你确实没有机会。"

摇光保持着微笑:"凡事不能说得太绝对,我会成功的。"她定定注视着盛晖,忽然伸出手,轻点在盛晖心脏的位置,"到那一天,我会走进去,然后对你说:'我回来了。'"

盛晖无言,久久看着她,直到摇光的唇忽然贴过来。他的瞳孔微微放大,正欲后退便被摇光阻挠,她撑住他的肩头轻轻吻着他的嘴唇,用一种非常不可思议的温柔。盛晖原本十分反对被人侵犯主动权,按理说应该感到厌恶,甚至毫不留情推开她。可此刻当他回过神却是在观察她的举动,为什么这个女孩撑住自己双肩的手在微微颤抖?她勇敢的行为之下,实则是胆怯吗?

摇光的吻并不急切也不慌乱,更非扫街过境,而只是柔柔地反复轻啄盛晖的唇,贴紧着唇边不敢逾越,仿佛膜拜,又像欲言又止的害羞女孩,走到门边却不敢敲门。几分钟后,她才松开双手,视线往后退,并无任何悔意地盯着盛晖黑白分明的眼眸,对他浅笑。

盛晖没有动,一声不响地看着她。两人的呼吸缠在一起,这样靠近,有恋人的错觉。摇光嚅动嘴唇想要说话,盛晖做出制止的动作,接着侧耳倾听。摇光不明所以,也竖起耳朵仔细听着,但什么也没有。

摇光疑惑地看他:"怎么了?"

"我好像听见些动静。"盛晖心不在焉地说着。

"什么动静?"

盛晖将食指比在唇间:"……可能,是只猫。"

摇光慢慢直起腰身,盯着眼前漫不经心的人:"喂,你就算再讨厌我,也不必这样耍我吧?"

盛晖立刻斜睨过来,一脸冷淡的笑意,果然放下手指。

"不装了?"摇光问他。

盛晖勾着嘴唇,忽然笑起来,这是分别以来,摇光第一次听到盛晖的笑声。他的笑清朗明快,与此前礼貌虚假的微笑不同,整张面孔都绽开,如清晨第一缕阳光般耀眼,让人看到沉迷。但很快,盛晖慢慢收起笑意,面容恢复清冷。摇光凝视着那瞳仁中再变得刺骨的冰晶,也轻轻笑了,即便如此,他也耀目。

"走吧!我送你回去。"盛晖起身。

摇光默默跟在他身后,刚走出几步,盛晖霍然止住。摇光

Chapter 4
初雪夜的告白

收不住脚,撞在他背后。盛晖转身扶住她,目光穿过左侧的一排岩石落在边缘的铁网上。他左耳微倾,嘴角显出若有若无的一丝笑意。

"怎么了?"摇光惊疑。

盛晖不答,放开她独自走过去,观察一会儿后,在一处蹲下。摇光走近探身,刚好看到一只褐色斑纹的小生物蜷缩着身子,两只浑圆的眼睛充满惊恐与不安,后腿卡在铁网的网眼里。

"啊,是只猫!"摇光低呼出声。

盛晖将手伸过去摸索,动作轻柔。

小猫被解救后,细微叫唤一声,抖抖身子,稍瘸着腿沿铁网一路逃离。

"原来真的有猫,你听觉真厉害!"摇光感叹。

盛晖不接话,径直往山下走,摇光也收回目光,默默跟上。当他们走下山道时,才发现空中已飘起细雪,摇光眯起眼看了一会儿,直到盛晖喊她上车。

车上无人说话,摇光靠着车门看向窗外,细小的雪花打在窗玻璃上。大概觉得太安静,盛晖随手扭开收音机,女主播柔美的声音霎时传出:"听众朋友们,现在是夜间的十一时三十分,今冬的第一场雪正悄悄降临,静落在各家门前。圣诞就快要到来,寒风中能闻到远方温暖的气息,你找到回家的路了吗……"

摇光听到这儿,轻轻闭上眼,嘴角泛起微笑。

徐莎莎已经两天没来上班，没向经理请假，也联络不上，仿佛人间蒸发。其余同事联系起盛晖那日到访的情景，背地里已是议论纷纷，见摇光与徐莎莎要好，状似关切般过来询问。摇光推说不知，不想增添她们的谈资。她望一眼吧台内侧，正是徐莎莎当日遗留在盛晖车上的提包，手机等随身物件都在里边。

摇光工作结束，到经理处查到徐莎莎具体住址。再次来到青石小区，摇光按照住址寻到一户门前，按铃，却迟迟无人应答。片刻后，感到猫眼处闪过动静，便脱口呼出一声："莎莎，开门！"

徐莎莎无法，慢吞吞地将门打开，看到摇光后动了动嘴唇，却又无声地转身往里走。摇光替她关上门，没有说话，只跟着也往里走。这是套普通的一居室，从各种细节上都能看出是女孩独居的屋子。

徐莎莎走到客厅的长沙发坐下，示意摇光也坐，她穿着胡乱搭配的居家服，未施脂粉，整个人显得很憔悴。她自顾自坐了会儿，才想起询问摇光是否需要喝什么，正要起身摇光已伸手拦住她，一面谢绝一面拉她再次坐下："莎莎，你别忙，我今天就来看看你，替你把忘在车上的包给拿来。"

看到提包，徐莎莎的眼神顷刻黯淡几分，半响才踌躇开口："我没去上班，也没请假，经理气坏了吧？"

"没关系，我告诉经理你生病了，手机落在我这里无法请假。"摇光看着她，"莎莎，虽然我不知发生什么，但你现在状态似乎不太好，大家都很担心你。"

Chapter 4
初雪夜的告白

徐莎莎闻言冷笑:"摇光,你担心我当然是真,至于其他人,不过等着看我笑话。"她笃定地看向摇光,"店里早议论开了吧?怎么说的?说我被有钱男友一脚蹬了?因此萎靡不振,不去上班?"

摇光还未接话,徐莎莎又撇嘴,提高声调:"她们懂什么?知道什么?盛晖不要我?他那么爱我,是我不要他而已!"语毕静默下来,再开口时声音变得低沉,"摇光,我和他彻底完了。"

摇光嘴唇轻抿,消化着徐莎莎语句里的意思,只觉意外与蹊跷,于是握住她的手柔声问:"莎莎,到底发生什么?"

徐莎莎沉默,半晌抬头看摇光:"其实盛晖,并不是什么有钱人,他的车、他曾为我花的钱,一切都只是伪装。真正的金主是柏然,那间盛晖工作的软件公司也是柏然家开的,他不过是柏然的好友罢了。"

摇光望着她,慢慢睁大眼。

徐莎莎自嘲一笑:"我也是最近才得知,他为讨我欢心,给我买昂贵的皮包衣物,竟挪用公司近十万公款!要不是事情败露,只怕我现在还蒙在鼓里!"她哀怨叹出一声,"我原来就在奇怪,世上真会有盛晖那样完美的人吗?真有的话,他会爱上我吗?难怪陶青选择柏然而不是他,果然,全是假象,在现实面前不堪一击!"

"如果他一直伪装。"摇光轻拍她的肩,"也是怕失去你。"

徐莎莎再次沉默,她用手捂住脸,将整个身子窝进沙发

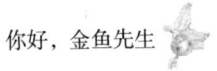

里:"可他不该骗我,摇光,我真的无法接受!"

"初见盛晖,他给我留下电话,我又惊又喜,好像做梦般不真实。但我知道那不是梦,我想要把握它,于是当晚便迫不及待拨去电话,我现在都还记得那时心中的激动。接下来的事情很顺利,盛晖决定与我见面。再次见到他,我的心情已很不一样,那样耀眼的他穿梭于人群,却是为与我赴约,想到这一点,我几乎感到血一点点热起来!脑中顷刻就涌出一个想法,我要抓住他,也许,我真的可以抓住他!"

"可那时,盛晖并没有表示出丝毫热情,他只是不咸不淡地与我聊天,问我想要什么?我感到莫名,可他的样子并不像玩笑,所以我告诉他,我想要和他在一起。"徐莎莎说着,微笑起来,"接着,他答应了我,就这么容易,我们在一起了。"

"开始我以为盛晖不爱我,他总是神情冷淡,很少亲近我,说了你可能不信,我们甚至没有亲吻过,他从不主动碰我,这让我感到困惑和不安。但之后,他有了改变,会送来各式各样的礼物讨我欢心,那都是些女人梦寐以求的奢侈品,他让我的虚荣心得到空前的满足,我越来越爱他,也越来越离不开那种阔绰。"

徐莎莎低垂着眼,艰难启唇:"直到前段日子,我无意中听到陶青与别人的谈话,原来盛晖的阔绰来自公款,他根本不是有钱人,在柏然公司也只是个小小的软件工程师,那辆车更是柏然暂借给他的!"

"我觉得自己被欺骗了,我气坏了,也失望透了!我当

Chapter 4
初雪夜的告白

时太激动，实在没能压制住愤怒的情绪。我大声质问他、讽刺他，甚至说出许多恶毒的话去伤害他！"徐莎莎不自在地搓了搓脸颊，"可他却那么安静，丝毫不动怒，只是停下车一言不发地看着我，然后问我是否还想和他在一起？他从未这样问过我！要在平时，我肯定会毫不犹豫地点头，但那一刻，想到他的欺骗，想到他已不是我心中的盛晖，就怎么也开不了口！"

徐莎莎闭上眼，睫毛轻轻颤动："回来以后，我想了很多，盛晖挪用近十万的公款，还上不知需要几年。如今房价疯涨，也不知他能否在本市买所新房，前与后的天差地别，让我不能接受！我承认我眼界变高，欲望变大，但那也是他的责任！他怎能扔下这样的事实给我？"她深呼吸，沉声道，"所以我决定放弃，当晚便短信给他，说了分手。"

徐莎莎沉默了一瞬，又求证般地望着摇光，"你说，我做错了吗？我虚荣吗？如今，哪个女人不考虑男人条件？我不想一辈子做服务员，过穷日子！这种想法错了吗？"

摇光无言地抚摸她的臂膀，以示安慰。

徐莎莎双手捂脸，声音微微哽咽："可我又感到难受，我发现自己真的很爱他，如果他还是原来的盛晖该多好！……再见到他就是那天，你在车上也看到，我本想和他谈谈，可他却不给我机会，冷漠地对待我。"徐莎莎讥讽道，"他有什么理由生气？他伪装成富有的模样，自愿送我各种昂贵的礼物，到头来却想怪我虚荣？到底是谁让我变成这样的？他如今拿走一切，还不许我生气？！"

摇光仍是沉默，只露出宽慰的笑。

徐莎莎静了静，挪开目光："后来我拨通他的电话，不等我开口他就先说，我想要的并不是和他在一起，我撒谎了。"

"那瞬间我居然无法反驳，大概他没有说错。"徐莎莎扯出个浅笑，"不知为什么，当时我竟感到释然，我开始不确定自己要对他说什么。他既然心意已决，我也只能放手，放弃不富裕的甚至可能是艰难的未来。伤心过后，我可以有新生活、新恋情。摇光，也许我真的庸俗，我也明白，实际上我早已决定离开盛晖，我放不下的，只是那个短暂奢华的梦，而现在，我已看清现实，我想过更好的生活！"

"你会的。"摇光微笑。

"摇光，你是我工作中最好的朋友，感谢你的理解。"徐莎莎面色微窘，"这两天我一直在想今后的路，我恐怕不会再去店里上班，我要换一份工作。经理那边，拜托你帮我说一声，剩下几天的工资我就不要了。"

"决定了？"

"嗯。"徐莎莎坚定地点头，"我的新生活，必须从改变现状开始。"

"那好，我祝福你。"

"摇光，抱歉，我的决定很突然，你没有生气吧？"徐莎莎轻摇她的手，"我过两天会去店里看你，虽然离开，但我们是永远的朋友！"

"当然！"摇光笑。

Chapter 4
初雪夜的告白

离开时,走到门口,摇光忽然转身伸出手,与徐莎莎正式相握:"莎莎,再见了。"

徐莎莎微愣,笑她的煞有介事,摇光只笑不语。她没有告诉徐莎莎自己从明天起也不再去咖啡店,两人的交集会止于此。而盛晖的身份,事实的真相,在徐莎莎心中或许会成为永久的谜。摇光想起幼时看过的《咪咪流浪记》,回去的道路也许艰难,但迎风向前,是唯一的方法。

Chaper 5
光明的救赎

极灼热的日光,刺痛她的眼眸。
一旦那人离开视线范围内,
万物瞬间化作黑白,整个世界都淡去,
天地也不过是那一个人的天地。

Chaper 5
光明的救赎

刚从法国回来那阵子,摇光的精神状态很不好,患有中度抑郁症。她感到十分痛苦,消极厌世,对自己的人生感到前所未有的沮丧,周遭仿佛全是陷阱。她举步维艰,负面情绪蚂蚁噬心般缓慢而坚定地折磨她。这里已不是法国,但摇光仍不敢看报纸,不敢看新闻,不愿出门,她将自己反锁在房间,整日整夜。

后来,李红芬托人为她办理好入学手续,与管娜念同所升学率最高的私立高中。摇光初回国时体重仅45公斤,此后却因抑郁症及暴食症增至70公斤,入学时已丝毫看不出原本的轮廓,这却令摇光稍感安心。

摇光因病而情绪低落、思维迟缓,导致成绩极差,在学校更不与人交流,同学将她视为低能弱智,时常欺凌。她不反抗也不出声,只将头埋在臂弯忍耐。有同学留意到她十分害怕被人注视,于是故意扯开她手臂,迫她抬脸,再嘲笑讥讽。那时,无人知道摇光姓名,他们都喊她胖妹,摇光从不反驳,比起胖妹这个诨号,她更害怕别人提及她真名。

与摇光的处境相反,管娜在校成绩优异,讨人喜欢,与老师同学相处融洽。她反感别人知道自己与摇光的关系,也不接受这个凭空多出的傻姐姐,因此每周回家都不与她同行。摇光在学校的状况被管娜传到管建华耳中,他对这个回国后痴痴呆呆的侄女早就不甚耐烦,如今得知她影响到自己女儿，更是看她不顺眼。

一次饭间，摇光照例喊李红芬小妈妈，被管建华大声训斥："什么小妈妈、大妈妈！姑妈就是姑妈，都高中生了！怎么毫不懂事？！"摇光吓得赶紧丢下饭碗躲回房间，从此只敢规矩地唤李红芬姑妈，再未逾越。那时她明白不是自己的便不能要，即使言语上的便宜，也占不得。

在经常欺负摇光的小团体中，有个叫陈坚的男生尤为严重，他会将死耗子丢在摇光书包里，在她的椅子上涂抹万能胶。这天周末，摇光理好书包后并未立刻回家。她坐在空荡的教室里，望着窗外的红霞，胖乎乎的小脸一片沉静。

陈坚进来时刚好看到她默默流泪的侧脸，十分惊讶，见到摇光哭泣的他仿佛发现新鲜事物般兴奋，恶意上前挑衅。摇光不理会，用衣袖抹去泪水想要离开。陈坚却不肯放过，拉着她又推又笑。摇光忍无可忍，抓起书包狠砸过去，陈坚毫无防备挨个正着，反应过来后生气地将摇光的书包从五楼教室窗口扔出去。摇光追至窗台，眼见着自己课本文具飞出窗外，散落满地。

她怔怔地看着，眼中闪过曾遍布法国街头的各类报刊散落在她家草坪上的一幕，那样相似，令她恐惧地抱头蹲下，身体颤抖不已。陈坚被摇光的模样吓到，有些茫然地环视了四周，然后赶紧离开教室。

天色渐暗，摇光冷静下来，她慢慢走到楼下，收拾着散落的书本。盛晖就在这时候出现，他在不远处半蹲着身子，手中握着一瓶刚拾起的药罐，细细端详。摇光认出那是自己服用的抗抑郁的药物，忙扑过去抢回，警惕地看着他。

盛晖不语，抬眼对上摇光。

"求你，不要告诉别人！"摇光眼神闪烁，她感到自卑又害怕，若学校得知她病情，一定会勒令她退学。

面前的男生摇光认识，正因为认识才敢对他抱有一丝希望，这个全校闻名的优等生，应该与那些欺负她的人不同。初次近距离观察盛晖，摇光感到非常特别，眼前的男生长得极为英俊，却偏在耳朵上扎了耳朵眼儿，红宝石的耳钉如鲜血般诡异。因周末回家，他已换下校服，穿着浅色休闲装，脚上套双粗犷军靴，为他沉静的气质平添几分霸道，一个矛盾却也和谐的奇特男孩。

盛晖沉默着，静静地注视着摇光，巨细无遗地观察她的脸。

摇光慌忙垂下头，躲避他视线，微微哀求："拜托你，我……不想退学。"

盛晖没有回答，微顿片刻，开始帮摇光将散落满地的书本一件件装回书包。待完成后起身，轻拍手掌的尘土，而后一言不发地转身离开。

摇光惊疑不定地注视盛晖走远的背影，脑中纷乱猜测他的意图，越想越害怕，仿佛身后有人追赶，她抓起书包仓皇逃出校园。

当天夜晚，摇光做噩梦了，她又梦到西蒙娜。那个法国的知名记者，用自己温柔的双手轻抚过摇光的脸，知心姐姐般引导她说出发生的一切及内心感受。可次日这些话便改头换

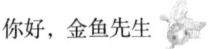

面登上报刊头版，配上一些她根本不知的所谓事实，将她的叙述断章取义，丑化她的家人，将她的至亲一个个如落水狗般逼到绝境，死的死，疯的疯。

同班的柳芳菲认出了摇光，她们曾是小学好友，后来又反目，念到五年级她就转学了，摇光出国以后更没了音信。直到多年后，柳芳菲才从铺天盖地的新闻上看到李吉东被捕的消息，除了吃惊，她还感到尤其解恨。小时候，只因为她一句背后非议，就被李摇光大骂叛徒，斥责她造谣！可她造谣了吗？柳芳菲冷笑，李摇光那个有钱有势的父亲，果然是个恶贯满盈的坏人！

柳芳菲之前并没有过多关注人人厌弃的胖妹，也完全没有把她和李摇光联系到一起，可是今天的体育课上，老师安排大家进行拔河比赛，胖妹被两三个男生恶意推搡着摔倒在地。就在这个瞬间，柳芳菲无意中瞥到胖妹脖子上的项链，这条与众不同的项链成功勾起她的童年记忆。她吃惊地打量着眼前动作迟钝狼狈不堪的胖妹，细细观察她的眉眼，半晌，才确认了她真的是李摇光！只是如今的她，哪里还有半点当初那种傲娇伶俐的样子！？

体育课结束后，等到其他同学都离开了，柳芳菲才试探着凑近摇光："嗨，李摇光，还认得我吗？"

摇光一脸仓皇："你认错人了！"

"认错？"柳芳菲微微转动眼珠，注意摇光反应，"不，我没认错，你就是李摇光，李吉东的女儿！"

Chaper 5
光明的救赎

父亲禁忌般的姓名被忽然提及,摇光猝不及防,脑中轰然乍响,愣在当下。

"怎么?肯承认了?"柳芳菲捉住她胳膊,"还记得我吗?"

摇光抬头对上她,脸色苍白。

"别紧张,叙叙旧而已。"柳芳菲走到台阶上坐下,缓缓跷起腿,"托你的福,我在明德小学过得非常愉快。"

提到明德,那些遥远而模糊的记忆飘回摇光脑中,她看着柳芳菲,终于记起那个有着相同姓名的小学同学。

"那时候的事情,我都忘了。"摇光背转过身。

"你忘了?我可没忘呢,那时候你们家多风光,为了给你这位宝贝女儿解气,你爸不惜给学校捐出一座图书馆,条件居然是让我退学!"柳芳菲冷睨着她,陈年旧事此时说来仍气得胸闷,"谁都知道明德是本市最好的小学,我成绩好,人缘也不错,为什么好端端要找个理由开除我?你可真狠啊!说不让我好过就真做到了!你都要去法国了,却还不忘在临走时报复我!"

摇光摇头,下意识否认:"我没有,我不记得……"

"不记得?你轻轻松松一句不记得就能了事?"柳芳菲说到激动处,不能解气,便过去推摇光的脑袋,摇光将自己抱成一团,与平日被同学欺负时姿态相同。

柳芳菲绕摇光走一圈,居高临下看她:"你小小年纪就心思歹毒,如今遭到报应是罪有应得!我承认那时恨死你,每夜做梦都在诅咒你!现在我的愿望达成了,该说是老天有眼,还是你家自食恶果?"

摇光感到头昏脑涨,她用力捂住耳朵,不愿再听只字片语。而柳芳菲却越说越快意,她要伤摇光的心,刺她的痛处,让她发抖难受,来弥补自己曾遭受的伤害。

"你那随手就能捐出图书馆的伟大父亲,拥有几百亿的庞大资产,能在法国买下整座城堡!人们敬他是最伟大的企业家之一,却没想到那无与伦比的阔绰背后满藏着鲜血,将财富建立在别人的家破人亡之上!李摇光,现在全世界都知道,你父亲!你全家!都是不折不扣的衣冠禽兽!"

摇光没有动,脸仍旧埋在膝内。柳芳菲的恶言似一行轰轰然驶过的列车在漆黑山洞中忽然爆炸,她不期然受到极大震荡,本能地缩成一团。摇光颤抖着深深呼吸,将双手缓慢握住,微微用力,指甲就这样切进肌肤里去,一阵剧烈的疼痛自掌心传遍全身,然而手指却无视生理反应地继续收紧。直到她看见有血液从指缝间溢出,滴落在地,心中才忽然间感到释然,仿佛那根系在心头绷到极限的弦,也慢慢放松。

"……我父亲,他是罪该万死。"摇光轻细的声音低低传来,"无论他在你们眼里多么十恶不赦,也无论他未寒的尸骨要遭受你们几千万次的唾弃,我都依旧会在内心祈祷他能安息。你们骂我无耻也好,该死也罢。我父亲已用生命付出代价,我不要他下十八层地狱,不要他死后还遭受折磨。即使他做错事,大错特错,也不能磨灭他对我的爱,如果我丢弃这些,黄泉路上他会很难受。"

摇光慢慢站起身,目光沉静地看着柳芳菲:"我是他女儿,也的确用过那些沾血的钱,我会替他赎罪。"她扯开嘴

Chaper 5
光明的救赎

角，轻松微笑，"终于可以无拘无束地说出内心的想法，不必再害怕被人知道了。"

"你什么意思？"柳芳菲诧异于摇光突如其来的转变，莫名感到一丝惶然。

摇光没有答她，却说："我的身世不是秘密，随便你要告诉多少人，我不在乎。"

"你去哪里？"柳芳菲感到不妙，伸手拽住摇光。

摇光挣开她的束缚，嘴角溢出讥笑，"别紧张，不关你的事，我不会连累你，只是以后，你不必在梦里诅咒我了。"

摇光先回了趟宿舍，找出自己最喜爱的衣服换上，站在镜前观察自己，镜中人神情呆滞，一张臃肿的脸将原本秀丽的五官拉扯成平庸。她看得越久，越觉得镜中人丑陋难堪，一无可取，最后逃一般躲开，不敢再看。

宿舍楼通往教学楼的路并不长，夜间安静。摇光一步一步走着，寒风透过衣衫缝隙钻进，接触皮肤便撩起一片战栗。她的泪流淌着，湿迹满面，旧的还未干透，就有新的滑过。此刻她内心荒芜，寸草不生，只有肉体还在活动，而这活动也不过为最后的解脱。

教学楼一片漆黑，空无一人，摇光行至顶楼，深吸口气，推开门，慢慢走向护栏边缘。她仰头望向夜空，发现月亮被厚重的云层挡住，只隐隐有光，朦胧不清，于是忽然笑了，轻轻地哼唱："你看，你看，月亮的脸偷偷地在改变，月亮的脸偷偷地在改变……"她微弱的声音断断续续，破碎得不成调。

摇光唱了一会儿，便静下来，她翻过护栏，慢慢坐在沿上。夜空中似乎飘起了小雪，天地如此肃穆，一言不发地看着芸芸众生。每一天，有多少人出生呢？美好的、丑陋的，被祝福的、被诅咒的。没有人能选择出生的权力，也没人能选择出生后的境遇。而每一天，又有多少人死亡呢？壮烈的、无名的，无悔的、有怨的，所有人最终都会回归于尘土。生命，本就是一条源于不平却终于平等的离奇曲线。

渐渐地，摇光感到有些头重脚轻、晕眩发热，她想时间差不多了，这时候如果身子一斜摔下去，多半是不会有痛苦。当真正赤裸裸地直面死亡时，摇光有些害怕，片刻前的大义凛然已所剩不多。此刻她感到无尽的绝望与脆弱，她想象着明日一早同学们发现自己尸体时的表情，是震惊、冷漠，还是鄙夷？学校会如何处理自己？姑妈得知后又会不会难过？还有那些记者，这次该怎么去胡编乱造？刊登自己死讯的报道，会不会传到法国，传到在疗养院的母亲耳中？她还能不能明白，究竟发生了什么？

想起病中的母亲，摇光的泪更加止不住地流，心疼到窒息，她垂着头，一遍一遍地低声呢喃："对不起，对不起妈妈，女儿想你，女儿好想你……"

"喂。"一个声音打断摇光的自言自语。

她惊吓地循声望去，眼中还噙着泪。

盛晖坐在天台的大水箱上，修长的双腿随意搭下来，眼睛看着摇光，整个人隐在夜色里，仿若一尊冷凝的塑像。

"从这里跳下去，死不了的。"他平淡地开口，换了个姿

Chaper 5
光明的救赎

势,整个人倚在水箱上。摇光这才看见他指间的一点火红,忽明忽暗,"这里虽是七楼,但高度太低,楼底又是草坪。从这里跳下去,会摔到半死不活,不至于立刻就死,但大面积骨折,无法爬起来,只能眼睁睁地等人来发现。"

"你不要吓唬我!"摇光胆怯地移开视线,正好看到盛晖指间有烟灰徐徐落在地上,他周身似有浅淡烟雾,久久不散。

"等的过程很漫长,一切对恐惧的想象都会挤进脑海,痛苦不已。最糟糕的是你丑陋的姿态将暴露于人前,他们会报警,但没人敢碰你。旁观者越聚越多,他们将你围成一个小圈,让你孤零零躺在圈内,他们在圈外窃窃私语。那时候,你恨不能立刻去死,你会后悔选择这种方式。"

"你想阻止我,所以才这么说,对不对?"摇光保持坐在楼顶边缘的姿势,抬头盯住盛晖。

靠着水箱的男孩想了想,点头承认。

"为什么?"

盛晖将烟捻灭,有些苦恼地微皱起眉:"我必须这么做,你看,这里只有我们俩,如果你跳下去,死无对证,我会很麻烦,很可能脱不开干系。"

摇光闻言沉默下来,原来,是这样的理由,她感到一股凉气从骨子里冒出,几乎连血液都凝住。

"我的说法让你难受了,为什么?"盛晖直起身子,一跃跳下,慢慢走近,"我不是出于对你的关心,想要拯救你,而是为了我自己。我不是你想象中正义的化身,也不是上天

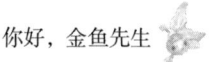

派来的天使,所以你失望了。刚燃起一丝想继续活的念头,又被瞬间浇灭。"

"你住口!你到底想说什么!怕我连累你就走啊!我不会害到你!"摇光瞪着他,愤然喊出,泪瞬间滑落。

盛晖果然闭嘴,他看着摇光,一言不发。在摇光以为他下一刻就要转身离开时,他却轻声问:"你的生命,可以这样被别人随意左右吗?"

摇光没料到他这么问,一时愣住,眼里仍有泪水堆积,朦胧闪烁。

"生活在世上,我们必须搞清楚,人与人之间真正的相处之道。在有难的时候我们可以互相扶持,但事实上,这世界只有你自己才会觉得你真正重要。其他所有人的所有诺言,都是靠不住的,或许说的人曾很认真,但他也无法一直做到。"盛晖的声音清冷,却透着某种凄凉,仿佛让人一不小心就会沦陷。在他身上,那种该有的由少年转变为男人的稚嫩生生被压制住,看不分明。

"还不明白吗,如果连你自己都不想要命了,没人能救你。"

"……我也不想死,我才十六岁,也想活下去!"摇光头痛欲裂,她双手紧抱住脑袋,"可是,我活不了了,我的前面一片黑暗,只有无尽的痛苦,没有一丝希望!"

"你武断了,只要活着,总能有好事发生。"

"不是!!你根本不了解我的处境,你什么都不知道!我的冤屈,我的痛苦,没有人会看到!我所受到的伤害,在人们眼里全是理所应当，上不去台面，也说不出口！我是坏蛋，是恶人，就算死了残了也无人怜悯，也是活该！"

"相信我吗？"盛晖轻声问她，双肘撑在摇光背后的护栏上，漆黑的眸如星辰般明朗。

摇光因激动而胸脯起伏，她犹豫地望着盛晖，终于轻点了头。

盛晖伸出手，将她从顶沿上拉回来。摇光定定看着他，不知为何，这个男孩让她莫名心安，因此没有反抗，安静而顺从。

盛晖的视线随摇光站稳，而后自口袋中掏出香烟，取一支递过去："我不想教唆女生这么做，但它或许能帮到你，难受的时候，试一试，它会让你冷静下来。"

摇光接过，摊在掌心稍看了看，便照盛晖的模样衔在唇间。

盛晖为她点燃，摇光不懂其道，深吸一口，立刻被呛到，咳得眼泪直流。

盛晖无意安抚，只淡定的看她。

摇光闭目咳了一会儿，默默流着泪，她深深呼吸，半晌才再睁开眼，望向盛晖："我很想死，真的很想死……"

盛晖听着，没有反对，只是将目光转向一望无际的夜空。

良久，摇光才再听到有声音轻轻传来。

"会过去的，无论你正承受什么，都会过去。时间的强悍就在于它永远固执地向前，不以任何人的意志转移，怎样的惊天大变都将慢慢淡去，并注定在光阴的流逝中被洗

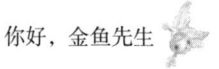

去痕迹。"

　　这是摇光那晚最后的意识,她不记得自己是怎样睡着或者晕过去的。她实在太疲惫,铺天盖地的绝望如潮水将她淹没,令她多么希望能就此长眠。

　　摇光又做噩梦了,朦胧中她簌簌发抖,无论是脸孔还是手指,都仿佛冻结一般的冷。她无意识地为寻找温暖的东西而伸出手去,却又在强力的拘束中垂下,胸口似被压迫着,令她困难地浅浅喘息。

　　忽然惊醒,四处寂静无声,摇光只听闻自己急促的呼吸。她微微抿唇,嘴里很干,有点发木,梦魇的内容已记不清,但心悸犹在。床头柜上有一只盛着半杯水的玻璃杯,在月色里变幻着光影,摇光伸手去拿,却不小心滑脱,玻璃杯落在地面发出清脆声响。一汪水就这么漾开,摇光有些愣住,看着月亮倒映在水面上,一点点变淡,从明黄化为素银。

　　有急促的脚步声靠近,随后门被推开,医务室的医生与摇光四目相接:"你醒了。"

　　摇光垂下眼,点了点头。

　　医生走近病床,要伸出触摸摇光的额头,却被躲开。

　　她微愣,随即笑道:"丫头,你躲什么?来,让我瞧瞧还烧不烧?"再次将手抚上摇光的额头。

　　"唔,差不多退烧了。"她放开摇光,忽然严肃起来,"居然会病到晕倒!几天前我就在广播中提醒你们注意保暖,怎么还出这样的岔子?"

摇光讷讷地,欲言又止。

医生想是吓到她了,便将语气转柔:"现在没事了,刚才一位好心的同学送你过来,是他发现你晕倒在路上。"

摇光稍微挪动一下身体,感到左手背上有点刺痛,于是伸到眼前看,上面贴有胶布。

"好在送来及时,要拖成肺炎就麻烦了!"医生唏嘘,"现在是半夜三点,为照顾你我今晚才留下值班。你昏迷了五个钟头,挂了三瓶点滴,现在看来是没有大碍了。"

摇光低声道谢,再次垂下头。

医生只当她羞愧,摆手笑了笑:"你多躺一会儿,天亮再离开,我就在隔壁休息,有事叫我。"

望着紧闭的房门,摇光试图扯一下嘴角,却不成功,顿时恻然,她想自己已失去笑的能力。再次靠向床头,忽然有点想念香烟,此刻倒有些明白盛晖的话了。自己决意放弃的生命,就这样被挽留下来,摇光说不上是什么感受,没有后悔,也不庆幸,更多的是茫然,以及对前路的畏惧。她并不真的认为自己得救,事实上什么也没改变,盛晖暂时救下她,但或许明天,当柳芳菲将她的身世传得满城风雨……摇光及时扼住思绪,不愿想下去。

她躺下,强迫自己闭眼,之所以选择睡觉,是想要逃避到虚空里。可清醒的思维阻止她这么做,头颅仍在一抽一抽地作痛,还有无尽的绝望感。她不可抑制地胡思乱想,眼前又浮现父母的脸,令她热泪泛滥。

终于堕入梦乡的摇光枕着自己的手臂,忽然再现遍布法

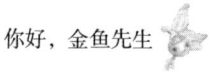

国街头的报纸杂志,流言蜚语,她吓出一身冷汗,猛地睁开眼,只见朝阳满室,医生正推着她。

"做噩梦了?"医生抚上她额头,放手时神情松懈,"没事,已完全退热,你收拾下可以直接去教室,快上课了。"

摇光点头,呆坐一会儿后,开始慢慢穿鞋。

累积一夜的雪在阳光的反射下格外刺目,摇光微闭的双眼一阵痛楚。走在去教学楼的路上,她感到身体轻飘飘的,胸口却如铅般沉重。摇光自虐般地想象着当她推开教室前门,原本嘈杂一片的室内霎时安静,而众人视线都集中在自己身上的一刻。她陡然止步,想不顾一切转身逃开,却被随后到来的班长催促着推进教室。

然而,什么也没有发生。摇光臆想中的情景,令她胆怯畏惧的一切推测都未发生。并没有人注意到她的到来,教室仍旧吵嚷,同学分几堆进行着课前的最后闲聊,内容丝毫不涉及她。摇光不敢懈怠,心缩成一团,防备着周围可能出现的任何变故,脚步似踩在棉花上,一步一步地走向座位,坐定。与往常的每天相同,摇光今日同样无人问津。摇光下意识瞥向柳芳菲所在的方向,柳芳菲正与几名女生聊天,神情轻松尽兴,察觉到摇光视线后微微一碰,便若无其事地移开。

直到上午课程结束,摇光都无法放松,心中疑云越来越浓。柳芳菲为什么没有将她的身世曝光?摇光回忆昨晚柳芳菲所表现出的激动与愤慨,感到不解,难道她另有预谋?思及此,摇光越发紧张,她忍无可忍地逃到走廊,却感到周围人都在议论自己,三两个一同经过的女生正在说笑,她们半捂着嘴窃窃私语。摇光回避着她们视线,头又开始隐隐作痛,虽是深冬,额上却已渗出汗珠。摇光低下头,用手不断地抚摸后颈,情绪却丝毫不能缓解。她疾步回到教室,在同学惊讶的注视下抓起书包,冲了出去。

摇光躲到天台,从书包里取出抗抑郁药物,手抖得停不了,已无法忍耐的她没有水,直接服下药。她紧紧闭眼,双手抱住膝盖,将头深深埋下去,这是她如今最常用的姿势,头埋在膝内,有阻隔外界的错觉,她能稍微感到安全。

服药后,摇光精神缓解,浑身乏力,因为抑郁病情的加重以及胃黏膜萎缩,近期她已不再暴食。摇光深深呼吸,试图缓解之前失常的心率,却被突然发出的人声扰乱。

"啊,我就知道你在这里!"女生撒娇般嗔怪。

摇光循声看去,竟是叶惠与盛晖。摇光皱眉,此刻不想被打扰,却又不便离开,自己所在的方位虽是那两人的视线死角,但走动的话一定会被发现,她没力气再惹来不必要的麻烦,于是留在原地。

"你在看什么?"叶惠仰头看着盛晖,盛晖又是坐在水箱上,他似乎很喜欢那里。盛晖手中摊开一本书,听到叶惠的问话瞥去一眼,却不作答。

叶惠似乎习以为常,她爬上水箱,挨着盛晖坐下。叶惠是校长的孙女,人漂亮,校内师生都捧着,难免有些小姐脾气,但在盛晖面前却全未发作。

她夺过盛晖膝上的书本,照着念道:"拉普拉斯理论。"再看盛晖,"拉普拉斯是谁?

"法国一位数学家。"盛晖淡淡地解释。

"又是数学，那么枯燥的东西有什么意思？而且，你还只是高中生吧？看这些做什么嘛！"叶惠嘟嘴，见盛晖不理会，她又自顾道，"看，这件大衣怎么样？漂亮吗？"

她跳下水箱，在盛晖面前稍转一圈，拎起衣摆："你知道三宅一生吧？他可是日本著名的服装设计师，在国际都有名！这件大衣是他亲自设计，全球才限量五千套！我爷爷这次去日本，一位朋友指名说送给他孙女，嘻嘻，不错吧？"

盛晖终于打量她一眼，"嗯"了一声。

"上次一起吃饭，盛伯伯不是夸我那件连衣裙好看吗？"叶惠过去拖盛晖的手，"那这次他要看见，不知会怎么说？"语毕羞涩，"盛伯伯还说就喜欢我这模样的儿媳妇，你没听着？"

盛晖抽回手，将视线重落回书上："他不是喜欢你，是喜欢你爷爷的社会地位。"

"那也不要紧，强强联手，本来就是社会规则。"叶惠无所谓地耸肩，"只要你是真的喜欢我就好。"

盛晖不作声，继续认真看书。

"喂喂，又不理我！我以前就最讨厌数学，完全不懂为什么有人喜欢！"

盛晖看她一眼："数学很有趣。"

"全是数字和方程式，哪里有趣啊？就算没有数学，生活还不是照样过？"

"没有数学，社会不可能进步这么快。"

Chaper 5
光明的救赎

"是吗?"叶惠不信。

"是,我只是对研究法则和规则性有兴趣。"盛晖难得有兴致地解释,"你能轻松使用各种电器,为生活带来便利,甚至任何商品的生产,包括你身上的宝贝大衣,都离不开数学的贡献。"

他停顿,微微勾起嘴角:"去解开那种规则的由来,是一件愉快的事,人们使用电脑却不知原理为何,虽然不至于所有人都要了解,但知道的人却应该存在。"

叶惠睁大眼,半响才感叹:"你真厉害!虽然说的话我不能完全听懂!但盛晖,你真是个天才,以后你一定会有不可估量的未来!"

盛晖闻言笑起来,他的笑容很明亮,光线在他眼底留下细小的光斑,他的身形修长而挺拔,背后是一片朝阳。摇光远望着这样的他,心里重重震动一下,仿佛一枚被忽然敲开外壳的胡桃,坚果的微凉青涩弥漫了整个内心。

"盛晖,我觉得我们一点也不像恋爱。"叶惠忸怩一下,小声说,"比如,你从没想过吻我,晓美和她男友都不是这样。"

"那是他们的事。"盛晖头也不抬。

"可是……"叶惠咬唇,"我觉得你一点也不在乎我,你真的喜欢我吗?"

盛晖似乎有些烦了,他合上书,抬眼看着她:"我说过喜欢吗?"

叶惠没料到他这样回答,震惊地瞪大眼,委屈得像要立刻

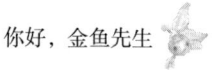

哭出来:"你,你怎么能这样说?!盛伯伯说过我们以后会结婚的!"

"那是他说的。"盛晖眉头轻蹙,"以后你找他兑现。"

"你太过分了!"叶小姐终于哭出来,大声控诉着跑下楼。

盛晖垂下眼,将书放到一旁静坐着,孤单的姿势使摇光仿佛能听到他在叹息,心就这么莫名地抽痛一下。

摇光等待片刻,眼见下午上课时间就要到了,盛晖仍没有离开的意思。难道他想逃课?摇光讶异,他这种优等生也会逃课吗?她缓缓走出来,即便被发现也没办法,她总得回教室。

盛晖看到摇光,微微一怔,很快又恢复,他视线下移,注意到摇光手中的药瓶,摇光下意识往后掩了掩。

"多久了?"盛晖突然问。

摇光愣住,好一会儿才反应过来,盛晖是在问她生病的时间,他曾细看过她书包中抗抑郁的药物。一股羞愤之情涌上摇光心头,他在好奇,是没见过抑郁患者,觉得新鲜?

"不关你的事。"摇光冷冷道。

盛晖并不难堪,竟然笑一下:"看你的样子,病情不至于太严重,怎么会执意自杀?没有按时服药,还是不接受心理治疗?"

摇光盯着他,一时说不出话,听他的口气,很了解抑郁症。

"喂,你过来。"盛晖轻声唤她。

Chaper 5
光明的救赎

"快上课了。"摇光嘴里说着,犹豫一瞬,却还是走过去。

盛晖直直看着她:"你刚才听到吧,我女友埋怨我没吻过她。"

摇光困惑地歪一下头,她不明白盛晖为什么对她说这个,是责怪她偷听了他们的对话吗?

"想要吗,我的初吻。"盛晖接着平静问。

摇光无声地睁大眼,脑中轰隆作响,对自己听见的内容难以置信。她当然清楚这邀请不正常,她不是原来的李摇光,这里也不是法国,那些曾围绕自己的男孩早已销声匿迹。如今的自己不过是被众人鄙弃的白痴胖妹,还是半个精神病人。

然而,明知这处境不正常,此时的摇光却说不出拒绝的话。她恍惚看着眼前的人,直到对方的面孔在眼前放大,唇上传来真实触感。这是非常奇妙的一刻,发生得如此自然。自然得仿佛他只是递给摇光一块蛋糕,或是巧克力,而她接过来吃掉。

他们离得很近,盛晖只是轻轻碰到她的唇,静止几秒后,将距离拉远,问她:"你又哭过?有泪水的咸味。"

摇光霎时涨红脸颊,视线躲闪着:"我……我没有。"

盛晖轻笑出声,却不再说话。

摇光尴尬地站在原地,对此刻的状况完全摸不着头脑,他究竟为什么要这么做?自己究竟算被利用了,还是捡到便宜呢?

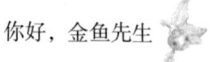

"你不打算去上课吗?"沉默良久,摇光终于找回自己的声音。

"嗯……"盛晖懒懒地应道,"不太想去。"

摇光缓慢地点点头,要赶去上课的念头也越来越弱,最后干脆同盛晖并肩坐下。

"你很喜欢数学?"

"是啊,比起人,我比较喜欢面对公式。"

"为什么?"

盛晖扬起眉,似乎在思考,片刻后说:"例如,我们说话是因为有交流的渴望,通过语言,希望能搭起一座桥跨越到对方心中。如果两个人能互相理解,心中涌动的感情就是一种对孤独的假释;如果不能,那么全世界的人类也不过是外貌相似的异类。而面对公式要简单很多,你解开它,它就能给你答案,没有变故,也不会说谎。"

摇光听着,似懂非懂地点点头。

"或许你从前的人生太乐观,但现在开始,要明白生活的残酷。"盛晖继续说道,"其实一个人,也能好好生活。"

摇光猛地转头瞪着他,心扑通扑通激烈地跳动着,恐慌的情绪再次侵袭全身:"你在说什么?你知道什么?为什么这么说?"

盛晖淡淡地瞥她:"你太紧张了,我什么也不知道。"

摇光急忙站起身,她感到不安全,想要立刻离开。盛晖却握住她的手腕,阻止她的动作,再用拇指点在自己心脏的位置给她看:"记住,只有这里,才是我们真正的、唯一的家。"

"你在说什么啊！放开我！"摇光渐渐不能控制情绪，四肢开始颤抖，她只想赶快逃开，不愿盛晖看到自己的丑态。

盛晖忽然紧紧抱住她，将她战栗不止的身体按在怀中，轻轻抚摸她后背，在她耳边呢喃安抚。奇迹般地，摇光初次在没有借助药物的情况下，逐渐冷静了下来，她深深喘息着，努力平复心绪。

半晌，盛晖放开她，后退半步："抱歉，我没想刺激你，但你现在的状态很不好。你知道，抑郁症是一种疾病，并不是单纯的想不开那么简单。患病后首先要使用药物，再配合心理医生进行治疗。但是，过量服用药物反而会产生副作用，必须配合心理指导才行。"顿了顿，他继续说，"生病不是丢人的事，任何人生病都需要治疗，你服用的喜普妙是很权威的抗抑郁药物，效果很好，我曾服用不到半年便能稳定病情。明白吗？我就是例子，你会好起来，相信我。"

摇光惊愕地抬头，紧紧盯住盛晖："你？！"

盛晖浅笑，只轻拍她的肩："回教室吧，下午会有老师查岗，这里不能久待。"

摇光呆立着不动，脑中不断回响盛晖的话，原来如此，原来如此。这终于能解释为什么他一次又一次帮助自己，为什么他不嫌恶自己，因为他有过同样的遭遇，他能明白其中的痛苦。心与心的距离瞬间被拉近，摇光感到胸膛被温暖充实，这暖意仿佛能穿透胸膛，抚摸到长久以来僵硬的心脏。

"盛……晖？"摇光轻声呢喃，仿佛忆起陈年旧事，那灰尘飞扬的夕阳里忽然走出一位故人,让她难以辨认。她想起那个小男孩,与他短暂的友谊,他们曾快乐相处,模糊的影像越渐清晰,他叫盛晖吧?是的,他就叫盛晖!

"盛晖?"摇光稍微大声,凝视他俊逸的脸。没错,那个小男孩,就有着这种漂亮的面孔,仿若天使。

盛晖看不到摇光此刻心中的澎湃,只当她确认自己姓名,于是点点头,再次提醒摇光回教室,接着转身离开。

摇光紧盯着他的背影,眼眶湿热,吐不出只字片语。她努力大睁着双眼,似要将盛晖身影刻进眼底,极灼热的日光,刺痛她的眼眸。一旦那人离开视线范围,万物瞬间化作黑白,整个世界都淡去,天地也不过是那一个人的天地。

情不知所起,一往而深,是否因为一直身处黑暗,就禁受不住光明的诱惑?飞蛾扑火也不过因为这样的理由吧。摇光闭上酸痛的眼,抚过盛晖刚才轻轻碰触的肩膀,那块肌肤竟滚烫得不可思议。

有人说过一个逆向思维的理论,说人的变化其实是在一瞬间迅速增长的,而过这个瞬间后很长一段时间都保持现状,直到下一个变化周期。摇光就在那天后开始改变,她仿佛从迷雾中走出,终于能看清前路。

当摇光向李红芬提出愿意接受心理治疗时,这位真心疼爱她的姑妈几乎是喜极而泣,她搂住摇光,不断地安抚鼓励。之前如何规劝都坚持不见医生的侄女终于能再次振作起来,令她倍感欣慰。摇光深知李红芬心意,感动不已,决心不再给她添任何麻烦。

Chaper 5
光明的救赎

初见心理医生，摇光显得防备而紧张。女医生很温和，看出摇光情绪不稳，及时给予专业安抚，在她善意的引导下，摇光才终于卸下防备，将难于启齿的身世全盘托出。勇敢面对心结虽很艰难，但做到以后，治疗会顺利许多。医生得知摇光的在校处境，坚决要求她转校。只有离开旧环境，摇光才可能找回真正的人格，不再自虐自卑。对这一要求摇光起初只是沉默，李红芬多次劝说，摇光才终于同意。她总记得盛晖的话，只有心才是自己唯一的家，有了这个家，便能独自好好生存。但盛晖不知道，摇光最想到达的地方，是他的"家"。

新环境里，摇光仍旧默默无闻，却不再是众人欺凌的对象。高二结束时，摇光因病情好转不再接受心理治疗，只少量服用药物，此前因暴食而引起的肥胖身材也逐渐复原。摇光知道姑父不喜欢她，之前因昂贵的治疗费用，管建华与李红芬吵过几次。摇光怕姑妈为难，努力转变态度，不再将自己关在房间，时常帮助做家务，对姑父与管娜总笑脸相迎，话也稍多起来。一屋人关系缓和，特别是管娜，渐渐与摇光如同知己。高三时，摇光出众的容貌开始被同学注意，已有男生写情书给她。摇光明白不能一直花姑父的钱，那些钱还要留给管娜出国，虽然姑妈表示要供她念大学，但她没兴趣，无论是读名校还是出国，她知道那些光环背后依旧是无奈的人生，她已看过太多风景，不想再为它们沉迷。

高考后的放榜日，摇光没去看自己的成绩，在这个阳光明媚的下午，她回到曾经的学校，在门口的角落里等待盛晖出现，再尾随他来到一间福记面馆。她偷偷观察盛晖的神色，平淡自然，看不出悲喜，摇光在盛晖对面坐下，假装不识地与他对坐吃面。店里很安静，唯一的声音来自店老板，他正对一名记者抱怨自己的薄利与艰辛。其间，盛晖抬头看过摇光一眼，午后店内空荡，摇光本可挑张桌子独坐，现在与他挤一起，意图昭然。盛晖没有认出摇光，这并不奇怪，她与两年前的肥胖形象完全不同。明知如此，摇光仍感到有点心痛，仿佛细碎玻璃揉进心里。

摇光在盛晖准备起身时叫住他，盛晖抬眼看她。

盛晖直接的视线使摇光有一丝瑟缩，她垂下眼轻问："你考得怎么样？"

"还行。"

摇光松一口气，眼里充满笑意："恭喜你，你一定会成功！"

"谢谢。"盛晖再次起身。

"你都不问我是谁吗？"摇光忙又问道。

盛晖停下，淡淡地偏过头："有必要吗？"

摇光微愣，而后想起他受欢迎的程度，怕是常有不相识的女生搭讪，于是笑起来，摇了摇头："没有必要。"

盛晖不再理她，付钱后走出面馆。

摇光安静地坐着，看他身影走远，再消失，低着头慢慢笑了。她发现自己并不害怕盛晖的离去，不害怕他忘记自己，她清楚并确定自己与他的缘分，这是无论他在自己面前消失几次都不会改变的。这种感觉，就像错过一班回家的火车、一次商场特价的时限，不是终生的遗憾，而是迟来的顿悟，一种无伤大雅的惋惜。摇光不清楚别人是否有过同样的感受，在乎一个人到不急着马上拥有，而是想要一步步、小心翼翼地走进他心里，走进他的世界，永久居留。她因这种感情而变得强大。

毕业后摇光不再服用任何药物，她找到一份咖啡店的工作。面试时向经理递出简历，已能坦然而平静地介绍自己。她微笑着，直视对方的眼睛说道："你好，我叫李摇光，今年高中毕业……"

Chapter 6
摇曳的温暖

眼前人知道她所有的事,认识完整的她。
这份奇妙的亲切感,使她感到宽慰,
至少在这个人面前,她不需要伪装。

Chapter 6
摇曳的温暖

摇光的新工作在一间花卉租赁公司，这里主要经营室内绿化的设计、策划，观赏植物的摆放及养护等。公司虽不大，发展还算稳定。初夏将近，江淮一带城市总会持续较长时间的阴雨天气，摇光与同事金婷已连续两周冒雨工作，穿梭于市区的各大写字楼。

"这鬼天气！"两人躲进室内，金婷烦躁地抖了抖雨伞。

"哎哎，你别乱抖水！"写字楼保安走过来，扫一眼她与摇光，目光定格在两人拿着的清洁用品上，"这里不能推销。"

"谁推销啦？我们是馨香花卉的！"金婷气闷地横他一眼，"这间写字楼一半以上都在租我们公司的植物，我们天天来倒是没见过你！新来的吧？"

保安略微迟疑，睇着满脸不悦的金婷，皱起眉头："租你们植物又怎么了？就能随地抖水？一点道德观念也没有，还不快点把伞套上！"

"你！"金婷气坏，正要上前大吵，就被摇光拦下来："好，好，我们这就把伞套起来！"摇光接过保安手中一次性伞套，拉着金婷往电梯间走。

金婷挣开摇光的手，自顾自走得飞快："你就是这样！他明摆看不起咱们，你也不生气？一个看门的还好意思趾高气扬！"

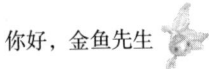

"好了好了，为他生气不值得。"摇光跟在后头劝慰。

电梯里，金婷忽然转头紧紧盯住摇光。

"怎……怎么了？"摇光往后缩了缩脖子。

"我说，你怎么就能这么不在乎呢？"金婷歪着脖子，眉头紧蹙："别人看不起你，轻视你，你还能乐呵呵的？你到底是神经粗，还是真的没感觉啊？"

摇光"扑哧"一笑，冲她摆摆手，见对方面色难看才收敛，正色道："不生气不是神经粗，也不是没感觉，而是没有必要。"

摇光阻止金婷预备发火的态势，忙道："先别急，听我说完，你为什么会觉得他瞧不起你呢？你想，雨水弄脏地面他得找人清理，还可能被教训，态度不好也算事出有因。当然，如果稍有名头的人他一定不敢这么对待，就算他仗着你人微言轻又怎样？在你能做出成绩走去高处以前，这个世界不会在乎你的自尊，你要总因为这种事生气，那不是和自己过不去吗？"摇光扶住金婷肩膀，"我看好你！你这股不服气的劲头并不坏，越是有能力的人越在乎尊严，你以后绝非泛泛之辈！"

"啧，少来，别以为这么说我就不生气，你就是软弱！"金婷拍掉摇光的手，嘴上虽不妥协，嘴角却泛起笑意。

摇光点头："我的确没你强悍。"

金婷作势要打她，摇光躲避，两人闹了一会儿，要去的楼层便到了。

护理植物时金婷忽然想到什么，问摇光："最近老是下

Chapter 6
摇曳的温暖

雨,你知道郝丽为什么还自己跑西塔吗?"

在摇光进公司以前,她们的现任主管郝丽以前也是基层员工,后来因业务做得好得到提升,金婷比郝丽早来公司,又认为她业绩取得的不光彩,背地里常非议她。

"怕老板说吧,总得做些事。"摇光答。

"哎,你就是单纯!"金婷直摇头,觉得摇光无可救药,一脸失望地看着摇光,"西塔是全市最好的写字楼,能进驻的公司哪家不是实力雄厚?你以为郝丽勤快啊?我告诉你,她就会四处勾搭男人拉关系,否则业绩从哪来?好比今晚的慈善晚会,主办方负责人就是个色老头儿,几百盆名贵植物,这么大手笔,你以为随便就能被咱们拿下?显然有猫腻嘛!"

"有什么猫腻也轮不到咱们操心。"摇光慢条斯理地说着,凑近金婷,"难道说,丫头,你忌妒?"

"我忌妒她?!"金婷瞪大眼反驳,"如果我像她那么不要脸,见人就勾引,现在哪轮到她做主管!我是不屑她那套,都说女孩子不能自己作践自己!你说是不是?"

"对,就是这个理儿。"摇光手上加快动作,催促她道,"快干活吧,下午要去布置会场,再磨蹭就赶不上了。"

金婷喉咙里"咕噜"一声,总算闭上嘴投入工作。

中午两人在小吃店随便吃些炒粉,便赶去晚会现场布置。慈善晚会设在香格里拉大酒店的顶层宴会厅,宴会厅层高十米,光彩夺目的巨型水晶吊灯,全落地玻璃幕墙,搭配质感奢华的暗金色窗帘,着实富丽堂皇。

金婷放慢脚步,环视周围:"这也太有档次了,简直像另

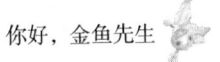

一个世界！你不觉得吗？"她惊奇地回头寻找摇光，却发现摇光并未跟来，只随意站在一旁，没有好奇也没有惊讶，神情淡然。金婷望着她，忽然生出一种奇怪的错觉，仿佛摇光从来都是习惯这些的，仿佛她从来就属于这片金碧辉煌，她隐约觉得摇光身上有某种说不出的气质或是力量，淡泊而又不容忽视。

"摇光！"金婷出声唤她。

摇光转过身，对金婷扁了扁嘴，满脸痛苦地说："小婷啊，我好像刚才炒粉吃多了，肚子有点不舒服。"

金婷嘴角几乎抽搐起来，她及时扼制住自己莫名其妙的想法，回归正题："那你快去快回啦，搬运师傅马上就到，我一个人应付不来。"

"知道了！"摇光双手合十，做感激状离开宴会厅。

行至走廊，摇光拐了两个弯，却没发现卫生间，只好找到一处楼梯通道，她身体靠着墙壁，闭眼静一刻，便取出香烟点燃。吸完烟，处理好烟蒂，她走到通风处淡去身上的味道，才再回宴会厅。

"这么慢！"金婷见到她抱怨。

"抱歉抱歉，这里格局变了，找了很久卫生间。"摇光忙解释。

"格局变了？"金婷狐疑，"难不成你以前来过？"

摇光愣住，立刻笑道："那当然，别小瞧人，我十岁以前的所有生日会都在这里举行，熟得跟自家似的。"

金婷自然不信，白眼道："你快去后面，搬运师傅已经过

Chapter 6
摇曳的温暖

去了,你告诉他们什么植物摆在什么位置,我来负责这边。"

"OK。"摇光赶去后面。

这次租摆的植物都很名贵,害怕磕着碰着,进度颇慢,完全布置好已临近下午五点,摇光与金婷会合,两个人各嘘口气。

"欸,你瞧见最中间那一桌没?那一个铺红桌布的。"金婷抬下巴指了指。

摇光顺势看过去,"怎么,忘摆什么了?"

"忘摆什么啊!"金婷笑着横她一眼,"告诉你吧,我刚才听他们议论,说中间那一桌只坐十个人,这十个人全是身价上亿的企业家!"

"这么厉害?"摇光睁大眼。

"当然!你想想啊,这可是慈善晚会,电视上演的那种有钱人参加的活动!一般的小公司哪敢做慈善啊?"

"那倒是。"

"而且啊,今晚盛怀龙会来!但这不重要,重要的是他儿子也会来!并且还是以另一家公司老板的身份出席!哎呀,你想想那场面,不是父子斗吗?"

摇光从上衣口袋中掏出两颗青枣,递一颗给金婷:"昨天买的,尝尝。"

金婷接过来,继续自己的话题:"据说盛怀龙的儿子很厉害,不愿意依靠他爸,完全放弃房地产,自己开网络公司。你说这有钱人想法就是奇怪,给他捷径他不走,以后谁接他老爸的班?"

你好，金鱼先生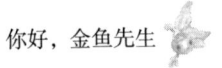

摇光站起身，伸一个懒腰："每天操这么多闲心，我都替你累。"

"这不闲着没事嘛！"金婷也起身，拍拍裤子上的灰，"走吧，还得回公司打卡。"

两人走出宴会厅，来到顶层专用的电梯间，豪华电梯门光亮如镜，铺展好的红地毯一直伸到门前。

"不好意思，你们请绕行。"电梯小姐将她们稍微打量，客气而冷漠地提醒，"这里是尊贵客人使用的电梯，不随便开放。"

"喊，我看起来就很随便吗？"金婷很恼火，一天中碰到两个藐视自己的人实在郁闷。

电梯小姐别开脸，懒得作声。

金婷直接按下电钮，毫不理会她转回脸时惊怒的眼神。

摇光尴尬地杵在一旁，想劝金婷，却也知道她此刻正冒火，真劝的话怕是火上浇油。她只得转向电梯小姐，抱歉地笑了笑，暗自做出个拜托的动作。

电梯小姐正要回应，电梯门已经打开，金婷二话不说将摇光拉进去，按下关门钮，挑衅地看向对方。电梯小姐气急，抢上一步却仍是晚了，眼睁睁地看电梯门合上。电梯里，金婷做出胜利的手势，孩子般对摇光吐舌头，得意不已。

摇光摇摇头，也笑起来，却忽然有点难过，从电梯的镜子里打量自己，逐寸逐寸，究竟有多么不同呢？她跟着电梯下沉，而那个人没有动，于是渐渐地只能仰视，这就是，此刻他们之间的距离。

Chapter 6
摇曳的温暖

随着"叮"的一声,电梯到达底层,摇光与金婷相续走出,两人正要往大门去,突然被人大声叫住,只见一个陌生的外国男人用法语与她们招呼。摇光讶异,瞥一眼身旁的金婷,迅速在脑中回忆。

外国男人见摇光不识他,笑着用法语解释,原来他就是曾在咖啡店向摇光问过路的法国人,没想能在这里碰到她,于是热情地再次表达感谢。

"谁啊?这是?"金婷吃惊道,"你怎么还认识外国人啊?"

摇光勉强对男人笑了笑:"我不认识他,这个人以前在我工作的地方问过路,我给他画了张图,指导怎么走。"

金婷点点头,小声嘀咕:"这外国人看起来不错啊,衣服什么都不便宜,这个时间出现在这里,难道是来参加晚会的?"

男人见摇光一直不回应,于是指着自己胸口:"Louis!"

"啊,他在跟我们说他叫Louis!"金婷激动地扯一下摇光,大笑,"这外国人真有意思,可惜不会说中国话!"

"Cecile?"蓦地,另一个男声插进来,金婷下意识看去,摇光却是心中一滞,想也不想便条件反射地放开金婷,慌忙跑出酒店。

摇光奋力跑着,眼中一片花白,她使劲捂住双耳,假装没有听到身后"Cecile、Cecile"的呼唤声。她紧咬嘴唇,不断向自己发问:怎会这样?为什么还不能面对?不过一个名字，便能激起她心中狂澜！结果一直也无法释怀吗？那这些年的努力又算什么？

被人用力抓住时，摇光直接蹲在了地上，她将头埋在膝盖里。来人也不勉强，只默默等待。半晌，摇光电话震动，是金婷打来询问，她顿了顿，接起来搪塞两句。挂断后摇光神情已恢复自然，只嘴唇略显苍白。

"Cecile，真的是你。"男人深深地看着摇光。

摇光回视他，终于望向这个在法国时最要好的伙伴，众多追求者中自己唯一回应过的男友。如今他已不是那个青涩男孩，变得成熟英俊，面对这样的他，摇光慢慢笑了。

看到摇光微笑，男人的心似被针扎一般，猛伸出手抓住她。

摇光皱眉，男人似乎很用力，握得她有点疼："放开我，铭宇，你别这样。"她抬眼看他，"我已经不是Cecile，我是李摇光。"

陆铭宇松开手，仍死死盯着摇光："原来你真的回到中国了！为什么不说？当初为什么不告而别？"

摇光别开眼，慢慢揉搓被陆铭宇握疼的手腕，片刻启唇："你想我怎么说，怎么告别？那时的状况还需要我向你解释吗？铭宇，我不明白你为什么愤怒。"

"你说你不明白？"陆铭宇扯一下嘴角，露出个短暂而苦涩的笑。他沉默一瞬，接着掏出手机拨通，说话时双眼牢牢盯着摇光，"Louis，抱歉！我有要紧事处理，可能没法过去了，你独自参加晚会吧，就这样。"

Chapter 6
摇曳的温暖

摇光倏然看他，脱口道："没必要为我耽误晚会，我们也没什么可说的。"

陆铭宇深吸口气，下意识紧咬牙关，借此平复心中涌动的怒气。他不言不语，施力拽住摇光的手臂便走。

"你做什么？！"摇光挣扎。

陆铭宇拖着摇光走出几米，异常的举动引得周围人注意，摇光见状挣扎得越发厉害，只想快些摆脱他。

陆铭宇吃力，终于被摇光挣脱，他抢上一步阻止摇光逃开，接着抓住她双肩，迫使她面对自己。摇光受到惊吓，用力去推他，却仍被牢牢固定。

"不要动！我只想和你谈谈！"陆铭宇几乎咬牙切齿，他没想到摇光居然这样害怕自己，这样竭力要逃开自己。

"没有！没什么好谈的！"摇光连声否决。

陆铭宇忽然松开一只手，将衣领扯开，纽扣蹦落，摇光吓得惊叫一声。

"你看清楚，这是什么！"陆铭宇放开她，后退一步，指向脖子上的银质项圈，"无论什么季节，我都像白痴一样戴着它，不取下来。你拿着钥匙消失了，无影无踪，却认为我连生气的资格也没有？"

摇光安静下来，她在陆铭宇盛怒的瞳孔里看到自己苍白的脸："……铭宇，我不知道你还戴着，我……我那时只是……"

"只是随便一说，只是当个游戏，对吗？"陆铭宇看着她，神情逐渐平静，"你的钥匙呢，还在吗？……不在了

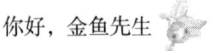

吧。我知道你不在意,就像那时候一样,无论多少男孩围绕,你都只玩笑敷衍,全不当真……作为男友,你喜欢过我吗?作为朋友,你又信任过我吗?充其量,我也只是你打发无聊的玩伴儿。"他顿一顿,继续说,"这根项圈,即使没有钥匙,我也有几百几千种办法取下来,可之后呢?像你一样把它当成不值钱的游戏然后忘掉?没错,这很正确,但为什么我做不到?你告诉我,你是怎么做到的?"

摇光说不出话,被陆铭宇紧紧握过的肩膀一阵灼疼,她能体会到对方扑面而来的复杂感情与愤怒,她完全没有料到,这样突如其来,又后知后觉。

陆铭宇长叹一声,再次靠近摇光,见她没有排斥,才轻轻牵起她的手:"走吧,我们找个地方谈谈。"

摇光不再拒绝,安静地跟着他走。两人来到附近一间茶馆,经陆铭宇要求,服务员引他们到最安静的包间,端上茶水后,合门离开。

摇光不作声,目光轻落在黑釉茶壶上,半晌,给自己倒了一杯,自顾自地喝起来。

"你看起来很渴?"陆铭宇打破沉默。

摇光抿嘴,朝他微笑:"铭宇,不要用这种好像兴师问罪的语气跟我讲话。"她放下茶杯,缓缓开口,"你还记得我,还对我有感情,我很欣慰,至少证明原来的我还不太糟。"

"错了,原来的你很糟,总是心高气傲,轻视所有人的真心。"

摇光闻言笑说:"是啊,那时我太自傲,什么也不懂,却以为什么都懂。现在落到这步田地,也是应该。"

听她自嘲,陆铭宇又感到难受,对她再也气不起来。当年的事他很清楚,整个法国闹得沸沸扬扬,换任何人都难以接受。李家家破人亡,摇光独自逃回中国,一定受了不少苦。

"这些年,你过得好吗?"

"开始时不太好,得了抑郁症,不过现在康复了,能好好生活。"摇光说得轻描淡写,陆铭宇却能听出其中的艰难。

"铭宇,我想郑重对你道歉。"摇光坐正身子,直视陆铭宇双眼,"对不起,我为我曾经的自以为是向你道歉。那时我们年纪还小,我没想过你是真心,更没想过能长久,是我贪图玩乐,觉得有趣,才答应你的。现在说出这些,很对不起,你脖子上的项圈我来想办法取下,让我结束它吧,荒唐了这么久的事。"

"对你来说,这就只是一件荒唐事吗?"陆铭宇看着摇光。

"是的,很荒唐。"摇光微微垂下眼,"那个项圈,原本是买给Alain的,对你开了这样恶劣的玩笑,还害你当真,我真可恶。"

陆铭宇愣神半晌,怒极反笑,"哈!是吗?原来如此!Cecile,你耍了我这么多年?该夸你好厉害吗?"

"很生气吧,生气就骂我好了,我承受得起。"摇光不意外陆铭宇的反应,任谁都会气疯,她不害怕恶毒的语言,她已准备好接受,这是她欠他的。

"骂你什么?骂你有用吗?"陆铭宇有些激动地站起身,"要我告诉你真相吗?要我告诉你,其实我一开始就知道它

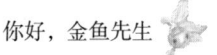

是什么吗!"

摇光睁大眼睛,这一瞬,她几乎感到血液停止了流动,眼泪忍无可忍般开始运转,就要夺眶而出。

"很可笑吧?曾经的陆铭宇,居然愿意为你带狗项圈!只因为你说,钥匙在你手里,我就永远是你的!"

摇光低下头,伸手挡住脸庞:"……对不起,铭宇。"

她微微抽泣,缓慢启唇:"你看不出来吗?我很害怕,害怕面对你,这意味着我也要面对过去!你与法国,与Cecile的一切都息息相关,我没有办法将你剥离出来,而那一段,却是我最不愿回想的。铭宇,你可能无法想象,我花了多少力气才能再站起来,才能像现在这样正常地和你说话。"

摇光闭上眼,泪滴落在木质桌面上,没有声响。

"现在的我,出现在你面前,出现在我的过去面前,是件很残忍的事。我不是Cecile,那个女孩从来都高贵、优雅,她有个富有的爸爸,成群的追求者,甚至,还有位侯爵后裔的干妈。她的手指温暖漂亮,不像我这么干燥,伤痕累累。她永远身着昂贵的衣裳,光是礼服就有三个衣柜,像这种几十块的T恤,她看都不会看一眼。"

摇光沉默片刻,调整好情绪,才抬头对上陆铭宇:"只有忘记Cecile,做一个新的人,我才能继续生活,铭宇,你懂吗?"

陆铭宇无言,他轻轻拢住摇光,将这个脆弱的女孩拥入怀里。

良久,电话铃声打破静默,摇光慢慢推开陆铭宇,深呼

Chapter 6
摇曳的温暖

吸几次，让自己从悲伤情绪中解脱出来。自从结束心理治疗后，她已很久不曾这样，但陆铭宇的出现，将那些深藏于心的记忆赤裸裸地摆在眼前，历历在目，容不得她忽视。

电话铃声持续片刻，陆铭宇接起："Louis，什么事？"沉默良久后，他对电话彼端说道，"我知道，我会过去。"

"摇光，能帮我个忙吗？"陆铭宇看着她，微顿，"如果你觉得亏欠的话，今晚，就帮我一个忙。"

摇光迟疑，笑得无奈："现在的我，能帮你什么？"

"你想过没？为什么我会参加本市的慈善晚会？"

摇光被问住，是啊，陆铭宇去法国时与自己一般大小，家族生意也都在那边，他为什么突然出现在这里？

"我有两个哥哥，你知道的。"陆铭宇取出香烟，询问摇光是否能用，摇光点头。

他缓缓吐出烟雾："陆家三个儿子，大哥、二哥都能干，父亲一直很赏识，我是老幺，以前总仗着长辈宠爱，不愿被过多管束，也不理会生意。但现在，父亲身体渐不如前。我大哥性子温和，还好说，但二哥……他本就是少有的好苗，多少有些野心吧。父亲担心我将来吃亏，所以让我回国，在这边发展独立分公司，若往后真有什么变故，也还有点产业撑着。"

摇光点了点头，宽慰道："你父亲太疼你，所以防患未然，倒不是真有预兆。以前我也见过你那两个哥哥，看起来是不错的人，对你也很关爱。"

陆铭宇笑："感谢你的开解，真的关心我，一会儿就陪我

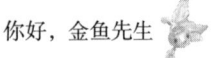

去吃饭。"

"原来是吃饭,这不算帮忙,我也饿得不行。"摇光顿时轻松,望一眼窗外,天已是黑透了。

"不是光吃饭那么简单。"陆铭宇顿了顿,仔细道来,"这次回国,我是打算做网游开发这行。此前我已做了不少市场分析,如今中国的网游市场规模已达到每年1000多亿的利润。换句话说,如果一款游戏每月有10万人在线,按每人每月平均消费两百元计算,一个月就能拉动2000万元的消费。在未来五年,整体网游市场将保持20%左右的增长率,那时,中国的网游市场不可限量!"他笑了笑,显出些兴致来,"这次我会参加晚会,是因为知道本市一家相当有实力的公司总裁也会去,刚才Louis致电就是告诉我,他已经成功约到对方,摇光,我希望你能陪我一同出席。"

摇光听闻更加困惑:"……铭宇,很高兴看到你有抱负,又找准方向。但是,为什么要我去?"

陆铭宇扶住摇光肩膀,目光炯炯:"能信任我吗?"

摇光看着他,良久,轻轻笑起来:"好吧,如果这是你希望的……补偿方式。"

自茶馆出来,陆铭宇驱车带摇光到商场,径直走向她曾最爱的品牌店,摇光裹足不前,冷冷地质问他要做什么。

陆铭宇愣住,见她满脸防备,无奈解释道:"你总不能这样出席慈善晚会吧?"

摇光垂头瞥眼自己的T恤、牛仔裤,沉默了一瞬:"究竟为什么,一定要我去?"

陆铭宇看着她，缓缓叹息一声，"信任我真的有那么难吗？……如果你不愿意，我不想勉强你。"

摇光不作声，望见陆铭宇疲惫失望的脸，终于有些不忍，于是快步越过他，走去前面："那就赶紧吧，这么重要的客人总不能迟到。"

陆铭宇跟上，侧头看向摇光："谢谢！"

摇光低头笑了笑，心中划过一丝暖意。一直以来，在这座熟悉又陌生的城市里，她都在努力寻找某种平衡，她现在的人生真实却有所保留。即使有朋友，有一起生活的亲人，也无法全情投入，永远游离在他们之外。而陆铭宇不同，他来自她的过去，来自她不可与人言说的一部分，他知道所有的事，他认识整个完整的自己。这份奇妙的亲切感，使摇光感到宽慰，至少在这个人面前，她不需要伪装。

Chapter 7

为了太阳,才来到这个世界

"幸好有太阳。"她微笑着轻轻推开他,
"有人将光芒指给我看,是他让我知道,
那些灰的只是晨起的雾色,用手甚至挥不开。
只有用太阳的灿烂,照耀一个冬季之后,
雾气才会渐渐四散。"

Chapter 7
为了太阳，才来到这个世界

陆铭宇推开包间，立刻传来Louis别扭的英文："Paul, Here you come！"

摇光不觉勾起嘴角，这种法国腔的英文她已很久不曾听到。在法国人中讲英文的并不多，他们认为法语是世界上最优雅的语言，为保护本土的语言文化，法国政府甚至立法限制英文歌曲与影片在媒体中传播的比例。

摇光向Louis望去，余光却先瞥到他身旁的人，不待多想已下意识退一步，撞上随后而至的服务员，餐具"哗啦"一声掉一地。

"对不起！"她忙道歉，低着头转身想走，却被陆铭宇制止，他奇怪看她，关切问："你怎么了？"

摇光答不上话，回视陆铭宇的眼神有些慌乱。

"Come on, here！"Louis不解地看着他们，提醒着，"Paul, Mr.sheng is waiting for you！"

陆铭宇轻搂摇光，以示安抚，笑容满面地向盛晖伸出手："抱歉，盛董，我来晚了，很荣幸见到你！"

盛晖从容与他相握："你好！Paul，原来你讲中文。"

陆铭宇笑："我九岁才移居法国，虽多年不用，但母语不能忘。"

"Paul 's Chinese is very good,he taught me,You can say Chinese！"Louis耸肩说着。

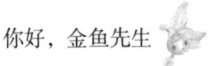

众人笑,陆铭宇夸Louis是好学生。

入座后,盛晖向陆铭宇介绍身旁的人:"这是我的搭档——柏然,腾晖的设计总监,也是创始人之一。这位是他女友,如今炙手可热的名模陶青。"

陆铭宇热情回应:"你们好,今天真幸运,见到两位青年才俊,还有名模美女!"

柏然连忙摆手:"哪里话,陆先生才厉害,刚才Louis将你的构想告诉我们,真的很不错,与阿晖不谋而合,他可是立刻就想与你面谈!"

"那太好了!我先敬几位一杯,希望我们能达成合作!"陆铭宇举杯。

"敬你才是,欢迎回国!"盛晖也示意。

一桌人起身举杯,同饮而尽。

陶青注意到摇光,觉得她十分眼熟,却偏回忆不起在哪里见过,遂问:"这位是?"

摇光本一直低着头,想借此减少存在感,却不料仍有人将话题引到自己身上。她此刻脑子里有点乱,后悔答应陆铭宇,她没想到世界这样小,居然会在这里碰到盛晖。

"正要介绍,这是我朋友Cecile。"陆铭宇轻触摇光肩膀。

摇光只得抬起头,冲对面点头微笑。她今晚化了妆,又穿着礼服,神采虽不似当年自信飞扬,但终归是美人胚子,自有股风姿绰约的气质在。

"Hi,pretty girl,your name's Cecile?"Louis调皮地冲摇光

眨眨眼，"This dress is quite nice on you, and, I guess this is Paul selected!"

摇光不去接话，只冲他笑笑，想将话题带过。

陶青观察着她，默默地上下打量，忽然脑中跳出一个人影，她皱眉，随即睁大眼，有些难以置信。这女孩居然是那家咖啡店的服务员？陶青暗自冷笑，睨着她，心道这女孩真是可以，居然攀上陆铭宇，以为穿一身名贵衣裳，装模作样饮几口红酒，就能高贵起来？

"Cecile，你是做什么工作的？"陶青问摇光，一脸友好。

摇光看着她眼里掩饰不住的轻蔑，明白她已经认出自己，于是下意识瞥了一眼盛晖，盛晖只随意看她，并无表情。摇光抿唇笑了笑，这不是正好嘛，盛晖没有认出自己。他从来，就没有认出过自己。

"我……"摇光刚要作答便被陆铭宇打断，"说起工作，我正有件事想说！"

陆铭宇转向其余人，眼中闪动着些微光彩："Louis刚才可能告诉各位，这次我们设计的游戏有一位核心人物，就是War goddess——战争女神。并且，我们已花高价请到日本最著名的3D动画设计师真纪舞为她设计外形。现在唯一缺少的是一位适合War goddess气质的形象代言人。"

"Of course, Paul！"Louis合掌，向陆铭宇示意陶青，"The beauty is just right. She has a very high reputation！"

"Thank you."陶青浅笑。

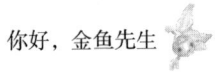

陆铭宇微顿，随即展开笑容："陶小姐气质优雅，即使Louis不说，我也非常希望能与你合作，只是这次War goddess的形象可能与陶小姐有些不符。在我理解，War goddess是一位勇敢、坚毅，在任何恶劣的环境下也能设法生存的高贵女性。"

"哦？听您的语气怕是已有了合适人选，不知是谁这样有幸？"陶青似笑非笑，面上有些挂不住，语气虽然客气，但已透露着不悦。

陆铭宇低头笑一下，状似无意般扫过摇光："我身边确实有一位让我觉得合适的人选，不知刚才Louis是否告诉过各位，游戏中War goddess的名字，就叫作Cecile。"

摇光明显感受到了周围投向自己的视线，她动作有一瞬的僵硬，而后扬起微笑："Paul真会开玩笑，我一个柔弱女子，哪能与战争女神相提并论，倒是陶小姐，气质更帅气一些，又有大把粉丝，不怕游戏不卖座。"

"Cecile何必谦虚，既然Paul说你行，那你定是有什么过人之处。"陶青毫不感激摇光的退让，这种类似施舍的说辞更加激怒她。她紧盯着摇光，仿佛要用视线将她射穿，"我能否冒昧问一句，Cecile，你与Paul是怎样认识的？"

摇光沉默地与她对视几秒，忽然将视线转向盛晖，盛晖静静地看着她，眼中是面对陌生人的毫无情绪。

"我和Cecile……"陆铭宇接过话头，却被摇光抢先道："我们在skype上认识。"

摇光端起面前红酒，稍晃了晃："我呢，听一个朋友说，

skype上有许多外国人和华侨,其中不乏有钱人,于是就想碰碰运气。结果认识了Paul,运气还不坏。"她说着,冲陶青眨眼,"陶小姐也是女人,肯定明白的,干得好不如嫁得好,找个好男人才是要紧。女人嘛,如何都会落个依附男人的下场,Paul,你说是不是?"

摇光嘴角虽翘着,眼里却没有笑意,她看着陆铭宇,仿佛在认真等他回答。

陆铭宇眼睫轻颤,面上表情变了又变,最后化作一抹失望。

摇光仿佛被这表情刺伤,掩饰般转开眼,却对上盛晖,他正看着她。摇光现在能确定盛晖是认出自己的,他毫无反应,只因全不在意罢了。

"对不起,我去下洗手间。"摇光起身离开,她没有回头,努力挺直背脊,听着自己的脚步声,高跟鞋踩在大理石地面发出清脆的声响。

摇光站在卫生间宽大的镜面前,内里照出一张漂亮却苍白的脸,从眉眼到光滑的锁骨,再到被礼服勾勒出曼妙曲线的腰身。她细细观察自己,忽然笑起来,果然是不一样,无论气质再相似,这张脸再怎样装扮,都无法掩盖曾经受伤的事实。像蜕变的痛,是远在出生那一刻就决定你需要担当,无可改变。现在摇光很明白,与生俱来的傲气,以及骨子里挥之不去的清高,除了让自己吃更多苦头,毫无益处,她能做的只有看清自己。

"怎么,躲起来不敢见人?"陶青不知何时走近,从镜中

你好，金鱼先生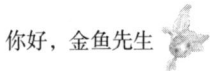

盯一眼摇光，随即打开化妆品，抹上颜色俏丽的唇膏。

"我当初没看错，你的确比那个徐莎莎道行要深，那傻妞恐怕没看出来，自己的好姐妹是个扮猪吃老虎的。"

摇光不理会她，推门进去一方隔间。

陶青却没有就此作罢的意思，她抱臂倚在洗手台上，幽幽道："因为我认出了你，所以改变策略，干脆向Paul坦白初衷？呵呵，好一个狠角色，我想你对他的欺骗，应该不止这些吧？比如，还有身份？他居然说你符合War goddess的气质，真难以想象那是编造了一个怎样惊心动魄的故事呢！"她顿了顿，缓慢地说，"很可惜，我不喜欢你，所以不打算帮你隐瞒，或许Paul会对真相比较感兴趣。"

摇光自隔间出来，目不斜视地走向洗手台，按开水管，仔细冲洗双手。

"没话想说？"陶青看着她，勾起嘴角，"那我先出去喽。"她走至门边，又转过身来："你说，那土鸡扑腾扑腾翅膀，飞出几米远，就真以为自己是凤凰了？"

摇光"扑哧"笑出声，又立刻捂嘴，抱歉地看住陶青："Sorry，我很想配合，但……实在没忍住，你的比喻太有意思了！"

陶青收敛笑意。

"你情绪变化得也太快了吧？"摇光摊开手，无奈地看着她，"还有啊，你怎么就能那么自以为是呢？想象力是不错，但逻辑思维还有待商榷。"

陶青怒极反笑："你就继续装吧，我看你还能装多久！"

"明白了，你是认定我在伪装。"摇光点点头，"也不错，一个服务员能高明到哪里去？大学是肯定没念过的，家里恐怕也拮据得很，所以一边做着服务员，一边想方设法攀高枝，谎言与伪装成了家常便饭，惺惺作态更是必备武器……"

摇光用拇指抵着下巴："嗯，你没想错，我确实爱钱，也想要往上爬。Paul的条件虽然不错，但他随时可能回法国。所以我还得另觅金主，陶小姐，请看好你男友，我这么所向披靡，很难说他不会被我勾引。"

陶青吃惊，不想摇光如此恬不知耻，一番话竟说得从容自得。

"下贱！"她咬牙切齿道。

"你骂我、讨厌我，或者看不起我，这些都无所谓。"摇光直视她双眼，淡淡地笑着，"但有一点要记得，如果你放着男友不管，却在意另一个人，那我现在就可以告诉你，放弃吧，他不会是你的。"

陶青眼睁睁地看着摇光推门出去，没有阻拦，她感到些不可思议，这个女孩仿佛刹那间换了张脸，原本的温顺消失不见。她像极了一只猫，将利爪藏在软绵的外表之下，无事还好，但若你惹到她，便会挨一爪子。

摇光与陶青回到包间，桌面上气氛融洽，四个男人说笑着。摇光稍坐后，便暗自抓过皮包，预备找借口离开。陆铭宇察觉她的意图，借着为她布菜，凑近她耳边："你答应过我不走，忍耐一下，饭后我向你解释。"

你好，金鱼先生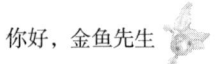

摇光沉默，片刻后，侧头给陆铭宇一个微笑。她放下皮包，继续平静用餐，只等待饭局结束。

"Cecile，刚才一直没说，不过越看你越觉得你像一个朋友，只是气质完全不同！"饭局过半，三巡酒下肚，大家交谈也更显随意。

说话的是柏然，摇光闻言笑看他，不置可否。

"你没觉得我们几人眼熟吗？"柏然微醺，抬手划过盛晖、陶青与自己。

摇光点头，笑意更浓："我看帅哥、靓女都是眼熟的。"

"只是看着眼熟，而不是真的认识吗？"陶青接过话茬，语气微微加重，意图昭然。

摇光轻轻夹口菜在碗里，放下木筷："当然认识。"她冲陶青笑说，"只是刚才没敢认，怕你们贵人多忘事，不记得我这小人物。"

"哪里话，我们可都记着你呢！"陶青意味深长看她，转而问盛晖，"是吧，师兄？"

盛晖抬眼与摇光四目相对，微笑点头："好久不见。"

"呵呵，真是你啊！"柏然笑道。

"怎么，你们认识吗？"陆铭宇大为意外，吃惊地扭头询问摇光。

摇光轻弹了弹酒杯，看向他："是啊，之前与他们有些接触，在我原来工作的地方。"

"对了，那位和你同在咖啡店工作的朋友——徐莎莎现在还好吗？"

Chapter 7
为了太阳，才来到这个世界

摇光看陶青一眼，这样露骨暗示，怕是谁都听出个中用意，她扯一下嘴角："我们都换了工作，没再联系。"

"哦？做得好好的，怎么换了？"陶青扬起眼角，虚假的讶异。

摇光近乎无奈："我记得，陶小姐说过那份工作没前途的。"

"是吗？"陶青笑笑，含糊过去，间隙瞥一眼陆铭宇，发现他表情自然，脸色却又阴沉几分。

"说起莎莎，盛董，您不是应该比我更清楚她的近况吗？"摇光顺势问盛晖，状似无意。

盛晖看向她，没有立刻说话。

摇光额角突然跳一下，心虚般转开眼，却听到他回答："我们已经分开。"

"分得好，这件事可不怪师兄，是那徐莎莎一得知师兄可能没钱，就立马提出分手，还好我试了试她！"陶青愁眉，"这种女孩，眼里只有钱，虚荣做作，感情什么都是假象。"看摇光面无表情，便又道，"Cecile，你以后交朋友要小心，话说物以类聚，人以群分，你跟那样的女孩一起，不知情的怕是要误会的！"

"这件事已经过去，我们就不再提了。"柏然温和地制止陶青，为她添了菜在碗里，"你尝尝这个，少喝点酒。"

陶青虽住了嘴，却明显不悦，将柏然挟在碗里的菜夹给他，淡淡地道："你忘了，我不爱吃这个。"

柏然动了动嘴唇，没有接话，桌上气氛一时尴尬。

你好，金鱼先生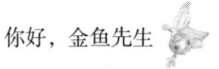

　　Louis见状打趣，夸陶青挑食皮肤还这么好，吹弹可破。这招很受用，陶青立刻扬起笑脸，谦虚道不化妆时脸色其实很差。Louis不信，她便要拿手机相册给Louis看。

　　Louis接过手机，刚按下一个键，一段事先调试好的录音便倾泻而出："嗯，你没想错，我确实爱钱，也想要往上爬。Paul的条件虽然不错，但他随时可能回法国。所以我还得另觅金主，陶小姐，请看好你男友，我这么所向披靡，很难说他不会被我勾引……"

　　手机中摇光的声音清晰传来，正是她在洗手间对陶青说过的话。

　　直到录音结束，Louis仍傻傻握住手机不动，没有人说话，令人难堪的沉默。

　　面对始料未及的状况，摇光毫无反应，她僵坐着，脑中一片混乱，理不出头绪。她懊悔自己的不提防，惊讶于陶青的恶毒，又意识到目前处境的荒唐。摇光此刻已判断不出哪股情绪更占上风，只感到凉意从脚跟顺着脚趾慢慢攀越而上，身体已先于思维表现出它的懦弱。

　　"……那个，Louis，你按错键了，呵呵。"陶青忽然出声，假作歉意地笑笑。

　　无人接话，又是一片死寂。

　　摇光微微垂着头，额前发丝遮掩住神情，她不看任何人，机械般地站起身，目不斜视地走向包间门，仿佛眼中只剩下那扇门，那是她唯一的出路。或许饮过酒的缘故，动作又急了，摇光刚迈出一步便被椅腿绊倒，她胡乱伸手去抓桌布，扯落间酒水洒了一身。

"Cecile！"陆铭宇终于反应过来，俯身试图扶她起来，却被摇光阻拦。她死死抓住陆铭宇的衣袖，不让他动，细弱的手指微微颤抖，指关节因太用力而泛白。

"Cecile……"陆铭宇蹲下，目光深沉地看着她。

"铭宇，送我离开这里！"摇光低声拜托，她尽量蜷起身体，将自己遮掩在陆铭宇的身形之下。

陆铭宇沉默，他能感受得到此刻摇光有多难堪和多恐慌，如同一片快要掉落的树叶般脆弱。他一言不发地搂住她，挡住其余人视线，将她护送至门口。

"Paul,you……"Louis犹豫着出声。

陆铭宇动作停顿，转身抱歉地冲众人笑笑："对不起，我可能需要离开一会儿。"说完便打开房门，带摇光出来，再轻轻关上。

关门声带动摇光断线的思维，她微微一震，清醒过来。此刻她与陆铭宇站在过道上，与包间的人只一门之隔，盛晖就在里面，而自己却落荒而逃。摇光回身，凝视眼前的墙壁，它是这样坚不可摧，牢牢将她阻隔在外，无法跨越。

"你究竟怎么了？为什么撒谎，说那种话？"陆铭宇将摇光拉离过道，两人来到大厅。

摇光不发一语。

陆铭宇突然转身，握住她双肩："Cecile，你说话啊！告诉我出了什么事？那个陶青刁难你了吗？"

摇光摇了摇头，一脸平静："我只是突然想起刚回国时的

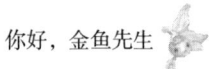

事。"她慢慢看向他,"那段时间,几乎周围所有的人都在怀疑我、取笑我,我因为精神上的病症和对生活的绝望,几乎想过就此了断。我觉得自己的世界变成了灰色,连瞳孔都是,然后为此痛哭,因为你知道,我的世界曾是那么色彩斑斓。"

陆铭宇听着,感到无比难受,他心疼这个女孩,这个曾经快乐高傲的女孩,于是搂住她安慰:"都过去了,已经过去了,我——"

"幸好有太阳。"摇光打断他的话,微笑着轻推开他,"有人将光芒指给我看,是他让我知道,那些灰色只是晨起的雾色,用手甚至挥不开。只有用太阳的灿烂,照耀一个冬季之后,雾气才会渐渐四散。"

"……他是谁?"

"铭宇,你看。"摇光低头看一眼自己,原本漂亮的礼服上布满污垢与酒渍,裙摆也因为跌倒而划破一条大口,"你几时见过这样的Cecile?那个公主,她几时这样狼狈过?"

大厅有点冷,又被酒染湿,摇光微微垂下头:"你想错了,我早就不是Cecile,更不是什么War goddess。我一点也不勇敢,我只是向命运妥协了,只是选择了苟且而活。我更加不高贵,高贵是那么脆弱的东西,它受不住现实的冲击,也经不起岁月的研磨。保持高贵需要充足的后盾,至少也有自己的一亩三分地,才能在其中潇洒独立。而我现在的人生,与那些辉煌的词句再也无关了。"

"你知道听你说这些,我有多难受吗?"陆铭宇看着摇光。

摇光微笑:"谢谢你!铭宇,但我之前说过,我要忘记过去,忘记Cecile。所以,我可能无法继续与你见面,原谅我的冷漠,你会让我想起太多以前的事。"

陆铭宇良久不语,而后深吸口气:"没关系,总有一天你能好好地面对过去、面对我,无论怎么说,我们都是青梅竹马。"他将外套脱下,披在摇光身上,"走吧!我送你到外面搭车。"

摇光上车后,将外套还给陆铭宇:"你进去吧,我会照顾自己。"

陆铭宇点头,目送出租车离开。

摇光从后视镜里看到陆铭宇重返酒店,便喊司机停车,下来沿着马路慢慢行走。她知道有人侧目,也听到窃窃私语,她不理会,只将双臂抱在胸前,微微低下头,用发丝遮住脸庞。她不是闹情绪,也不是伤春悲秋,而是很冷静地知道,自己不能这副模样、这副表情回姑妈的家。

有多久不像这样难受?摇光已快记不清了,病愈后这几年,她一直能很好地控制情绪,处事随和温顺,无论与同事还是姑妈一家,都能保持和谐的关系。她知道,在寄人篱下的生活里,就连喜怒也该是客随主便的,所以她不能将伤感带回那个家,在心情平静之前,她需要点时间。

摇光经过一间玻璃橱窗的店铺,忽然停住脚,她想起自己的衣服还留在陆铭宇车上,而这身支离破碎的礼服又该怎么换下?她头痛地闭一下眼,却感到眼眶有些湿热,鼻子也微微发酸，于是深吸口气，加快步伐走了几步。摇光看到街边临时搭建的小吃摊，老人孤零零守着没有食客的摊位，她静静站了会儿，便朝小吃摊走去。

"姑娘，想吃点什么？"老人亲切地看着摇光，对她的一身狼狈视而不见。

摇光抿了抿嘴，不知怎么眼底就有些起雾，她吸了吸鼻子，轻声对老人说："我不饿，我想在您这儿坐会儿，可以吗？"

老人答应了，想了想道："你是遇到不开心的事了吧。这么晚了，一个姑娘家在外面不安全，坐会儿就早点回去吧。"

摇光点点头，抬起脸冲老人笑了笑，一副想哭又竭力忍住的表情。老人愣了愣，心里有些可怜这个半夜独自游荡的丫头，于是做了碗三鲜面端上来，希望能给她些暖意。

摇光望着眼前的面碗，眼底瞬间模糊，接着就有泪滴在碗里，她忙抹一下脸，连续说着"谢谢"。

老人又安慰她几句，说一碗面不值几个钱，没有关系。

摇光收拾好情绪，认真吃下一口面，冲老人微笑："谢谢您的面，我好多了。"

"一碗面而已。"老人笑。

摇光摇了摇头："真的，谢谢您，我好多了。"

老人欣慰地看着她："那就好，你这么年轻，无论遇着什么事，都不该这么沮丧。"

摇光轻轻拍了拍脸，边点头边从皮包里取出一张百元钞："您说得对，我不该沮丧，这钱您一定收着，您比我家厨师

Chapter 7
为了太阳,才来到这个世界

煮的面可好吃多了!"她说着,也不管老人惊讶地推拒,"您放心拿着,我家可有钱了,我家用人买菜都是开车去的。"

"你,你在开玩笑吧!"老人看着前后判若两人的摇光,有些反应不过来。

摇光打一下哈欠,作势看了看表:"您看我像开玩笑吗?或者我现在拨电话让司机来接我,证明给您看看?顺便让他多带些谢礼过来。"

"不用不用!"老人忙摆手,仔细打量摇光,她的礼服虽脏了破了,却看得出是极好的料子,因此有些半信半疑。

"您拿着吧,这钱在我家也就够一碗面的。"摇光再次将钱塞在老人手里。

老人这次没再推拒,有些局促不安。

"您这有酒吧?啤酒就行,我现在心情好了,就想喝点酒。"

老人犹豫:"这么晚了,你还要喝酒?那你怎么回去?"

"司机会来接我的。"摇光胡诌。

摇光取出手机,暗自关了机。就这一次,她在心里告诉自己,就任性这么一次,放纵这么一回。明天,会再做回那个摇光,那个懂事坚强的摇光。

酒到一半是喝酒最痛快的时候,兴致在,酒也在,要醉还没醉,这一杯完了还有下一杯备着。摇光的头脑很放松,任由自己天马行空地想着、回忆着。她最先想到的是母亲,又暗数了数攒下的钱,计算着能去法国看望她的时间。然后想到姑妈,她曾经的小妈妈,还有姑父和管娜,她真的欠下这

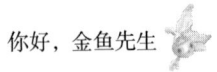

家人很多,要没有他们,自己走不到现在。接着,摇光想到陆铭宇,他变了很多,更加帅气也更加成熟,她不由得笑了笑,有些高兴又有些落寞,那段一去不返的日子,随着陆铭宇的脸就要重现在摇光脑中,她连忙扼制住,转而去想别的,于是就浮现出盛晖的模样,她的心"咯噔"一下,有点闷。

摇光垂下眼,头晕晕地靠在一只酒瓶上。那个人,她一直追在他身后,走了这么久,跟了这么久,却还是无法靠近一点。她不想放弃,也有累的时候,陶青今晚的录音,任谁都会当真。摇光皱着眉笑了,自己在他心里,还能更不堪吗?

"小伙子,你就是她司机吧?快带她回去,好像喝醉了!"摇光半趴在桌上,头顶传来老人的声音。

没有人回答,摇光记起自己撒的谎,有点窘迫,想对老人解释,又没力气开口,却听那人道:"我带她走。"

摇光忽得直起腰,脑袋一阵晕眩,身子不由自主地往前倾。

来人扶住她。

摇光仰起脸,努力睁大眼辨认:"盛……晖?你,怎么在这儿?"

"路过,看到你了。"盛晖瞥一眼自己的车,"走,我送你回去。"

摇光没说话,而后略微摇晃地起身,随着他走了。

上车后,盛晖问她家里地址,摇光没回答,闭上眼,将仍在眩晕的脑袋靠在椅背上。

Chapter 7
为了太阳,才来到这个世界

盛晖并不催促,滑下一点车窗,让摇光身上的酒气散去些。

摇光没有动,静了好一会儿,才缓慢启唇:"在你心里,我一定是个很糟的人。其实,我的确是个很糟的人,可能比你现在以为的还要糟,还要虚假……可是,你有没有过这种经验呢?有那么一瞬,心居然跳得特别快,脑海里闪现出一个很强烈的念头,它惊天动地,仿佛能够指引你方向,是它告诉你,剩下的日子都要为那个而活。"

盛晖顿了顿:"哪个?"

摇光仍闭着眼,轻扯了下嘴角:"……我头好晕。"

"我送你回家,地址?"

摇光微微摆一下头:"不,现在不能,我不能这样回去。"而后挣扎着动了动,"麻烦你,把我送到附近便宜的旅馆或者……招待所。"

盛晖驱车上路。

车开得平稳,摇光很快睡过去,再醒来时感觉状态好些。车已停在一片别墅区外,她有些不确定地回头看盛晖。

"你还想要机会吗?"盛晖与她四目相对。

摇光心中一滞,迫使自己清醒些:"什么机会?"她几乎能听到心跳声,一下一下,很沉很重。

"你和陆铭宇,是什么关系?"

摇光愣了一下,心慢慢落回原处:"什么关系,你不都听到了吗?"

盛晖不置可否:"陆铭宇的构想与我的很吻合,如今国内网游基本饱和,需要一些新的东西引领市场,而他的创意具备这个前景。"盛晖停了停,"虽然我不清楚原因,但他似乎很坚持,你愿意再考虑一下那个提议吗?"

摇光眼中微热,她再闭上眼,沉默不语。答应那个提议?怎么可能,她不希望也没有勇气再站在聚光灯下,那些无孔不入的记者很快会查出她的身世,到那时她全无把握自己还能挺直腰杆生活下去。

"这是个好机会,它能给你带来不错的酬劳。"盛晖继续说着,"远比从一个男人身上得到的更多、更可靠。"

摇光短促笑一下,咬住下唇,她睁开眼刚好看见头顶惨白的月亮,她想这一定是这些年来最糟、最难堪的一天。

"如果钱还不够,摇光,你想要什么?"盛晖用墨一般漆黑的双眼看住她。

摇光回望他,心明明难受得要死,却仍勾起嘴角:"又是这一句,盛晖,你是上帝吗?能满足所有人的愿望?还是说,你能看透每个人的心?知道他们所想?"

摇光静了静,慢慢坐直身子,伸手去开车门。

盛晖没有阻止,看着她下车。

摇光扶住额头,脚步虚浮,她往前走着,每一步都似踩在棉花上,难以平衡,疲惫感铺天盖地袭来,她脚下一软,跌倒在地。

盛晖从后方走上来,俯身扶起她,摇光垂着头,顺从地靠进他怀里。

"这里是我家,进去吧,有客房和干净衣物。"

Chapter 7
为了太阳，才来到这个世界

"你家，那你父亲……"

"盛怀龙这半年在欧洲。"

摇光站立不动，半晌，抬起脸看他："如果，如果……我答应那个提议，你真的能给我任何想要的？"

盛晖没作声，低头看过来。

摇光移开视线，她害怕看到那双眼里出现戏谑或是鄙夷，真是没骨气，刚才还振振有词，现在却来找他讨要，根本是搬石头砸自己的脚！

"你说。"盛晖只能看到摇光微红的耳廓。

"我……"摇光咬住下唇，紧了紧拳头，有些痛恨自己难以启齿的欲望。她说不出口，她能要什么？要得到吗？果真要弄到一点尊严都不剩，像可怜虫一样吗？

摇光深吸口气，轻笑一声："我要……市价最高的模特费。还有，不要向外透露我任何信息，包括名字。好容易赚到钱，我不想被人勒索。"

没听到回答，摇光状似轻松般拨一下刘海儿："怎么，嫌贵了？"

"不会。"

"那就好。"摇光看向盛晖："现在我答应了，你开心吗？"

盛晖微笑："当然，合作愉快。"

摇光也笑笑，不再说什么。她想起之前的豪言壮语，说过要给他所有，可突然发现，自己什么都没有，即便有什么，也是他不稀罕的。那些曾有的盲目自信，如薄而脆的玻璃，在这个夜晚被片片震落。

"进去吧。"盛晖扶住她。

摇光不再说话,跌倒时扭伤的脚在隐隐作痛,但没关系,她不打算告诉盛晖。就好像,她也不准备让他知道,他的一句当然,足够她付出任何代价。她愿意跟随他去任何地方,天南地北,天涯海角,只是不会有机会。

"为了太阳,我才来到这个世界。"摇光看着前方的路。

盛晖侧一下头,表示疑问。

摇光摆手笑:"没什么,我在背巴尔蒙特的诗。

Chapter 8

狮子的特性

"一只被困住的狮子。"摇光沉吟,
"本是兽中之王,却苦于某种牢笼般的势力
而无法获得自由,是这意思吗?"
盛晖回过头,顿了顿:"不,什么兽中之王,
那只是表象。狮子真正的模样,你还不够了解。"

你好，金鱼先生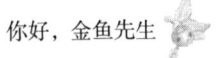

次日醒来，摇光稍微花了点时间才想起自己在哪儿。她翻身仰躺，打量所在的房间，昨晚倒在床上便睡去，还没好好瞧过。这里除了床、床头柜以及孤零零立在墙角的大衣柜外，没有其他东西，连墙壁也是原始的乳白色。摇光忍不住缩了缩肩膀，这房间莫名地给人一股寒冷得仿佛置身水中的错觉。她听到空调运转的微微声响，找到遥控关掉。她走到窗边，将手指伸入百叶窗的缝隙撑开，窗外暖融融的阳光才照进来，缓和了房间的冷硬感。

摇光打开房门，先伸出脑袋看了看，极其宽敞的客厅空无一人。她走出去，绵软的拖鞋踩在大理石地面没有声音。别墅很大，家具摆设看得出价格不菲，却冰冷生硬，没有生气。她找到洗漱间，从偌大的壁镜中看见自己宿醉后微微浮肿的面容，双眼周围是被泪冲花妆后的污物。原来昨晚盛晖看到的就是这样一张脸，还真是狼狈。

摇光往脸上扑两次水，才注意到面盆旁摆放着干净的毛巾和牙刷。她怔了怔，慢慢拿起毛巾贴在脸上，清淡的香味，她闭一下酸胀的眼，完成洗漱。回到客厅仍不见盛晖出来，眼见快到上班时间，摇光只好过去敲盛晖的房门，无人应答，再敲，还是寂静。

摇光试了试门把手，没有锁，于是心一横走进去。入眼便见盛晖躺在床上，穿着深蓝色睡衣，领口微敞。他双眼紧闭

Chapter 8
狮子的特性

着,头发凌乱地搭在额前,睫毛浮在沉静的面上,竟显出一种惊人的柔弱。这样毫无防备的表情,真不像他。

怎会有人沉睡后这样毫无声息,就像……

荒唐的念头闯进脑海,摇光的心几乎不会动了,惊恐与狐疑盘踞她的心神。她一步步走近盛晖,感到手脚发软,口干舌燥,她手伸了出去却又不敢碰触他。摇光咬了咬牙,终于还是将手颤抖着伸过去,试一下盛晖的鼻息。

轻缓而规律的呼吸,摇光眉间放宽,刚要收回手,却被突然抓住。她心一抖,回头便见盛晖不知何时已睁开了眼。但这双眼与平时有些不同,像是蒙上一层纱,有淡灰的光晕,深邃而迷离。摇光没有动,她只觉得那双眼像有无限的磁力,瞬间抽空她所有思绪,她嘴唇嚅动着,喉咙却被噎住,发不出声来。

盛晖的目光逐渐清明,却因血压偏低而无法马上起身,他松开摇光的手:"你在做什么?"

摇光愣愣地答不出。

"几点了?"

她下意识看表:"快九点了。"

盛晖没有动,摇光便小声问:"你还好吧?要我帮你倒杯水来吗?"

盛晖闭上眼,轻轻揉了揉鼻沟:"不麻烦,你出去吧。"

摇光转身,余光瞥到靠墙的书桌,电脑还开着,旁边纷乱摊着几份文件……"你,你昨晚几点睡的?"她转回来,惊讶地看着他,"你都是这么工作的吗?"

盛晖睁开眼,嘴角微微一动,似是想说话,又像很疲倦,最后只静静看着摇光,用眼神告诉她,与你无关。

摇光窘迫地快步走出房间后将门掩上。她自嘲地笑笑,也对,自己什么身份?有立场问他那些吗?还真是……自找没趣。

盛晖再出来时已换上外出的装扮,他手里握着车钥匙,看到摇光说:"抱歉,耽误你时间了,我送你。"

摇光摇头:"是我打扰你了,原本我要自己离开的,但想来想去,还是该对你说一声谢谢。"她抱起昨晚换下的礼服,"还有,我现在穿的这身衣服也谢谢你,下次见面再还你。"

盛晖看了眼摇光身上的运动衫及短裤:"没关系,这只是户外活动的样衣,你拿去穿吧。"

摇光不置可否,示意自己准备好了,跟着盛晖出门。

路上,盛晖问摇光:"昨晚睡得好吗?"

"很好,谢谢!"摇光望他一眼,语气有丝了然,"那件事你放心,不是醉话,我既然答应就不会反悔。"

盛晖不再说话。

一路安静。

快到摇光的公司时,她终于忍不住问道:"关于……一些具体事宜,我是和你沟通,还是和陆铭宇呢?"

盛晖思忖,而后看她:"你有什么想法?"

没料他反问,摇光脸颊微红,平静道:"我自然是服从安排,完成后给钱就行。"

盛晖点一下头:"好,你先去吧,再联系。"

Chapter 8
狮子的特性

摇光下车，看盛晖开车绝尘而去，心中揣度，他到底……是什么意思？

赶在最后一分钟打卡，摇光吐出一口气，进办公室还未坐稳便被金婷神秘兮兮地拉去卫生间。

"又怎么了，小姐。"眼见对方一扇扇检查隔间，摇光倚着洗手台无奈地看着她。

金婷走回来，古怪地一笑："没看出来？今天办公室少来个人。"

摇光想了想："郝丽怎么了？"

"昨天回来，我无意中看到一样东西。"金婷指了指其中一扇门，"里面纸篓里，你猜是什么？"

摇光望着她，心中明了："是……那个？"

金婷点点头，单手撑着墙壁，讳莫如深。

摇光略微诧异："居然这么不小心，被你看到。"

"是啊，可见她当时有多慌乱！"金婷撇嘴，"今早就没来，麻烦大着呢。"

摇光轻笑，摇了摇头："与你有什么关系？弄得紧张兮兮。"

"本来是没关系啊，只是昨天在会场，我还很不巧听到另一件事。"金婷眨了眨眼，语气显出几丝兴奋，压低声道，"我知道那是谁的种！"

摇光闻言拍她脑袋："积点口德。"

金婷"啧"了一声，不以为然："总之我知道是谁，我听到她讲电话了，这人就在外面！"

"谁？"

"嘿嘿,你肯定想不到。"金婷伏在摇光耳边,"是老黄!"

摇光看着她,稍稍蹙眉:"黄总?他不是……"

"不是有老婆?不是模范丈夫、好领导吗?"金婷接过话茬,"那都是假象,衣冠禽兽哪个不是道貌岸然的?你看他今早一脸烦躁没?弃卒保车,郝丽啊,十有八九回不来了!"

摇光沉默,她与郝丽谈不上有感情,但站在女性的视角仍有些同情她,对金婷的幸灾乐祸没法迎合:"算了,别人的事,还是少八卦。"

金婷见摇光反应不大,便也没了兴致:"不说他们了,明天开始咱俩就得跑西塔。"

"已经说了?"

"不用说,你看吧,下午老王就得通知。"金婷顿了顿,"西塔啊,那里面可尽是大公司,那盛怀龙儿子的公司也在里面呢!"

摇光心中一跳,下意识别开眼。

金婷狐疑看她:"说起来,我还忘了问你,昨天突然跑什么啊?追你那人又是谁?"

"不是谁,一个老朋友,我现在混得不好,他却风生水起,见面会难堪。"

"真的?不像啊……"

摇光好笑:"你就是八卦,行了快出去吧,再待下去领导得找进来。"

Chapter 8
狮子的特性

"哎,我发现和你做同事真没劲!"金婷嘀咕,泄气地随摇光出去。

刚回到办公室,摇光便接到陆铭宇电话。

"你总算开机了!昨晚怎么回事,你还好吗?"

"……我很好,让你担心了。"

陆铭宇轻咳一声:"虽然,你说暂时不愿和我联系,但你的衣服还在我这儿,昨晚我发现后开车追出去却找不到你,分明是那条路,你没回家吗?"

"回了,我让司机改了道,另一条路更近些。"

"是吗,你没事就好。"

摇光咬了咬唇,轻吸口气:"铭宇,我们……见个面吧,下班以后,我有事对你说。"

稍做沉默,陆铭宇显然没料到摇光主动邀约,几秒后的回答按捺着激动,"当然好,我来接你下班。"

摇光与陆铭宇约在一间较为安静的中餐厅,两人共进晚餐。

点餐后,陆铭宇看着摇光,目光莫测,终是忍不住问道:"你这身衣服……挺特别的。"

摇光微愣,这才意识到自己仍穿着盛晖公司的样衣,衣领下方还绣有'腾晖'字样。知道瞒不过去,她也就干脆实话实说了。

"我刚才说谎了,昨晚我没有立刻回家。"摇光端起水杯喝一口,"我……不愿也不能那个样子回去,于是在一个露天小吃摊喝了些酒,谁知碰到盛晖。当时我有些醉了,他出

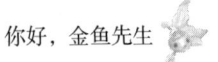

于好心让我在他家的客房睡了一晚。"

"既然不能回家,为什么没有给我电话?"陆铭宇盯着她,隐隐动怒,"比起我,盛晖更让你觉得安全吗?"

"我当时醉了,否则也不会去麻烦他,是他在路上碰到我,并不是我去找他,这你也要计较吗?"

陆铭宇颓然:"对不起,……Cecile,我只是有点难受,为什么找到你的不是我而是别人。"

摇光伸手抚上他手臂:"对不起,铭宇。"

陆铭宇苦笑,拿起木筷为摇光夹菜:"快吃吧,要凉了。"顿了顿,似想起什么,"今天约我来,是有什么话要说?"

摇光缓慢点点头,再抬眼对上他:"你昨晚说的那个代言,我愿意做。"

"为什么?"陆铭宇目光微闪。

"我还以为,听到我答应你会很开心。"

"是,我原本很希望你答应,War goddess的创意来自于你,没有人比你更适合,即便你不这么认为。"陆铭宇停下动作,直视她,"但我忽视了你的处境,你拒绝是对的,让你接下这个代言等于再次将你推到风口浪尖。我自认为帮你,却欠考虑,对不起。"

摇光滑开视线,眼角微微湿润:"别这么说,昨晚我讲了些过分的话,其实,我很高兴再见你,真的。也只有你……知道我的过去,明白我所想,就因为这份特殊,你在我心里,也与别人不同。"

"Cecile,我只想你不要再推开我!"陆铭宇望着摇光,

Chapter 8
狮子的特性

一脸真挚,"我明白你的处境艰难,所以我也会一直在这里帮你,这点你必须相信。我会给你时间,也会等,我的感情并没有变。以后,你遇到任何事、任何困难,我都希望你第一个想到的人是我,可以吗?"

摇光没有回答,她吸一口气,眼中盈亮:"合作愉快,铭宇。"

陆铭宇看着她,释然一笑:"好,既然你坚持,我答应你,并且会保护你,不让任何人知道你的身份。"

"也只有你,还当我是Cecile。"摇光撑住额头,苦笑一下,"真是傻瓜。"

西塔无疑是本市最高档的写字楼,楼体呈弧形立面,采用双层中空LOW-E玻璃,能达到隔热、防噪音、防辐射的效果,颇受实力雄厚的商家青睐。清晨,大楼里不断涌入西装革履的白领精英,个个雷厉风行,少有交谈,只听到高跟鞋踩击地面的"噔噔"声。

摇光与金婷穿着宽大的公司制服,鲜亮的翠绿色,她们的出现就像混在紫葡萄里的青枣,格格不入。等电梯的空当,金婷推了推摇光,小声抱怨:"这西塔也太夸张了,我就说不穿吧,都怪老王,打什么广告啊,傻兮兮的!"

摇光摇了摇食指:"你瞧,这写字楼里的人大多面无表情,看上去死气沉沉,我们穿的跟植物似的,他们肯定爱看。"

"啧,他们爱看能加你工资啊?干吗免费给人参观!"金

你好，金鱼先生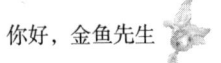

婷白眼。

"好吧，算我没说。"

电梯上行，摇光和金婷分头开工，一个负责奇数楼层，一个负责偶数楼层。盛晖的公司在四十八层，摇光提着水桶看到"腾晖科技"的Logo，脚步微顿走了进去，她正要向前台说明来意，先有熟悉的声音钻进耳里，她下意识看过去。

管娜与几名同事穿过大堂，说笑间瞥来一眼，看到摇光后微震，又迅速滑开视线，仿佛未见。摇光也转回头，冲已有些不耐的前台笑笑："抱歉，我是馨香花卉的，来护理租赁给贵公司的植物。"

"你们换人了？"前台狐疑地看她。

"是，因为工作调整，以后由我来负责贵公司的业务。"

前台扫一眼摇光的工作牌，向馨香花卉致电确认了，才将门卡递过来，算是放行。

摇光来到公司大厅，职员们都在忙碌，办公桌之间没有阻隔，能看到彼此的电脑屏幕，以防有人偷懒。她并未驻足，径直走向植物摆放区，开始日常护理。

"姐？"管娜从背后轻拍摇光肩膀，待摇光回头，笑道，"真的是你，我刚才还当认错人，不敢叫你。"

摇光笑笑，知道管娜为刚才的事抱歉，想出言补救。方法虽拙劣一点，但心意是好的。何况她并不计较管娜的反应，她完全能够理解。

"你负责我们公司吗？之前都没看到你。"管娜细心地帮摇光把翻起的衣角拉平，"这就是妈给你介绍的新工作？看

Chapter 8
狮子的特性

起来不错嘛!"

"嗯,还过得去。"摇光往叶子上喷了点水,"你怎么在这儿呢?你上次说要实习的公司就是这里吗?"

"是啊,你不知道,能来盛师兄的公司可不容易,我是过五关斩六将才被选进的!现在虽是最基层的员工,但能学到的东西特别多!"

"那就好,你比我聪明,念书也棒,肯定能有一番作为。"摇光冲她眨眼,"要加油,我支持你!"

"谢谢姐,小的一定赴汤蹈火,在所不惜!"

"贫嘴!"摇光笑骂,"以后在这里就别和我说话了,省得人家知道我们认识,还以为我接你公司业务是走后门呢!"

管娜松口气,咧开嘴笑:"没问题,还是你想得周到!"

"嗯,你去吧,我要进办公室了。"

摇光拎起水桶,来到独立办公区,先从部门经理办公室开始打理,再是总经理,最后是董事长室。她照例先敲门,无人应答再推门进去。摇光意外地看着沙发上的盛晖,她没料到他此时会在。通常,她们会在各公司正常运作以前来护理植物,以免给对方造成不便,特别是独立办公区,级别越往上,越是难在上班前看到人影。

盛晖身上搭着一件外套,还在熟睡。摇光略微踌躇,轻手将门带上,她走到盛晖身边,静静看着他,这是她第二次看到盛晖睡颜。相较上一次,他显得更加疲惫,眼睑下方微黑的眼圈能看出是熬夜了。

摇光下意识伸出手又收回,她不想吵醒他,却想再看看他,能这样肆无忌惮地看着盛晖的机会并不多。摇光不明白,他为什么如此拼命?盛怀龙富甲一方,建的楼房卖到脱销。盛晖却避开房地产,投身电脑行业,宁可白手起家,也不借父亲一丝力气。难道真如传言,盛家父子感情早已决裂?但那是怎样的隔夜仇,竟这样难以忘怀?摇光想起盛晖年幼时患过抑郁症,以及他在山路上玩命飙车的事,越发感到蹊跷。

"你在做什么!"

陶青推门而入,看到一个清洁工一动不动地盯着盛晖,这样一幅古怪画面,她立刻出声质问。

已陷入沉思的摇光吓了一跳,抬头看向声源。

"是你?"陶青诧异地睁大眼,随即反应过来,冷笑道,"你偷偷摸摸在做什么?能否解释一下?"

摇光不答她的话,转身走去植物旁。

陶青不愿罢休,悠然踱到她身边:"李摇光,我真不明白你这样处心积虑是为什么?你和你那个蠢同事,还真以为能和师兄沾上边?"

"你稍有几分姿色,想吊棵大树也就算了,偏惦记上师兄,你也不掂量下自己配不配?人贵有自知之明,癞蛤蟆吃不着天鹅肉,难道你没听过?"

"或者,你觉得你那贪慕虚荣的蠢同事做了场梦,你也可以?……那你知不知道,师兄从头到尾都没碰过她,更没将她放进眼里?你们这样的女孩实在太多了,虚荣又做作!根

Chapter 8
狮子的特性

本不可能在师兄心里留下哪怕一丝痕迹,全是痴心妄想!"

摇光并不动怒,只转身看着陶青。

陶青挑眉相对。

摇光问:"你师兄眼里,有你吗?"

陶青不料她蹦出这么一句,秀气的瓜子脸微微涨红。

摇光视而不见,继续问:"你在他心里,留下痕迹了吗?"

"你闭嘴!胡说什么?"陶青低声怒道,却忍不住瞥一眼沙发上的盛晖。

摇光轻轻睇着她,似笑非笑:"何必恼羞成怒?心思这样昭然,你还指望哪个笨蛋看不出?"

陶青知道她意有所指,脸色阴沉,慢慢握紧拳,她对摇光的轻蔑与自作聪明感到厌恶非常。她向来就不愿落人下风,特别是落于这样一个在她看来低贱女人的下风。

陶青凑近摇光,对着她的耳畔,一字一句低声说:"出来这几年,我见过各色各样的人,甚至有不要脸的女人为了机会,宁愿钻男人的裤裆。可我今天发现,那些都不算什么,因为最厚颜无耻的女人在这呢!你父母怎么会生出你这么个货色?品格低贱也就算了,还这么恬不知耻,他们可真该死啊!"

"你父母真该死!他们应该下地狱!"

"要判死刑,要碎尸万段!"

"李摇光,现在全世界都知道,你父亲!你全家!都是不折不扣的衣冠禽兽!"

"闭嘴!!"摇光紧紧捂住耳朵,微微颤抖,额上已渗出细密汗珠。

陶青不明所以，不满地伸手去拉她："你做什——"

"啪！"

结结实实的一巴掌落下，两人都怔住。陶青呆站着，下意识摸了摸脸，被指甲划破的肌肤沁出血印来，她稍微动了动嘴角，立刻疼得倒吸口气。疼痛令陶青完全清醒，她难以置信地瞪着摇光，完全无法相信自己被打的事实。

"谁给你的权利打人。"盛晖清晰的嗓音传来，"在我的办公室里。"

他走过来，将外套披在受惊的陶青身上，冷冷地看向摇光，瞳孔因怒意而变得深沉。

摇光微微喘息，说不出话，她能感到一股阴郁的血液流向心脏，一点一滴沁进心脉，凉得人没了知觉。

陶青终于有了动静，她慌慌张张地翻起皮包，将里面的东西倒得满桌，一把抓起镜子观察自己的脸。

"啊！都肿了！还有这里，都划破流血了！"陶青红着眼圈，声音喑哑，"师兄，怎么办？我下午还有拍摄！"而后转向摇光，满脸怨恨，"你下手真狠啊！故意的吧？明知我是模特，想毁了我的脸吗？游戏代言已经是你的了，还有什么不满？居然这样对我！"

摇光没有出声，静静站着。

"你说话啊！"陶青激她。

摇光看着她："自找的。"

"什么？"陶青睁大眼。

Chapter 8
狮子的特性

"你听到了。"

"你！！"陶青忍无可忍就要上前，却被盛晖阻拦。

盛晖看向摇光："无论出于什么原因，你都不该打人，你在我的办公室里打伤我的朋友，我希望你能够道歉。"

摇光低着头，刘海敛去神色，她沉默良久，才抬眼对上陶青："对不起。"

"一句对不起就完了？那我也对你说一句对不起，然后给你一巴掌，可以吗？"陶青愤怒地质问，"你害得我下午无法拍摄，我怎么向公司交代？难道要我告诉他们我被一个疯婆子打了吗！"

摇光不语，她站了一会儿，转身走去植物区，用蘸水的海绵开始擦拭植物叶片，一副若无其事的模样。

陶青气得发抖，硬是摆脱盛晖的牵制冲过来，对着摇光抬起胳膊就是一掌："这事没完，你给我等着！"

摇光没有躲闪，脸被打得偏向一边，微微红肿。她神色不变，深吸一口气，平静地看向陶青："我等着，但现在要工作，别打扰我。"语毕扭头继续擦拭叶片。

陶青自然不罢休，还想再吵，但总算被盛晖劝出去，两人离开，传来房门合上的声响。摇光停下，仰头望着天花板，良久，一动不动。

片刻后，盛晖独自回来，他走到办公桌前，拨通座机："May，帮我把医药箱拿进来。"

摇光背着身子，动作微顿，眼角有些发胀。

May很快照吩咐将药箱送进来，交给盛晖，见老板并未受

你好，金鱼先生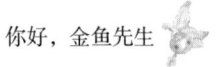

伤，又无其他人在，诧异瞥一眼背朝自己的清洁工，满脸困惑地退出去了。

"过来擦点药。"盛晖的声音响在身后。

摇光没有动，握住海绵的手慢慢缩紧。

"李摇光，过来擦药。"

这是盛晖第一次叫她的名字，摇光缓慢吐出一口气，转身走过去。

盛晖细细观察她的脸，摇光没有抬头，眼睛直直盯着桌角。盛晖开始擦药，摇光因为疼痛而瑟缩，盛晖扶住她的肩："忍耐一下。"

"谢谢。"摇光抬眼看他。

盛晖将药瓶摆到一边："你恢复还需要几天，看来广告得延后了。"

摇光微怔，这语气很熟悉，使她想起那年在教学楼的天台上，盛晖也曾用类似的话来掩饰好意。

"无论出于什么理由，感谢你的关心。"摇光微笑。

盛晖不语，凝视着她。

摇光别开眼，自嘲一笑："其实，你们的想法差不多，陶青只是更直白……你不也觉得，我是只可怜的癞蛤蟆吗？"

"我并不这么觉得，你不是癞蛤蟆，我更与天鹅无关。"盛晖将视线若有所思地转向窗外，冷笑了笑，"一定要形容的话，我也应该是……困兽，比你高明不了多少。"

"困兽，为什么？"

盛晖不答。

Chapter 8
狮子的特性

"那，是什么兽？"

"狮子。"

"一只被困住的狮子。"摇光沉吟，"本是兽中之王，却苦于某种牢笼般的势力而无法获得自由，是这意思吗？"

盛晖回过头，顿了顿："不，什么兽中之王，那只是表象。狮子真正的模样，你还不够了解。"

摇光觉得盛晖似乎在暗示什么，只点到为止，她也并不追问，因为盛晖已摆出不愿多谈的态度。

"看看咱俩的身份。"摇光指着自己，"清洁员。"再指向盛晖，"董事长。"而后笑起来，"癞蛤蟆的比喻，也确像那么回事。"

"不过，就算是癞蛤蟆，也有爱上天鹅的自由。天鹅游在湖心，癞蛤蟆就远看着，天鹅翱翔蓝天，癞蛤蟆就眺望着。它是得不到，但它可以一直盼念着。保不齐哪天撞大运，天鹅伤了翅膀，飞不起来，两人也就有了交集，你说是不是？"

盛晖没有作声，面前的女孩看似与他接触的其他女孩相同，却又有所不同，太过坦白了些。说她坦白，却又在一切重要的事情上隐瞒，经常话中有话。若说是为引得他注意，那她的确做到了。

"既然碰面，正好和你谈谈合作的事。"盛晖示意她坐下。

"为了最高额的出场费，希望你能尽快养好伤，具体金额和支付方式我会电邮给你，至于拍摄场地和时间，还得等摄影师来决定。"

"是你具体负责吗?"

"不,我与陆铭宇商量过,这个计划是他做的,由他来负责更合适。"

"……"

"你有什么意见?"

摇光轻笑,无奈地看他:"我有意见,能申辩吗?"

"你说。"

摇光"扑哧"一声笑出来:"开玩笑的,你的安排我没意见,我只认钱嘛。况且,铭宇和我关系匪浅,由他负责再好不过。"

盛晖看着她,感到她笑容里藏着一丝凉意。

"好了,不打扰你工作,我还要去别的楼层,再见。"摇光转身拎起水桶,走出办公室。

Chaper 9

红豆钵仔糕

她无法告诉他,她其实想知道,
他做的钵仔糕还有没有记忆中温暖的味道,
而她又效仿到几分,能否如曾经他带给她的那样,
在今晚也稍微给他些安慰。

你好，金鱼先生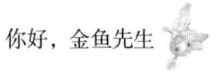

　　负责拍摄的是国内知名摄影师Andy，一个典型的完美主义者，仅是决定拍摄地点就耗时几天。最后竟挑中盛晖别墅内的庭院，那座巧工雕琢的奇石令他十分满意。摇光既然拿高价，自然就得敬业，整整五天的拍摄她相当配合，为达到Andy想要的效果，常是一个镜头重拍百来次。摇光不喊苦，倒是陆铭宇前后亲自照顾，生怕她累坏了。工作人员看在眼里，私下早将话传开，对摇光很轻视和鄙夷。

　　"听说这个模特原来是个清洁工！"
　　"真的假的？一个清洁工居然把陶青给比下去？"
　　庭院角落传来两名公司员工的对话。
　　"什么比下去？人家陶青是名模，她是什么啊？不过靠张开大腿得来的机会！……你说那姓陆的怎么就看上这么个街边货？"
　　"呵呵，他不是海龟嘛，海龟好骗！不懂中国的行情！"
　　"亏他长了张俊脸，还留学这么多年，唉！"
　　……
　　待她们走远，摇光才伸长了腿，继续晒着好阳光。
　　"你听着就不难受？"一旁被阻止的陆铭宇扭头看她，"你如今倒是真沉得住气，换了原来，早冲出去教训她们了。"
　　摇光闭目养神："你也说是原来，现在的我哪有那股傻劲。况且……她们也没说错，我得来这个机会确实出于你的原因。"

"这能是一回事吗！"陆铭宇叹息。

"有什么关系？陌生人的语言是最不可怕的东西，它无法真枪实弹地伤害到我。"摇光冲陆铭宇眨眼，"你就不一样了，不懂行情的海龟，你是我很珍惜的朋友，只要你不说那种话，我就不会受伤。"

陆铭宇神情复杂，揉了揉摇光的头："无论以前，还是现在，Cecile，你总能让我无话可说。"

拍摄期间，摇光一次也没看到过盛晖，若不是偶尔看见他停在院里的车，摇光几乎认为他不住在这所房子里。拍摄结束那天，所有工作人员一起开了庆功宴，柏然与陶青也双双出现，但没有盛晖。庆功宴就在盛晖的庭院里举行，他却没有来，这实在有点奇怪。摇光看了眼盛晖房间的阳台，一片漆黑，显示着主人不在。

"我用过这么多模特，Cecile是我最喜欢的！"Andy举杯向摇光，"业界都传我难伺候，对模特吹毛求疵，这几天，你全力配合，毫无怨言，确实辛苦了！"

"哪里话，我是个连业余模特都排不上的外行，您抬举了，倒是您的敬业精神很让我佩服。"

Andy摆手："不不，天分只占百分之一，有些模特小有名气就骄纵自傲，那她的路肯定走不长。我和你接触短短几天，但看得出你是愿意吃苦、默默做事的人，还耐得住苦闷，只要坚持，很快就能出头。"

"多谢您夸奖！"摇光敬他，一旁的陶青已脸色欠佳，

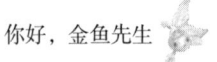

Andy的话或许并不针对她,但此刻听来总像有些关联,叫她面上挂不住。

"那当然,Cecile有天分,我早劝她不要做服务员和清洁工,看,这不机会来了吗!"陶青说着,冷笑着看向摇光。

"对了,盛董怎么没来?"陆铭宇看出摇光尴尬,忙问柏然。

柏然张了张嘴,才道:"其实,今天是盛晖母亲的忌日,每年这一天他都要独自祭奠,所以无法出席。但他很重视这次的广告,特地命我来陪大家玩到开心,这几天辛苦各位了!"

摇光听在耳里,仰头静静看向盛晖房间的阳台。

"怎么了?"陆铭宇问她。

"哦,没事,我水喝多了,想去卫生间。"摇光起身,冲他抱歉地笑笑,离开了餐桌。

盛晖已洗过澡,房间没有开灯,他斜着身子靠在与卧室相连的阳台上,神情慵懒,身旁摆着几瓶洋酒。他微抬头望着城市里并不漆黑的夜空,没有半点星辰。

摇光敲了敲阳台的玻璃门,盛晖闻声回头,看到她倚门而立。

摇光举了举手中的纸盒,表情略微腼腆:"我猜你可能在这儿,我们在开庆功宴,广告拍得很顺利,这里有些点心,我想你可能还没吃东西。"

盛晖瞥了眼她提着的纸盒,淡淡地道:"谢谢,我不饿,

Chaper 9
红豆钵仔糕

我只想独自待会儿。"

摇光并不走开,她将纸盒搁在扶栏上,拆开来:"尝尝好吗,是红豆钵仔糕,我做的,味道应该还不错。"

果然,盛晖闻言看过来,眼中滑过些异样。他的视线落在钵仔糕上,片刻后抬眼看着摇光:"你怎么知道我在这儿?"

"刚才,我看到这边阳台有一点火星,我想可能是你在吸烟。"摇光笑了笑,她今夜施了淡妆,穿一件白色纱裙,清新脱俗。

盛晖拿过一枚钵仔糕,确是现做的,还带着温热,他轻咬下一口,问摇光:"这种钵仔糕是广东一带的小吃,你怎么会做?"

"我啊。"摇光转身背靠在扶栏上,侧头看他,"小时候一个朋友教我做的,还记得那时我做得不好,惹了笑话。"

盛晖顿了顿,将剩下的钵仔糕送进嘴里,微微蹙起眉,似在回忆:"先将红糖粉溶于水中,可以加些炼乳,再加黏米粉和澄面,搅拌均匀,最后倒入红豆。钵仔上要涂一层油防粘,上锅隔水蒸三十分钟左右,差不多就完成了。"

"原来你也会做。"摇光笑意更浓,她静静看着盛晖,"那你曾经,也为谁做过吗?"

盛晖摇头,轻轻勾起嘴角:"不记得了,要不是你,我已经忘了自己曾经会做这个。钵仔糕是母亲最拿手的小吃,她是广东岭南人,最爱吃甜点。后来母亲离开,我再没做过,没想到至今还能记得做法。"

"真希望有一天,能吃到你做的红豆钵仔糕。"

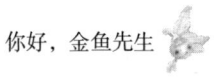

盛晖看她:"为什么?"

摇光低一下头,再抬起来:"因为我想知道,我和你做出的钵仔糕有什么不同……"她无法告诉盛晖,她其实想知道,盛晖做的钵仔糕还有没有记忆中温暖的味道,而她又效仿到几分,能否如曾经他带给她的那样,在今晚也稍微给他些安慰。

盛晖没有接话,他拿起酒瓶碰了碰摇光的胳膊:"想来一点吗?"

摇光点点头,接过酒瓶。

盛晖回到卧室,捡出两只靠枕丢在阳台地面上,自己坐下,让摇光坐另一只。

两只酒瓶碰了碰,摇光仰头喝下一口,酒在喉咙里辣得她呛一下,盛晖竟然喝这么烈的酒!

盛晖看着她的表情笑了:"抱歉,忘了提醒你,这酒不太好入口。"

摇光被呛得脸色红润一些,眼里起了点泪雾,她想起盛晖教她第一次吸烟的情景,不自觉笑了笑,抖得额前的发丝滑下来。月光打在她清丽的侧脸上,带着柔和的光泽,她不知道自己此刻的模样很有几分诱人。

盛晖静静看着她,眼神暗了暗,他将视线游离开,望着远处的灯火。

摇光抬起头看他:"开快车,喝烈酒,不分昼夜地工作,每件事都对身体伤害不浅,究竟为什么呢?盛晖,你为什么不痛快?"

Chaper 9
红豆钵仔糕

盛晖微怔着看她,忘了喝酒,盛晖你为什么不痛快?呵,还真没人问得这么正中靶心。他放下酒杯,头疲惫地靠在扶栏上,点燃一支烟。

"回答我一个问题。"盛晖吐出一口烟,对摇光微笑:"在你看来,狮子和瞪羚,哪个是弱者呢?"

摇光偏一下头:"难道不是瞪羚吗?"

盛晖不置可否:"在非洲,瞪羚每日清晨醒来,它知道自己必须跑得比最快的狮子还要快,否则就会被吃掉。而狮子每日清晨醒来,他知道自己必须追上跑得最慢的瞪羚,否则就会饿死。所以,不管你是狮子还是瞪羚,当太阳升起时,你最好开始奔跑。"他看向摇光,"现在,你觉得哪个是弱者呢?……在这个弱肉强食的世界,没有天生的弱者或是强者,想要生存下来,从来就不是件容易的事。"

摇光默默听着,思忖盛晖话里的意思,一个衣食不愁的富少爷,为何会对生存有如此残酷的认识?

"或许你说得不错,刚才的话让我想起你上次的自喻。难道你的忧患意识,来自你担心自己有一天抓不到瞪羚?"

盛晖静了静,反问:"你对狮子了解多少?"

"狮子是最大的猫科动物,它们以凶残和勇猛在草原里称王。"摇光回答。

"对,草原里还有一种足可称王的动物,你知道是什么?"

比狮子还厉害?摇光想不出,摇了摇头。

"是狼。"盛晖闭了闭眼,再睁开,"应该说,是狼群。单只的狼自然不能与狮子相提并论,可狼是一种群居动物,

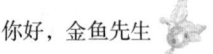

他们团结起来力量强大。而狮子绝不是一种团结到适合群居的动物。就好像从没听说过狼会吃自己的同类，但狮子会。因此，幼小的狮子过着一种动荡不安、朝不保夕的生活，能活下来的概率非常低。成年狮子没有教导幼狮生存技能的习惯。它们忙于其他事情，生产只是种存于基因中的本能，当第一次睁开眼睛，狮子就应该知道，这是一个怎样的世界。"

摇光一时说不出话，她隐隐明白了什么，忽然有点心痛。她其实能够感觉到，盛晖身上那种挥之不去的阴郁，即使正笑着，他也不能完全地快乐。即使与朋友相处融洽，也无法做到真正亲密，他的世界里，只有他一个人。

"你可以信任我，我愿意为你做任何事！"摇光很想把这句话大声地掷到盛晖心里，奈何这几个字只能卡在喉头，硬邦邦地滚回她心底，吐不出来。

"盛晖，无论曾发生什么，无论你是否被最亲密的人背叛过，我……"摇光艰难启唇，却说不顺畅，她不知如何表达，自己这片赤诚之心。

盛晖抬一下手，阻止她："酒喝多了，话就多，我大概有些醉了，才跟你说不相干的话，别放心上。"

"……我知道。"摇光沉默下来。

彼此沉默一会儿后，摇光的手机响，她接起，是陆铭宇打来的。

"你在哪里？怎么还不过来？"

摇光瞥了一眼盛晖："我有点不舒服，在沙发上躺了躺。"

Chaper 9
红豆钵仔糕

"哪里不舒服？现在好些吗？"

"好多了，我再休息一会儿，就不过去了，帮我和大家说声抱歉。"

"没关系，我先送你回家。"

"不用不用，我自己可以打车回去。"

"……那好吧，路上小心。"

摇光慢慢合上手机，顿了顿，对盛晖开口："空腹饮酒对胃的伤害挺大，吃点钵仔糕垫一垫会好些，我……这就回去了。"

盛晖看着她，没有说话。

摇光移开视线，踌躇着起身："那……再见。"

她手中还握着酒瓶，正犹豫不知放哪，被盛晖一倾身横过手取走，他将酒瓶靠放在扶栏边上。

"留下来吧。"盛晖抬眼看她，"今晚我不想一个人待着。"

摇光没有动弹，表情还算平静，心中却如锣鼓乱敲。留下？盛晖居然让她留下？他说的留下，是什么意思？

盛晖用指尖轻轻碰了碰摇光的耳朵，低笑一声："竟然红了。"

这触碰似有电流通过般，使摇光下意识捂住耳朵，窘得一时说不出话。

"你在想什么？你想到哪里去了？"盛晖果然醉了，他眼神迷离，半撑着身子，说话时呼吸暧昧地拂在摇光耳边。

摇光内心惊骇，她闭一下眼，咬牙拉开自己与盛晖的距

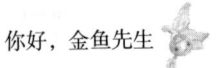

离:"别试我,我定力没那么好!"

盛晖笑了笑,靠回身后的扶栏,目光落在她脸上:"去洗个澡吧,会舒服一点。"

摇光顿时脸颊发烫,这不能怪她胡思乱想,许是酒精的作用,那个冷漠克制的盛晖不翼而飞,此刻他那双总是平静无波的眼底似有火苗在攒动。

摇光暗自深吸口气,抬眼对盛晖笑了笑,尽量摆出轻松自然的模样。她转身往浴室的方向去,却感到盛晖的视线一直跟着她,如锋芒在背,令她不由得加快步伐,差点同手同脚。

摇光站在浴室的镜前观察自己,她不断深呼吸,心脏却仍狂跳不已,手软到拧不干毛巾。她暗自唾弃自己没用,居然紧张成这副德行。摇光微微垂下头,按住自己怦怦跳动的心脏,心中默念:没事的,他不是别人,是盛晖,既然是他,就应该无所畏惧。

自浴室中出来,摇光看到盛晖已回到卧室,他靠在床头看电视,手中握着遥控器。

摇光穿着浴室中的男士睡衣,宽大的衣摆几乎垂到脚踝,盛晖没有转头看她。摇光只得走过去,慢慢坐在床头,佯装与他一同看电视。

面对盛晖的沉默,摇光只得一动不动地盯着荧幕。她咬住嘴唇,紧张得快要休克了,却还要故作轻松地笑谈电视中有趣的地方。

卧室里充满摇光单调而故作欢愉的声音,盛晖只默默听着,没什么回应。

Chaper 9
红豆钵仔糕

渐渐地,摇光再找不到话题,也静默下来,她轻轻抚着额头,委屈得有点想哭。她想自己是不是该离开了,或许盛晖反悔了,他又不需要她的陪伴了。

当摇光正胡思乱想时,盛晖终于有了动静,他用遥控器关掉电视,转头看向她:"我们睡吧。"

摇光回视他,脑中顿时乱成一片。她发现盛晖在轻轻审视着她,从她脸颊慢慢下移,将她整个人上下打量一遍。

"你看什么?"摇光脸上微热,不自在地轻拉衣领。

"我很意外,你会害羞。"

摇光愣一下,明白了盛晖话里的含义,她心沉下来:"是啊,我怎么会害羞呢?这不过是勾引男人的伎俩,真可惜你不吃这套。"

盛晖勾起嘴角,看着摇光的眼里多出疑惑:"真弄不懂,你分明感到难受,也讨厌被误解,却愿意继续待在这里。李摇光,告诉我为什么,你能够做到委屈自己来容忍我?"

摇光答不上来,只觉得喉头干涩。

"算了,晚安吧。"盛晖结束彼此间的沉默,他躺下身,一副预备沉睡的姿态。

摇光定定望着他的头顶,有些摸不着头脑。难道盛晖嘴里的"留下"真的只是留下?他嘴里的"睡吧"也真的只是睡吧?

正思忖,盛晖忽然转过身,摇光吓一跳,不由得睇着他。

盛晖闭着眼没有睁开,似是很疲惫:"睡吧,我只想和你安静地躺一会儿。"他静了静,轻声说:"这里曾是我母亲

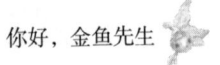

的房间,你做的钵仔糕,有她的味道,谢谢你。"

摇光没有说话,她小心翼翼地躺下,静默几分钟后,感到盛晖睡着了,便轻轻寻到他的手,将自己的手放进去,与他十指相扣。盛晖没有动,呼吸均匀,暖热的温度自掌心传来,使摇光心安,她嘘出一口气,也缓缓闭上眼。

翌日,摇光醒来发现身旁已无人,屋内很静,盛晖应该离开了。

摇光走下床,拉开窗帘,转身看到床头柜上有一张用水杯压着的字条和百元钞。她取过来看,上面是盛晖潦草的字迹,称上午有事于是先离开,钱留给摇光乘坐出租车。

摇光只将字条收进口袋,略微整理后离开。

出了别墅,摇光没有立刻拦车,慢慢走着,她回想昨晚的事,嘴角不由得泛起笑意。此刻仍感到不可思议,原以为还需要很久她才可能与盛晖稍微亲密。对于昨晚的突然进展,摇光心中虽有幸福感涌动,却也明白,那只是盛晖一时的情感软肋。

思忖间,有人拦住去路,摇光倏然抬头,竟是陶青,她无声地睁大眼。

"怎么?见着鬼啦?"陶青定定看她,一字一句用几乎是可怖的低语问,"昨晚,你睡得好吗?"

摇光看着她,陶青显然已经知道昨晚的事,所以清早过来堵她。

"睡得很好。"摇光回答她,无奈蹙眉,"陶小姐,你以柏然女友的身份,却时时为盛晖保驾护航,难道没觉得

Chaper 9
红豆钵仔糕

不妥?"

"妥不妥我比你清楚,不必你提点。"陶青意外地没有动怒,反而勾起嘴角,"倒是你,想扮蕙质兰心骗诱男人?看看你身上哪根骨头受得起。"

"骗诱男人?"摇光失笑,"我可没那慧根,这种事陶小姐自己干就行了。"

陶青沉默下来,她紧紧盯住摇光,一副恨不能撕了她嘴的模样。

摇光也不惧,静静回视她。

终于,陶青垂眼一笑,再抬起来:"差点被你气得忘了正事,我今天来找你,是要告诉你一个消息。"

摇光没有接话。

"我说你怎么就看起来与那些个服务员有所不同,骨子里总透着莫名其妙的傲气。"陶青幽幽道,"原来是底子好呀,做过亿万富豪的女儿,尝过极尽奢华。啧啧,也难怪以为自己倾国倾城,所向披靡。"

摇光没有动,直感到明显的寒凉顺着身子爬上来,速度之快,使她一时失去思考能力。

"我可真有幸,居然见到七年前曾轰动全国的大毒枭李吉东之女。"陶青冷笑,"你隐瞒身份这么多年,怕是不想这样功亏一篑吧?"

摇光仍旧没动,却几乎将牙齿咬断。此刻寒凉退去,她周身血液开始急速涌向心脏,不停击打胸腔,又将回声弹向耳膜,她几乎听到自己结疤落痂的伤口再次裂开。

"你也别害怕,我从来是讲道理的人,只要你不给我找麻烦,我自然也不会与你过不去。"陶青微笑着轻拍摇光肩膀,"你脸色似乎不太好啊,要多注意休息,话又说回来,再大的过错那也是你父亲犯下的,与你有什么关系?只要你别学他,安分守己,自然就会相安无事。"

"你想怎么样?"摇光迫使自己冷静。

"以后离盛晖远点。"

"好。"摇光答得干脆。

陶青轻笑:"你保证得太快了,我无法相信。"

摇光握紧了拳又松开,平静地抬眼看她:"那你想让我怎么保证?"

"至少,别再让我看到你和盛晖有什么牵连,这次的广告已经拍完,我想你也不必再与公司有任何瓜葛。"陶青转开脸,"不是我说你,有了陆铭宇,你就该知足。朝三暮四,想要的太多,最终只会得不偿失。"

"我是比较能理解你的心思,怎么说也曾辉煌过,后来摔得惨痛,现在又想爬回来也不为过。只是你的心思打在别人身上可以,盛晖就不行。我难听的说在前头,如果再让我发现你和盛晖有哪怕一点牵扯,我都不会……坐视不理。"

夏日将近,头顶火红的太阳照得摇光有些目眩,她闭一下眼,忍耐着回答:"知道了,我赶着回家,可以走了吗?"

"当然可以。"陶青让出路,微笑道:"对了,这里不好叫车,要我送你一程吗?"

摇光不想再说话,稍一摇头,错开她走过。

Chaper 9
红豆钵仔糕

"等等!"陶青又叫住她,"为了让你更安心,再告诉你一件事。我没有你贪心,要鱼也要熊掌,我承认已爱盛晖多年,也只爱他,而这一切柏然比谁都清楚,我们之间的关系不如你想的简单。所以,你这局外人还是少掺和,对你没好处。"

摇光沉默,只停了一刻,便继续走远。

摇光回到家,姑妈不在,她径直走进房间,靠在紧闭的房门上,疲惫地合上眼。门外传来不轻不重的敲门声,摇光微微一惊,定了定神,方才将门拉开。

管娜走进来,看到摇光,笑着嗔怪:"锁什么门?你总算回家了!"

摇光张了张嘴,干巴巴地解释:"昨天……和同事聚餐,晚了就在同事家休息了。"

"谁问你这个!"管娜拉着她去床边坐下,激动地抓住她的手,"还想瞒我到什么时候?你现在都快成名人啦!居然做了我们公司新开发游戏的代言人!天哪,之前听她们疯传,我都不相信是你!到底怎么回事?快跟我说说!"

摇光被她晃得头晕,脑中一片絮乱,机械地说:"你知道陆铭宇吗?"

"知道呀,合作公司的老板嘛!"

"他是我在法国时的好友,这次广告是他推荐我的。"

管娜长"哦"一声:"原来真是他的关系,公司就是这么传的,那你们是不是真的……嗯?"

"我们是朋友。"摇光撑住额头。

你好，金鱼先生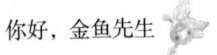

"怎么了？你脸色很差啊，是不是生病了？"管娜这才注意到摇光不对劲，忙伸手抚摸她额头。

"没事，我躺一会儿就好。"摇光慢慢靠上床头。

"那你睡一觉，反正今天周末，我就在家照顾你，有什么不舒服要赶紧说！"管娜替她拉上被单。

摇光点点头，遂闭上眼。

再醒来时已是下午，管娜不在房间，电脑还开着。摇光缓缓起身，下床稍微走动。经过电脑时瞥去一眼，却被熟悉的名字吸引。摇光停下来，用鼠标点开名为"盛晖"的文档，一篇篇类似日志却更像情书的文字赫然呈于眼前。摇光看着管娜字里行间满满的爱恋之情，心"咚咚"跳着，她回想管娜的种种行径，才恍然大悟，是啊，她早该料到！

房门被推开，摇光慌忙伸手去按显示屏的按钮，屏幕迅速黑下来，她转身看着管娜，眼神复杂。

"你醒了，好些吗？"管娜手中握着手机，冲她笑。

"嗯，好多了。"摇光错开视线，不与她对视，"我去下洗手间。"

事情变得越来越无法掌控，摇光垂着头，无力地撑住面盆，往脸上扑了两次水。她回想昨晚的温暖，却已那么遥不可及。

"摇光？"管娜在门外轻轻敲了敲，犹豫着说："你刚才看到了，是吗？"

摇光拧上水龙头，没有作声。

Chaper 9
红豆钵仔糕

"你肯定在笑话我吧。"管娜顿了顿,声音低沉,"其实,我也知道不可能,他那样的人,不知道要怎样美好的女孩才配得上,可是我……就是爱上了,我也没办法。"

摇光用力握住冰冷的金属门把手,迟疑片刻后拉开,她看着管娜略带尴尬的脸,安慰地笑笑:"我才没资格笑话你,别妄自菲薄,谁说你配不上他?"

管娜松口气,推摇光去床边坐下,自己坐在一旁,羞涩地抚了抚后颈:"那个……文档里的句子写得很肉麻吧?你要给我赶快忘掉!"

摇光失笑:"只是我看看,你就受不了?"

"哎呀,那种东西本来就是只给自己看的,别人看到多难为情啊!"

"好吧好吧。"摇光学着黑超特警组里的模样弯一下食指,"现在记忆消失了,我都忘了。"

管娜被逗乐,嘻嘻笑一会儿,才慢慢收敛,认真看着摇光:"我做了个决定,但不知要怎么告诉爸妈才好。"

"什么决定?"摇光隐隐有些预感。

"我不打算出国了,我在'腾晖'做得很好,想跟着盛师兄一直干下去,我相信他。"

摇光看着她,一时无语。管娜居然决定为盛晖不出国了?这让姑妈和姑父怎么接受?他们已为管娜找好学校,办好签证,连部分出国费用也已汇到国外。

"我知道说服爸妈会很困难,所以我希望你能支持我。摇光,我真的……爱上他了。我也明白我的爱对他而言有多卑微，但我想待在他身边，就算只是一名普通员工也好，我想和他并肩作战。"

摇光望着管娜眼中的亮光，那是坚定的信念，她已决定好。摇光有些愣神，陶青爱盛晖，现在管娜也爱他，她们都愿意付出。自己与她们有什么不同？她又能带给盛晖什么？想到陶青的威胁，姑妈的厚爱，摇光自嘲地笑出声来。或许，她从来就不是那个可以到达盛晖"家"的人。

"很好笑吗？居然笑出眼泪！"管娜不满地推着摇光，"刚才还说没有笑话我，现在就肩膀乱抖，停不下来！"

"不是笑话你。"摇光慢慢收起笑意，"我是羡慕你。"

"羡慕我什么？"管娜狐疑。

羡慕你可以毫无隐瞒，毫无保留地去爱。摇光笑了笑，没有作声。

"我才羡慕你好不好！"管娜笑着白她一眼，"据说广告是在盛晖别墅里拍摄的？你真幸福啊！不只可以参观他家，还有机会和他朝夕相处，忌妒死我了！"

"瞎想什么！拍摄期间我连他的人影也没看到。"摇光摆手。

管娜想起什么，晃了晃手机："对了，刚才May给我打电话，就是盛晖秘书啊，她和我关系不错。她说这两天要在兰贵馆举行公司周年庆的晚会，很多媒体都会来！"

"兰贵馆？"

"对啊，你不知道兰贵馆？"管娜意外地张大嘴，"全市最豪华的商务会馆，只有名头响亮的公司才有机会在兰贵馆办晚会！这是黄氏夫妇的产业，他们在本市名望本来就高，所以一直严格控制与兰贵馆合作的公司。"

"那这次机会不是得来不易？"

"是啊，交涉很久。"管娜点点头，"公司具体有什么计划或者策略，我就不清楚了，不过作为新游戏的代言人，肯定会邀请你去。"

摇光不置可否，想这晚会她怕是去不了，能避则避。以陶青的个性，该是说得出做得到。

Chapter 10
不能如愿

她的手垂下来,他们终于失去唯一联系,
她不敢回头看他,
她害怕只看一眼就再迈不动双腿。
她流着冷汗,眼睛酸痛,但她不能停下,
她要一步步走出这片冰冷的辉煌。

Chapter 10
不能如愿

摇光主动辞去西塔的工作，让新人与金婷一同打理，自己则揽下另外两座较偏远的写字楼，每日工作量比原来多出一倍。金婷不解，找摇光问过几次，她只说自己想多挣些，多座写字楼便多份薪水。

这日，摇光接到陆铭宇电话，上次拍摄的广告已制作完成，海报及相关商品也成功出炉，公司要举行游戏发行的策略商讨，需代言人到会参加。

摇光下午到达"腾晖"，陆铭宇还没来，她不知陶青是否也会来，便没去盛晖处报到。距开会时间还有片刻，摇光独自寻到茶水间坐下。

"欸，今年的周年庆要在兰贵馆举办？"

"是啊，我听外联部的小唐说黄夫人很难搞，虽然谈成了，但宴会厅一晚就是这个数！"女职员比出个手势。

"哇！公司还真舍得下本！"

"我看这次主要为新游戏做发布，周年庆只是顺带。"

"那你说……今年的Party queen会是谁？"压低声音。

"要说原来嘛，就一定是陶青，至于今年，呵呵，半路杀出个程咬金，鹿死谁手还不知道呢！"

"啧啧，这人的命运还真难说，清洁工也能平步青云。"

"你也可以啊！"女职员低笑，"只要你放得开，也去抱男人的大腿，用身体取悦他们，你就……"

你好，金鱼先生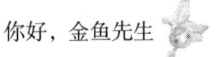

"快闭嘴！恶心死了，谁那么贱啊！"

"人至贱则无敌，你道行不够，比人家差远了！"语毕两人在茶水间的拐角笑起来。

摇光眼见她们就要走过来，环视周围，也无处可避，只得硬着头皮撞上。

那两人拐过来，看到摇光，当场吓得差点原地跳起："呃……你……"两人面面相觑，拿不准摇光刚才是否听到。

"抱歉，我等着三点开会，不介意我在茶水间坐坐吧？"摇光从容自若。

"当然不介意，随便坐！"女职员们赶紧摇手。

摇光笑了笑，走近饮水机，将手中的纸杯注满热水，回头道："我建议你们应该多喝普洱茶，有降压提神的功效，能更加投入工作，自然就没闲心嚼舌根了。"

语毕，摇光并不理会她们是不知所措或是满脸羞怒，只伸手拉门，径自离去。

会议室已落座几人，摇光挑了最远的位置坐下，不久便看到陆铭宇进来。他看到摇光，笑着走过来，全不在意其余人的窃窃私语。摇光也不避讳，与陆铭宇轻松交谈，既已担上莫须有的罪名，此刻假装生疏，只能招来做贼心虚的苛责。

会议开始时盛晖才进来，这是摇光第一次看到工作中的他，魄力十足，仿佛一位年轻的君主，掌控着眼界内的一切，胸有成竹。

商讨很顺利，陆铭宇作为合作伙伴，盛晖充分尊重了他的意见，两人很快达成共识。讨论进行到最后一环，摇光正神

Chapter 10
不能如愿

游天外,便被陆铭宇唤醒:"你可以胜任吧?"

"胜任什么?"摇光见众人都看向自己,忙垂下脸,小声问他。

陆铭宇笑笑:"盛董刚才钦点你为周年庆的Party queen。"

"我?为什么?"摇光惊讶地转向盛晖。

众人屏住呼吸,霎时一片安静,从没人在会议上用这样随便的语气与盛晖说话。更重要的是盛晖钦点她做Party queen,她不赶快谢恩,居然还问为什么?

见气氛异常,盛晖又沉默不语,摇光忙重新组织语言:"我是说,这个消息太突然了,到底什么是Party queen呢?"

"我们公司自成立以来,每年都会举办周年庆,Party queen就是当晚最受瞩目的女性,会以盛董女伴的身份出席。"May遵照盛晖的意思向摇光解释,"往年的Party queen是由陶青小姐担任,她是名模,又代言过我公司产品,具有较高的知名度。"

"那这次为什么……而且还是在兰贵馆那样的地方,我自认分量不足。"摇光并非不为盛晖邀她做女伴而心动,只是目前状况复杂,陶青今天虽不在,但若消息传出来,必然招来麻烦。

盛晖示意May分发给大家一份报表,抬眼看向摇光:"这是市场部截止到昨天的一份调查报告,报告显示多数客户对新游戏的关注度很高,而广告曝光以来,很多人都在问War goddess是谁?他们对War goddess代言人的关注超过预想。"他身子向后靠,手指轻轻转动笔帽,"我们这次大胆起用新人,打神秘牌,已成功吊足客户胃口。所以,周年庆晚会上,将同步对新游戏做正式发布。而你,作为产品代言人,希望能全力配合我们工作,当然,你的酬劳会与配合度成正比。"

盛晖提到酬劳,众人面上无异,内心嘘声一片,摇光对广告费狮子大开口的事迹早被财务室传遍。如今公司逢人都知这女人不光会勾引男人,还极爱钱。果然,摇光听完盛晖发言,不再多问,默认下来。众人越发肯定自己的想法,她之前故意推脱,实为叫高价码,简直居心叵测。

摇光哪里去理他们想法,只一心想着盛晖的话,按他所说,这次晚会对公司很重要,而她是否出席起着关键作用。这样一来,只要陶青明白其中原委,应该不至于胡搅蛮缠,怪她变卦。况且,这关系到"腾晖"发展,陶青不至于不管不顾。思及此,摇光稍微心安,便没再否决Party queen的事。

会议结束,陆铭宇驱车送摇光回家,抱怨说不能邀她做女伴,太可惜。摇光笑看他,此刻的陆铭宇与刚回来时已经不同,比起恋人,他们果然更适合成为好友。

"铭宇,谢谢你回来。"摇光突然说。

陆铭宇静了静,扭头一笑:"作为回报,你不许再离开我。"

摇光微笑着闭上眼,不答他的话。

夜晚辉煌,灯火璀璨的宴会厅里,绅士淑女相互交谈,乐队演奏着轻柔曲调。

摇光被安置在后台化妆,她的长发高高挽起,露出光洁的

Chapter 10
不能如愿

额头。一袭垂至脚踝的红色长裙,鲜艳至极,衬得她整个人明艳动人,眉眼温柔高贵。

管娜寻到后台看摇光,见了她禁不住赞叹:"真美!摇光,今晚你真不愧为Party queen,肯定没人能盖过你的风采!"

摇光趁化妆师转身的空当,吃下两块饼干,朝管娜撇嘴:"美丽是要付出代价的,我下午粒米未进,坐在这快三个钟头了。"

"那当然,你今天是神秘礼物,外面的媒体都在猜测War goddess会不会来,等会儿你一出现,绝对惊艳全场!"管娜羡慕地看着摇光,"可以成为盛晖的女伴,你真幸福。"

"只是今晚。"摇光覆上她的手,"娜娜,或许这话很空洞,也帮不上什么忙,但我真的希望你能得到幸福。"

管娜微笑:"我们都会幸福的。"

May来到后台,提醒摇光准备,管娜伸出拇指鼓励她,见摇光回以OK手势,便先离开了。摇光站在布幕后,听主持人说开场白,思绪渐渐放空,有多久不曾站在聚光灯下?那些模糊的过往,那些伴随Cecile的一切辉煌,记忆如潮水般涌向她脑海。

"在想什么?"

摇光倏然回头,是盛晖。

他着一身妥帖的名贵西装,完美俊逸的面孔,果然在任何时候,这个人都如钻石耀目。

盛晖掏出打火机,"啪"地点燃一支烟,递给摇光:"来吧，可以消除紧张。"

摇光顺从地接过，含在唇间，烟嘴上有盛晖的气息。

这时，主持人宣布盛晖与女伴入场。

"不要怕，跟着我就好。"盛晖看着摇光，眼中是琉璃般的光彩，令摇光心动，她微笑点头，将手交给他。

盛晖的手出乎意料得温暖，台上光芒太盛，照得人几乎睁不开眼。摇光微微侧头看盛晖，他的笑容自信得体，声音不高不低，令所有人屏息聆听。忽然，盛晖微笑着转向她："今晚的主角，War goddess的代言人Cecile。"

台下闪光灯此起彼伏，摇光明显恍惚一瞬，才慢慢握住话筒，露出优雅从容的笑："大家好。"

她的唇角微微上扬，丰沛而完美，所有人都赞叹War goddess的高贵与美丽。摇光保持笑容，眼眸如星辰般明亮，金色的灯光落在她挺直的鼻梁上，这一瞬间她仿佛回到了法国那场盛大的古堡晚会，父亲就在台下微笑着注视自己。心陡然空了，摇光闭一下眼，只想转身逃开，却不行，她悄悄握紧了拳，努力维持笑颜。

终于能走下台，摇光逃似的快步回到化妆间。May敲门进来，她还苍白着脸，直到感觉May拉起她的左手："累了吧？那就休息一会儿。"

摇光局促地笑了笑，犹豫一瞬才说："真抱歉，今晚来了不少意向客户吧？我却这样跑进来。"

May善意微笑："没关系，你第一次上台会紧张很正常，习惯就好了。不过，作为盛董今晚的女伴，等会儿还是要麻

Chapter 10
不能如愿

烦你出去接待一下。"

"当然，我很快就出去。"

"嗯，那不打扰你休息。"May瞧了瞧摇光，从口袋里取出纸巾递给她，"看你，额头都出汗了，稍微整理一下吧。"

摇光接过来："谢谢。"

May离开后，摇光抬眼看向一尘不染的镜面，擦了擦额头上的汗。良久，她凝视着镜中的自己轻轻笑了。她的笑容顾盼生辉，不容人拒绝，如天使般纯净，但也只有她心里明白，这个女孩是一个谎，看上去那样高贵、美好，然而内里却早已空了。

摇光重新回到会场，May将她引到盛晖身边，他正与某位客人举杯笑谈。

盛晖看到她，便向她介绍对面那人："这位就是兰贵馆的主人黄夫人。"

"黄夫人，您好。"摇光优雅微笑。

一身华贵装扮的黄夫人笑着看过来："你好。"

"相信您刚才已经认识了，她就是我公司新游戏的代言人Cecile。"盛晖说着，轻揽摇光秀腰。

"我刚才在台下已经看到，小姐果然惊艳，不愧为今晚的Party queen。"黄夫人感叹，"我也老了，现在都是你们年轻人的天下。"

"黄夫人谬赞，我到您的年纪能有您一半的风采就满足了。"

黄夫人微笑，正欲转开视线，却被什么吸引般目光倏然一

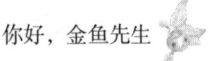

变。她惊讶瞪大眼，再盯住摇光的视线已异常犀利。

"Cecile，可否回答我一个问题？"黄夫人仍旧客气，嘴角却泛起冷笑。

摇光怔怔回视她，不解她眼中突然而起的阴恨为何，却已预感不妙。

"您请说。"

"不知你脖子上的项链是哪里得来的？"黄夫人沉声问。

项链？摇光下意识摸下脖子，她几乎不记得自己是否佩戴项链。

"这是化妆师为我准备，不知黄夫人……"

"哪位化妆师？"黄夫人不等她说完便打断，"能现在请她过来吗？"

摇光张了张嘴，求助般去看着盛晖。

盛晖面上看不出情绪，他转向May，示意她找来化妆师。

刚才还相谈甚欢的三人沉默下来，气氛的陡然转变引起了周围宾客的注意，他们若有若无地将视线扫过来，轻轻一瞥便又转开去。

片刻后，May过来报告："那位化妆师已经离开，她是……陶小姐介绍来的。"

陶青？摇光听说是她，心瞬间透凉。

"各位是在说我吗？"陶青自人群的遮掩中走出，她今晚装扮朴素，只着一件款式简约的小礼服，"黄夫人您好，这是……有什么疑问吗？"她不解地看向众人。

"陶小姐，今晚的化妆师是你介绍来的没错吧？"May连

Chapter 10
不能如愿

忙求证。

"对啊,化妆师是我介绍来的。"陶青略微疑惑地解释,"阿曼与我合作多次,在业界也小有名气,听你说临时找不到好的化妆师,便推荐了她来,怎么了?"

"那陶小姐清不清楚,Cecile脖子上的项链是否也是化妆师准备?"黄夫人冷冷地问道,语气竟透着恨意。

"这个,我确实听阿曼说过,今晚的Party queen自带了一条精美的钻石项链,所以她才没有准备首饰。"陶青怀疑地看向摇光,"不好意思,难道阿曼说谎了?"

摇光答不出话,她只能定定地看着陶青,而周围已渐渐安静下来,所有人都定定地看着她。她明白陶青的意思,说谎的当然不是化妆师,而是她。

摇光垂下的手在微微颤抖,她不能否认,这是陶青的警告。会厅里仍旧灯光璀璨,照得摇光头晕目眩,她声音低哑,终于承认:"是,项链是我自带的。"

"那我再问一次,这条项链你从哪里得来?"黄夫人咄咄逼人。

"我不知道。"摇光闭目。

"你不知道?"黄夫人冷笑,"那好,我来提醒你。"

"这条项链是我丈夫上个月在英国卡地亚偷偷定做,我无意看到订单,还以为他为结婚纪念准备惊喜,直到今晚看见你!"黄夫人蓦地激动,她死死指着摇光,"小狐狸,我很好骗是吗?你勾引我老公,还要在我的地盘上做Party queen!你在向我宣战吗?好啊,我倒要让你看看,谁才是赢家!"

你好，金鱼先生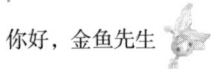

这一下，不只周围，整个会场都安静下来，只有乐队的演奏还在苍白进行。

现场媒体交头接耳，突如其来的馈赠令他们兴奋不已。一向以恩爱示人的黄夫人竟公开承认与丈夫不合，而另一位主角却是才崭露头角的"腾晖"新游戏代言人Cecile！

"请问黄夫人说的是真的吗？"一名记者打破沉寂，开口对摇光问道。

紧接着，其他记者也纷纷提问。

"你与黄先生是怎么认识的？你们的地下情开始了多久？"

"Cecile，请你说两句吧！对黄夫人的指控你如何回应？"

摇光耳中嗡嗡作响，她无力倒退一步，险些跌倒。

盛晖及时扶住她："振作一点。"

"怎么办？我……我毁了你的周年庆，毁了你的发布会。"摇光一脸慌张，身子颤抖不已，"对不起，盛晖，对不起，我不想伤害你的。"

盛晖眼中有光芒闪烁，扶住摇光的手稍稍用力："为什么，这个时候你还在担心我？正在受伤害的人是你！"

摇光被记者牢牢包围，她不知所措地低下头，试图躲开闪光灯的追逐。

"什么War goddess，就是靠勾引男人往上爬的狐狸精，我今天敢在这里把你和我丈夫的丑事说出来，就不怕记者乱写。既然我赔上婚姻，你就给我赔上未来！"黄夫人狠狠说完，大声招呼警卫。

警卫闻声出现，人群见状躲闪开，摇光周围半尺终于空

Chapter 10
不能如愿

出,两个警卫手拿电棍立在她面前:"对不起,这里是黄夫人产业,她并不欢迎你,请你离开。"

嘈杂声微微停顿,所有人都看着摇光,那个刚才还高贵优雅的公主,此刻只余一身狼狈。摇光恍惚地站着,今晚发生的一切多么像她缩影的人生,自己的戴罪之身果然承受不起一丝美好,所以上天要在顷刻间将她打回原形。

警卫见摇光不动,便上前压住她肩膀,要强行将她送出会场。

"放手!"

盛晖断然呵斥,两名警卫吓得微愣。摇光转头看他,这个人一脸不可侵犯的尊贵,第一次感到彼此间的距离这样明晰,由不得她不认。

盛晖挡开警卫牵制,揽过摇光肩膀:"她是我请来的,或许黄夫人拥有兰贵馆产权,但今晚这里已被我包下,有合同可查。"盛晖转向气得发抖的黄夫人,"您可以赶她走,但请在今晚过后。"

"盛晖,你父亲都不敢这么跟我讲话!"黄夫人瞪着他,"我念在与你父亲的交情上,给你一次收回的机会,和我作对没有好下场,今晚的事我只针对她一个,你最好三思而行!"

"思过了。"盛晖平淡道。

黄夫人怒极反笑:"很好,你会知道被我列入黑名单的公司有什么下场!"

周围人群再次骚动,毫无顾忌地相互私语。

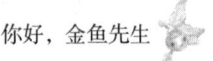

"这盛晖傻了吗?居然为个女人得罪黄夫人!"

"怕也是被这狐狸精迷住了吧!"

"呵呵,男人都是精虫上脑的动物,什么商界天才,还不是败在女人手里!"

摇光脸色煞白,脆弱在强光下无所遁形,她与盛晖站在一起,可她无法像他那样挺起背脊,她对黄夫人问心无愧,可对其他人呢?她是只能躲在阴暗里的老鼠,她是见不得光的灵魂。这样两个人,或许曾经比邻,但早已天各一方,又哪能演段风流?太折损他了。

"您就别帮我了。"摇光露出微笑,她拂开盛晖的手,"黄夫人说得对,我是该离开的人,只是可惜,今晚的出场费拿不到了。"

盛晖微微眯起眼,面色冷静如常。

"既然被拆穿,再待下去也没意思。"摇光拎起裙摆,抬脚走出几步,"我与'腾晖'的合作到此结束,希望各位不要再将那间公司与我扯到一起。"

盛晖伸手碰摇光的胳膊,当众拉住她。他想做什么?记者在问,摇光也想问,他疯了吗?

摇光回头,淡漠地看他:"盛董若实在过意不去,就将那天会议上谈好的数字打在账上,我感激不尽。"

"果然是只爱钱的贱货!"黄夫人刻薄地骂道。

盛晖没有松手,摇光也不动,两人奇异地僵持着。

"Cecile!"

陆铭宇喘息着拨开人群,他紧握住摇光的手掌支撑着她:

Chapter 10
不能如愿

"对不起,我来晚了!"

摇光定了定神,虚脱般轻轻靠住他:"我没事。"

盛晖松开了她,摇光的手垂下来,他们终于失去唯一的联系。摇光不敢回头看他,她害怕只要看一眼就再迈不动双腿。她流着冷汗,眼睛酸痛,但她不能停下,她要一步步走出这片冰冷的辉煌。

很容易,只要再往前迈出十步,就能走出这间大厅,摇光闭上眼,心中默数。

众人沉默地为他们让出一条道,警卫守在他们身后。

一步,两步,三步。

盛晖,你真的很完美,你是天生该活在绚丽光华中的人,而这样的光华却只能灼伤我,让我狼狈逃窜。

四步,五步,六步。

我一次也没有说过爱你,因我说不出口,你不知道说爱有多难,我背负着不被原谅的身世,我的爱廉价邋遢,拿不上台面。

七步,八步,九步。

我总在想,你可会爱上我?有一天我是否也能到达你的"家"?那时候,你就不再孤单,但我却忘了,我的到来或许只能给你带去灾难。

十步。

再见了,我渴望已久的……阳光。

Chapter 11

不为人知的过往

如果能替他将所有不好的记忆点点撕碎,
扔到海里,她一定会去做。
不然,她也要让他知道,
这世上总有一个人守在他身后,只要转身招呼,
这个人随时愿意上前,与他并肩偕老。

Chapter 11
不为人知的过往

陆铭宇不知费了怎样的九牛二虎之力,将媒体可能造成的伤害降至最低。次日报道照片全为远景,才略见轮廓身形。Cecile从此人间蒸发,毕竟是新人,民众关注度很快降至最底。如今距离晚会已经一个月,摇光表现得异常冷静,她若无其事地工作休息,仿佛全未将那件事放在心里。

"摇光,想想你还真勇敢。"管娜趴在床头,手中揉着抱枕,"幸好这次平息得快,不然让媒体扒出你的身世就惨了!"

摇光敲键盘的手指顿了顿:"是啊,我太大意。"

"又不是你的错,有机会做模特谁不想啊?哎,要不是你身世特殊,现在说不定都红过陶青了!"管娜生气地捶向抱枕,"最可恶就是她!居然拿这件事威胁你?还无中生有,害得你当众出丑!那女人真是阴险毒辣!"

摇光叹口气:"咱能不能换个话题?"

"Sorry Sorry!"管娜吐舌,举手保证,"再不提了!我这不是每次想起来都气得慌嘛,你别担心,她迟早遭报应!"

"我不担心。"摇光眼神微暗,"以后我会好好过自己的日子,与那些人再没瓜葛。"

管娜翻身仰躺在床上,用抱枕遮住脸,闷声闷气地说:"摇光……我有件事想告诉你……"

你好，金鱼先生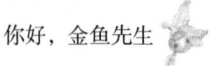

摇光走过来，拿掉她的抱枕："有话就说，想闷死啊。"

管娜脸一红，将身子转向另边。

"到底怎么了？"摇光笑着拍她后背，"就看出你有问题，一上午心神不宁，跟我扯东扯西。"

"昨天，我在公司食堂吃饭……"管娜缓缓开口，"然后居然看到盛晖，你知道他很少在食堂吃饭的！而且……他还是一个人。"

摇光听到盛晖名字，心中五味杂陈，不再说话。

"后来我就想机会难得，就……过去和他坐同张桌子，但没有说话。现在想来我真傻，旁边那么多空位，我还跑去和他坐同一张，简直此地无银嘛！"管娜捂住发烫的脸颊，羞涩地看着摇光等她表态。

摇光勉强笑了笑，鼓励道："然后呢？"

"然后我明显感到盛晖抬头看了我好几眼，但我都不敢看他，埋头一个劲儿地吃饭！"管娜"扑哧"一笑，"我当时想完了，什么形象也没了！可是没想到，盛晖居然会主动跟我说话！"

"他说什么？"

"他说，我认识你。"管娜盘腿坐起来，求证般看摇光："奇怪吧？我还没来得及问什么，他又接着说，不问你是谁，因为我认识你。"

摇光微微一震，她想起高考放榜那天在福记面馆，她也曾做过相同的事，那时她问盛晖为什么不问她是谁，盛晖却反问有必要吗？

Chapter 11
不为人知的过往

……不问你是谁,因为我认识你。

难道盛晖透过管娜回答她多年前的问题?摇光及时扼制住自己天马行空的想象,怎么可能!盛晖根本不知道她是谁,也不可能记得那个对他来说一面之缘的女孩,他又怎么会对自己说呢?

摇光笑了笑,暗自唾弃自己,李摇光,你还真敢想。

"你有没有好好听我讲话?"管娜嗔怪,捏了捏摇光胳膊,"人家和你聊心事,你就这种漫不经心的态度?"

"我很认真地在听,小公主。"摇光朝她端坐,"继续吧,然后呢?你们说了什么?"

"然后我说,师兄你当然认识我啊,你要是不认识,我才伤心呢。接着盛晖就笑了笑,啊……看见他笑,我心都醉了!"管娜头靠在抱枕上蹭了蹭,又弹坐起来,"于是我决定乘胜追击,约他周末出来!"

"他答应了。"摇光接过话茬。

管娜睁大眼:"你怎么知道?"

"我猜的。"

"哇,大人果然料事如神!"管娜作揖。

摇光轻笑,撑住下巴看她:"恭喜你,幸福的小妞。"

"哎,八字没一撇,乱恭喜什么啊!"管娜摆摆手,"我还在烦恼怎么跟爸妈说不出国的事呢!"

"幸福的烦恼。"摇光评价,而后取过随身提包,"我去趟超市。"

已是盛夏,天空没有一丝云,烈日晒得一切树木都无精打你好，金鱼先生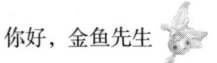

采，蝉鸣不绝。尤其在午后，摇光几乎能感到炙人脚心的灼热，她微微低着头，沿路踢着石子。

"滴滴！"

一旁传来汽车鸣笛声，摇光看过去，车窗滑下，竟然是柏然。

摇光意外地看着他，没有走近。

"上车吧。"柏然露出惯有的温和笑意，"你这样蹓跶不热吗？"

摇光顿了顿，终于拉开车门坐上去。

"我请你喝杯咖啡？"柏然转头看她。

摇光回以一笑。

两人在咖啡店坐定，午后生意清淡，店里很静。

柏然稍微搅拌咖啡，便将小勺放下，抬眼看摇光："近来还好吗？"

"挺好。"摇光微笑。

"我明白我的立场尴尬，陶青对你做过的事我都知道了，虽然你可能无法接受，但我还是想代她向你说声抱歉。"

摇光端起咖啡喝一口，脸转向窗外。

"我想帮助你，摇光，我会尽自己一切能力去帮助你。"柏然诚恳地说。

摇光与他对视："陶青说她很爱盛晖。"

柏然面色顿时黯淡，稍稍移开眼。

"你为什么可以接受？"

柏然看回来："我不能接受，所以……我们分开了。"

Chapter 11
不为人知的过往

摇光微愣,无语。

"你也爱盛晖,不是吗?"柏然牢牢看她。

"是。"摇光承认,"他是天之骄子,帅气又多金,爱他的人数不胜数,不差我一个。"

"或许,就差你一个。"柏然意味深长。

摇光叹息:"别打哑谜,我已决定和你们划清界限,免得引火烧身,我怕了你前女友。"

"你在她手里的把柄,是身世吧。"

摇光警惕地盯住他。

柏然浅笑,坦然看她:"你放心,我什么都不会说,我既然是来向你道歉,就会表达我的诚意。"他从随身皮包中取出文件袋,推给摇光,"如果陶青继续用那件事威胁,你可以拿这个给她看。"

摇光看了看他,疑惑地打开文件袋,赫然发现里面是陶青与某位知名商人的亲密合影,看陶青的模样,应该是刚出道不久的照片。

"你……"摇光眉头紧蹙,狐疑看着柏然。

"可能你觉得这样卑鄙,但这是唯一能制止她的方法。"柏然再用勺搅拌微凉的咖啡,沉默片刻,"我不想让她继续错下去。"

"你指什么?"摇光将照片重新放好,"她的恶意威胁,还是对盛晖的迷恋?"

"两样都是。"

摇光想到一件事,便问:"那与黄先生有染的……"

"不是陶青。"柏然打断她,"你不要误会,陶青并不是那样的人,她刚入社会时或许急功近利,但现在不会。与黄先生有染的另有其人,陶青可能认识这个人并与她有些交情,知道快东窗事发,于是利用了你。"

"一石二鸟,她倒是算计得好!"摇光冷笑。

柏然略微担忧地看她:"但愿今天我来找你是正确的决定,这份文件交给你,希望你能自保,也请你高抬贵手,不要对陶青报复。你所受的委屈,我一定在日后想法弥补!"

"你知道我无法报复,你给我这东西的目的,也不过想让我们互相牵制。"摇光收起文件,"我自然愿意,至于陶青知道后会不会恼羞成怒,来个鱼死网破就不得而知了。"

"她不会,她很在意她的前途。"柏然转向窗外,目光莫测:"她毕竟不舍得为盛晖放下一切,也因为这样,我才相信她终有一天能接受我。"

摇光睇着他,心里叹息:"你对她的心意真算天地可鉴,说是分手,你又哪里放得下?每句话为她设想,真弄不懂她哪里可爱?"

柏然闻言笑起来,摇光无奈地摇头。

"摇光,你真是个特别的人。"柏然深深注视她,"难怪他会动心。"

摇光心漏跳一拍,打趣道:"别说'他'是指帅。"

"帅?"柏然愣住。

"我是卒,他是帅,我们之间隔着楚河汉界,还身份悬殊。"摇光抵住额头,笑得落寞,"你是指那个人吗?"

Chapter 11
不为人知的过往

"你有了这份文件,陶青无法再威胁你。"柏然鼓励她,"阿晖看你的眼神与其他人不同,你该自信些。"

"我知道女人能看懂男人眼神,男人也能看懂女人。"摇光笑,"没想到男人也能看懂男人?"

"你在怕什么?"柏然不解。

摇光沉默半晌,才道:"你知道我怕什么,我的身世你既然清楚,就该明白我的出现不会给盛晖带去什么好事。"

柏然沉默,良久,他缓缓开口:"对于盛晖,你究竟了解多少?"

摇光被问住,对盛晖,她究竟了解多少?那个人面冷心热,孤独地活在自己的世界里,他救过她,他让她看到光明,他却紧闭心门,他说那是他唯一的家。

"他的过去你或许没法参与,那么将来呢?你也不愿参与吗?"柏然的声音低沉而缓慢,犹如循循善诱,"他和你一样,有着痛苦的过去,你不想知道他经历过什么吗?那些他恨不能毁掉的记忆,你不想听吗?"

摇光心中酸涩,她呆呆地看着柏然不断张合的唇,她清楚自己不该听下去,她应该起身离开,但控制不了,她渴望知道盛晖的一切。

"我和盛晖从小学就是同学,直到初中,高中分开三年,大学居然又考进同校,可以说整个学生时代,我们都一起度过。我父亲与盛伯早些年有生意往来,所以那时,我还经常会去盛家串门。"

"还记得,盛伯母是在我们念小学五年级那会儿去世的。

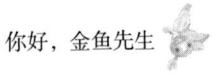

起初我并不知道盛家发生了什么事,只是阿晖突然休学了,他好像人间蒸发,电话没人接,敲门也没人应,以前从未发生过这种事。直到三个月后,他突然回到学校。我记得那天他出现在我面前的样子,整个人瘦得只剩骨头,眼睛也毫无光彩,我吓了一跳,问他发生了什么事?但他不理我,也好像听不到我说的话,后来才知道,短短几个月,他竟患上了抑郁症。"

"他在那么小的时候就……等等,你说,是小学五年级?"摇光睁大眼,五年级的暑假不正是自己去法国的日子吗?当初盛晖没有履行承诺来送她,原来竟是发生了这么可怕的事?

柏然看着摇光,忽然想起什么:"你……我想起来了!对啊,你是李吉东的女儿!那年暑假盛家似乎与你父亲来往甚密,阿晖受盛伯伯要求去讨好你,整个暑假与我玩耍的时间很少,我还因此抱怨。"柏然轻笑着打量摇光,"那时候的你,似乎挺娇蛮?阿晖可说过不少你的事。"

摇光苦笑:"我就知道,我那时没人喜欢,没有朋友,是个讨人厌的小孩。盛晖愿意接纳我,原来碍于他父亲。"

柏然点点头,又立刻摇头:"不,开始是那样,但后来不是。阿晖说你虽然骄纵,但性子纯良,别人待你好,你会加倍回报。所以别误会,后来盛晖是真心拿你当朋友。"

"陈年旧事,别再提了。"摇光摆摆手,有些难为情,"盛晖患上抑郁症,是因为盛伯母去世他接受不了吗?"

"不全是。"柏然正色道,"我下面要告诉你的,是阿晖

Chapter 11
不为人知的过往

最不愿别人知道的事,他也从不对任何人提起。"

摇光闻言挺直身子,略微紧张地问:"那……盛晖他告诉你了?"

柏然摇了摇头:"盛家那时有个用人,阿晖唤她桂姨,桂姨是随盛伯母一同嫁进盛家的,她与盛伯母关系亲厚,对盛晖也格外好。后来盛伯母过世,桂姨没多久就离开盛家,这些事就是桂姨当初告诉我的。

"盛晖患病后很少来学校,多半时间被关在家里。我放学后会去看他,开始盛伯伯并不让我见他,后来似乎医生说多接触朋友对他的病情有好处,盛伯伯才应允。那段时间盛晖都是桂姨在照顾,我起初并不懂,桂姨为何总是哭,她时常抱住盛晖流泪,说他是个可怜的孩子。

"直到有一天,盛伯伯要换掉用人。那时盛晖的病情已有所好转,能正常服药,按时接受心理治疗。我最后一次见到桂姨,她正在收拾行李,她又哭了,她说她对不起盛伯母,没能保护好小少爷。我始终觉得奇怪,便问她阿晖到底为什么会生病?

"桂姨看了我很久,她说她要走了,她没法再继续照顾盛晖,于是她将她知道的所有事告诉我,让我替她照看阿晖。"柏然说到这儿,顿了顿,"那时我只是个孩子,不懂桂姨的无奈,她是用人,她的力量太有限,她只能好像抓住稻草一样在临行前抓住我,希望我能代她给盛晖些帮助。

"桂姨说盛伯母的娘家很有钱,而盛伯父起初只是穷学生,娶到伯母后平步青云,靠着伯母娘家的财力与关系将自己的公司做大。不可否认,盛伯父是个很有能力的人,只是太过冷酷。所以在盛伯母家族出现危机时,盛伯父并未出手相助,他不愿损失一丝一毫自己的利益,最后盛伯母的家族破产了,盛伯母的父亲也病倒去世了。伯母因此积郁成病,在家休养小半年,最后仍是随她父亲而去。"

摇光怔怔地听着,她想起盛晖讲述狮子时的淡然神情,想起他难以掩盖的落寞,心似被猛扎一下,痛得缩紧。

"盛伯母生病那半年,盛晖并不知内情,伯父对他说母亲只是重感冒,不久便能痊愈。阿晖于是并不担心,盛伯母有时心情好,还会起来为他做点心。发生变故是在盛伯母去世前一周,那时盛伯母已十分虚弱,盛晖放学回家偶然听见他们争吵,伯父竟口口声声承认娶盛伯母不过是为她家的钱财,她如今生病是咎由自取。盛晖简直不敢相信自己的耳朵,但他父亲仍在继续说着更恶毒的话,他听到母亲不断咳嗽,咳得几乎要晕过去!

"盛晖冲到母亲床前,竟看到母亲咳出血来,吓得脸色惨白。接着伯母就被送往医院,但一周后还是病逝了。可想而知,盛晖当时有多恨自己的父亲,于是他选择离家出走,两天一夜,身上半毛钱也没有。

"最后,盛晖还是回来了,他饿得浑身无力,衣服又脏又臭,他出去后才发现,脱离了狠毒的父亲,他根本无法生存。桂姨说她那时就在客厅,亲眼看到盛伯父有多残酷,他冷冷地瞪着盛晖,不让他立刻进屋,他对盛晖说,你只要踏进这个门,就不能再做忤逆我的事,否则你不走我也会赶你

Chapter 11
不为人知的过往

出去。不要以为你是我儿子我就会纵容你,你成不了器,就不配做盛怀龙的儿子。

"盛晖一句话也没说,他看到桌上桂姨准备的食物,扑过去狼吞虎咽,噎得眼泪直流却不停下。桂姨吓坏了,慌忙过去拍他的后背,盛晖立刻全吐了出来。盛伯父气得大声呵斥,盛晖于是不敢再动,那天晚上盛晖发了高烧,莫名其妙地高烧持续了整整一周。病愈后他不再说话,将自己反锁在房间,之后便被诊断出抑郁症。"

"天下怎会有这么狠心的父亲?"摇光眼圈通红,心痛得快喘不过气。

柏然沉默片刻,似在稳定情绪:"后来,桂姨离开了,盛晖一直坚持吃药看医生,他积极地配合治疗,终于花了两年的时间痊愈。念高中时,盛晖已是全校闻名的优等生,但只有我知道,原来的盛晖消失了,'重生'的他优秀冷静,对盛伯父言听计从,不敢忤逆,却也对金钱与人性种下固执的偏见。"

"所以他不相信任何人,所以他说心才是他唯一的家。"摇光流下泪来,她捂住双眼,"他救过我,在那样痛苦的时候,他却拯救了我!"

柏然不懂摇光的话,眼中滑过疑惑,他拉开摇光的手,引她抬起头来,"摇光,走进他心里,给他温暖,让他相信他不是一个人,能做到吗?"

摇光慢慢止住抽泣,她冲柏然皱着眉笑:"……我试试。"

你好，金鱼先生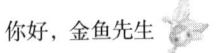

柏然似嘘一口气，也慢慢笑起来。

"盛伯父一直希望阿晖能继承他的事业，但阿晖却不愿与盛伯父再有丝毫瓜葛，他要凭借自己的能力摆脱父亲。但盛伯父不这么想，他就盛晖一个儿子，哪里去找别人继承家业？盛伯父年初时赠给盛晖一辆全球限量的兰博基尼，想要示好，却被盛晖一月内开到报废，对盛伯父只交代是交通意外。"柏然笑了笑，"他张狂起来就像换了个人，与平时的冷静完全不同，你看到或许会吓一跳。"

摇光浅笑，她已看过盛晖好几张面孔，但无论哪一张她都喜欢。如果能替盛晖将所有不好的记忆点点撕碎，扔到海里，她一定会去做。不然，她也要让他知道，这世上总有一个人守在他身后，只要转身招呼，这个人随时愿意上前，与他并肩偕老。

周末，摇光来到盛晖别墅，还未走近便见一抹人影从他家出来，摇光不动声色，已渐渐辨认出是陶青。

陶青看到她，意外地停住脚步，而后挑眉："李摇光，你忘了我们的约定了吗？"

摇光没有停顿，与她擦身而过。

"你站住！"陶青转身低喝，"你来找师兄做什么？你不怕我公开……"

"在你以那么恶劣的方式耍了我以后，我认为你这人没什么诚信可言。"摇光打断她的话，回头直视她，"我自然也可以忘记我的承诺。"

Chapter 11
不为人知的过往

陶青仿佛听到笑话:"你现在想跟我谈条件?你有什么资格跟我谈?上次若不是你要做Party queen,我也不至于让你难堪。"

摇光点点头,露齿一笑:"就有些人特别会强词夺理,技不如人,倒挺会打击报复。"

陶青狐疑地注视她,不明白她突然从容不迫的理由,难道她真不怕身世曝光?

"别猜了,我可以告诉你。"摇光想了想,"那个人……应该是中凯集团的总裁梁柄超吧?"

陶青脸色突变,她紧紧盯住摇光,半晌不语。摇光也不急,有恃无恐地将目光落在她时青时白的脸上,好不精彩。

"柏然找过你?"虽是问句,陶青的尾音却没有上扬。

摇光不打算隐瞒,想柏然也肯定料到,于是说:"他倒是很爱你。"

陶青冷笑,神情寒若冰霜:"他爱我?所以就有资格威胁我?甚至将我的把柄交给别人?这种爱你会要吗?"她狠狠道,"叫他死了这条心吧!他逼我也没用!我一辈子都不可能爱上他!"

摇光不置可否,这毕竟不关她的事,她也不了解个中玄机。

"还有你!"陶青将怒火转向摇光,"你和李吉东果然是一路货色,真不愧为父女!一个作奸犯科,一个阴险卑鄙!你父亲害人如麻,那么多人遭毒品迫害而死,你却高高兴兴地花着血染的钱,就不感到愧疚吗?你为什么有脸活着?"

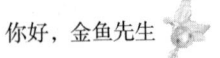

摇光没有动怒，她沉默片刻，抬眼看着陶青，一脸平静："不愧疚是罪，难道愧疚了就不是罪了？你说我没脸活着，我就该称你意去死吗？"她深呼吸，缓缓道，"出生命运我选择不了，这些年自问也受到惩罚，我父亲付出生命代价，骂名满身，这还不够吗？宪法也规定，制裁过便不再有罪，因此他的灵魂是干净的，我不想再从你嘴里听到侮辱他的话，要骂你放在心里，别在我面前。"

摇光说完便转身，不再多做停留。

"等等！你到底找师兄做什么？"陶青急了，扯她袖子。

摇光抬手甩开："表白。"

"别开玩笑了！"陶青呼出一口气来，难以置信道，"你怎么可能成功？"

摇光睇着她，哂笑："这是表白失败者对我的忠告？"

不用怎么想也知道，陶青既与柏然分手，又心心念念惦记着盛晖，此时出现在这里，不是表白能是什么？

陶青顿时拧眉，面色铁青："你以为你是什么身份？一个大毒枭的女儿，只有高中文凭的清洁工！你哪一根头发配得上盛晖？"

摇光看一眼手表，不理会陶青的恶语中伤，她得赶在盛晖出门前拦住他。

"别以为柏然是帮你！你告诉他，我不怕他！"陶青在背后喊，"尽管去吧！被当面拒绝你也好死了这条心！"说完跺脚离开。

Chapter 11
不为人知的过往

按响门铃后，摇光紧张起来，她其实毫无把握，她不确定盛晖怎样看待她的到访。几乎漫长的等候，大门开启，盛晖家没雇佣人，他静静扶门而立。

摇光悄悄打量盛晖，他面上淡淡的一丝波澜也没有，似乎毫不意外看到她。摇光暗叹，这个人的情绪，不想被人看穿时，是谁也看不穿的，像经过一场细雨的湖面，浓浓重雾，将本色遮得严严实实。

摇光打量了他半晌，也没看出他是否准备出门，按说今天是他答应与管娜约会的日子，他到底怎么想的？根本不打算去？或者早忘了？

摇光拿不准，觉得十分无奈，只得开口："请问，我能进去吗？"

盛晖看她，淡然说道："想了这么久，就是这句开场白。"他见摇光窘迫，于是侧过身，让她进来。

摇光在沙发上坐下，看盛晖穿着拖鞋与居家服，应该并不打算出门。

"你有什么事？"盛晖问她，"我一会儿要出去，时间不多。"

"你要去哪？"摇光脱口问道，马上又觉不妥，于是改口，"我是说，很急吗？那我是不是打扰你了？"

"是的。"盛晖这样说，但还是为她倒了一杯水。

摇光觉得盛晖大概知道她想说什么了，但他显然不感兴趣，他说他要离开，是不是暗示她不要说出蠢话呢？想到这，摇光更加坐立不安。

"我……上次的周年庆因为我搞砸了,新游戏也没能发布,还害你与黄夫人结怨。"摇光微垂着头,吸一口气,"所以我才决定不与你联系,我不希望因为我的缘故给公司造成任何损失。"

"那你今天也不该来这里。"盛晖没有表情,平淡地喝着自己的茶,修长的手指偶尔轻抚一下杯身。

摇光略显僵硬地捧起茶杯,与盛晖自用的深色瓷杯不同,待客的玻璃杯导热效果太好,她感到烫手,于是又放下,终于鼓足勇气抬眼看他:"在日本流传着一句话,说爱上一个人就像爱上富士山,你可以看到它,却不能搬走它。有什么方法可以移动一座富士山呢?答案是,你自己走过去。"

"所以我来了,我今天来……"摇光后面的话被盛晖突兀响起的手机铃声打断,她尴尬地止住话茬,组织好的勇气被铃声打散,越发紧张起来。

盛晖接听电话,摇光听到他说:"知道了,我一会儿过去。"他挂断后没再看摇光一眼,转身准备往卧室去。

摇光知道盛晖是去换外出衣服,她想再不说便没机会,于是牙一咬,欲起身过去拉他,却没注意脚下而被茶几绊一下,她重心不稳,整个人扑倒在大理石地面上。夏日衣着轻薄,摇光与地面亲密接触,"咚"一声响,疼得她龇牙咧嘴,眼圈立刻湿了。

盛晖过来扶她,却牵动摇光痛处,她几乎疼出泪来,低呼:"等等,别碰!"

盛晖轻叹一声,松开扶住她的手,摇光以为他要离开,忙

Chapter 11
不为人知的过往

又拉他衣袖:"你要去哪?"

"我去拿药箱。"盛晖待她放开手,才转身往卧室去。

盛晖很快取来药箱,摇光扭伤脚踝,患处已明显红肿,才轻轻一碰,她便疼得倒吸口气,盛晖稍稍按住她:"别动。"

他用一种类似运动员受伤后使用的干冰喷剂,喷在摇光的伤处,使局部降温。这种喷剂与麻醉性质相同,可以瞬间减轻肌肉痛苦。

摇光感到好多了,她试着活动脚腕:"谢谢,这药水真神奇!"

盛晖扶她起身,慢慢往沙发移动,摇光试着迈出一步,哪知伤脚一用力,才发现根本无法支撑,她不期然软倒的同时下意识抓住了盛晖。

两人以暧昧的姿态一同跌进沙发里,这种状况,简直像摇光故意引诱。而盛晖为避开摇光伤处重心稍偏,头却是刚好埋在她颈项,似有似无的幽香飘在鼻间,干净且温和的味道。盛晖心中一紧,他抬起头,看到摇光涨得绯红而羞愧的脸颊,湿漉漉的眼角还残留泪雾。

盛晖漆黑的双眸浮出一抹暗沉,他俯下身,不容拒绝地逼近,低下头重重压住了摇光的唇。这吻来得突然又激烈,摇光脑中一片空白,只能任由盛晖炙热的气息毫不克制地攻城略地。

唇瓣被用力地吸吮摩擦,摇光渐渐回神,她被盛晖突如其来的热情吓到,毫无心理准备,几乎快喘息不过来,于是将手软软抵在盛晖胸前，本能地想要推开他一点。

盛晖慢慢停下来，却不离开，那双惊不起波澜的眼睛一动不动地盯着她，不知是否自己幻觉，摇光觉得那双眼里仿佛带着柔情。

见摇光满脸潮红，一副不知他为何停下的模样，盛晖幽幽地问了一句："……不喜欢？"听不出语气。

摇光大窘，刚才轻推他只是下意识的动作，并非她本意。但这话要她怎么说？哪里会不喜欢，只是……难道要她现在承认她喜欢？

盛晖蕴含波光的黑眸近在咫尺地凝视她，见她迟疑，稍稍弯起嘴角，注视她的黑眸似乎藏了一点笑意。

"你刚才没说完的话是什么？你今天来，是准备献身吗？"盛晖伏在她耳边低笑。

摇光缩了缩立刻通红的耳朵，逃避般转开脸，却被盛晖捏住下巴转回来，他直直看着她："回答我。"

摇光咬住略微红肿的嘴唇，抬眼无畏地对上盛晖："献身这种事，只要对象是你，我随时都可以，但我今天来……"

盛晖不待她讲完，便再次吻下去，轻易将摇光牙关撬开，长驱直入，在她口中忘情般肆意游荡。随着唇舌的深入，摇光几乎能清晰感觉出他们全身都紧紧贴在一起，甚至连盛晖的身体变化都敏感察觉。盛晖紧紧压迫着她，身下沙发又软得不像话，使人不断沦陷。摇光感到盛晖的气息流进四肢百骸，抽走了她的全部力气。

手机铃声再次响起，盛晖终于稍稍退开一点，摇光得到

Chapter 11
不为人知的过往

喘息的机会,但脑子依然混乱。盛晖的手掌渐渐放松钳制,灼热的气息却在她颈间流连着不动。摇光浑身瘫软,使不上力,若不是躺在沙发上,她一定会站立不住。

盛晖直起身,接听手机,他平静对彼端说:"临时有点事,我马上过去。"

摇光听着他从容不迫的语气,对他将情绪瞬间调整的能力佩服不已,她压住自己的胸口,努力平复惊跳不已的心脏。

盛晖合上手机,静了静,从沙发上起身,径直走进卧室,再出来时已换好外出装扮。他见摇光整理好衣服,端坐在沙发上,虽仍有些羞涩的拘谨,但神情已自然很多。

"我真的有事,公司那边等着我过去。"盛晖在另一节沙发上重新坐下,竟意外地对摇光解释。

是去公司吗?那与管娜的约会,他真的完全忘了?

"我不会耽误你很久,我今天来,是想找你换样东西。"摇光启唇。

盛晖看过来:"什么东西?"

"你还记得,那次在山道上你开快车撞到隔离带,我救下你的事吗?"

"嗯。"

"那时你问我想要什么,我说我要十万块。"摇光笑了笑,从口袋中掏出一张支票,"这就是你那次给我的,我现在还给你,可以重新向你讨样东西吗?"

盛晖瞥一眼支票,并未接过,只问:"你想换什么?"

"你的信任。"摇光说道,一脸认真。

盛晖微微眯起眼,似乎对这个要求备感意外。

"请你信任我,将你的后背交给我,我一定,一定会用一辈子的诚意去向你证明,我值得你信任,你不是一个人。"

盛晖摇了摇头,他突然问摇光:"你真的是黄先生的情妇吗?"

摇光噎住,急忙回答:"当然不是。"

"那当晚你为什么不辩解,却要承认呢。"盛晖看着她。

"因为我……"摇光欲言又止,难道现在要说出自己的身世吗?这不是个好时机,至少,也要等盛晖有充足时间。

"你不必回答我。"盛晖接过话头,"每个人都有自己不足为外人道的隐私,那些隐私没必要以信任的名义被挖出来,再痛一次。"他顿了顿,讳莫如深地看着摇光,"如果我能信任你,就不必刻意去做。如果我不能,那就是你讨不到,我也给不了的。"

盛晖从沙发上起身:"这些钱你自己收好,它换不了别的。"

摇光顺从地将支票收回口袋,看向盛晖的目光熠熠,并无遗憾:"是我的错,你的信任又哪是这些钱换得来的。"

"走吧。"盛晖不再说什么,送她出门。

盛晖其实没有想到,摇光想要的东西竟是他的信任。好一个聪明人,选了他生命中最贵的东西,却也是他给不起的。但不可否认,这个女孩对他而言是特别的,因为他的身体失控了。其实有时候,当我们的脑袋还不明白究竟发生了什么的时候,我们的身体却能早一步看穿,做出反应了。

Chapter 12
被捕与真相

音频结束,全长还不到十五秒,
是一个男人打电话的声音。
对话中没有涉及任何具体内容或人名,
然而,她却感到浑身冰冷。

摇光一直没机会向管娜问清那天约会的事，管娜也没再提过，倒是近来她似乎很忙，常加班到深夜，即便回来也埋在电脑前，神情严肃。摇光看在眼里，多次想与她聊聊，又觉开不了口，如果管娜因那件事受到打击，才寄情工作如此拼命，那自己便是罪魁祸首，她又怎么好去问、去安慰呢？

这日，管娜难得提早回家，她进了房间便倒在床上，一副忧心忡忡的模样。摇光从电脑屏幕前转过来，看她良久，终于决定还是问清楚。

"娜娜，你最近似乎很忙，公司总加班吗？"

管娜翻个身，有气无力地答："是啊，很忙。"

摇光顿了顿，干脆问道："上次……不是听你说和盛晖有约会吗，后来怎么没了下文？"

"哎，那件事啊！"管娜叹气，"当时高兴傻了，后来才想起师兄虽然是答应了，但我们并没约具体时间和地点啊，我又没他电话，后来自然不好意思问了嘛！"

摇光讶然："那就这样……"

"再说，现在哪有那个心情？"管娜烦闷地摆摆手，打断摇光，"公司正处于非常时期，师兄焦头烂额，哪有闲情谈恋爱！"

"怎么回事？"摇光坐到床边来。

管娜瞥她一眼，嘀咕道："看样子是黄夫人在背后搅

Chapter 12
被捕与真相

和,现在新游戏不能上市,就连以前谈妥的几笔生意也被对方突然毁约。不仅如此,公司还接二连三发生不好的事,比如我们小组起早贪黑赶了半个月的提案,之前都与对方接洽得很好,今天居然说不要就不要了!简直莫名其妙!"她愤愤地坐起身,"都是那个陶青,害人害己,现在自己还不是被冷落?"

"怎么会这样!"摇光紧张地看着管娜,"真是黄夫人搞的鬼?……都怪我!干嘛答应做Party queen啊!不然什么事也没有!"

"现在说这些有什么用?再说也不是你的错啊!哼!陶青也没捡着什么便宜,如今好几个大公司都把她列入黑名单,以后她的路也不好走!"

"这么说,黄夫人连她也整?"摇光狐疑。

"应该是,不然还有谁?"

"这就怪了,如果黄夫人与陶青过不去,那便是已查出黄先生的情妇并非是我,而是陶青故意混淆,那她还需要与盛晖为敌吗?"

"可是那天师兄为你当众与黄夫人唱反调,她能不耿耿于怀吗?黄夫人是什么人啊?哪会忍这种鸟气?"

"……那就更是我的责任了。"摇光沉吟。

管娜轻拍了拍她:"算了,你也不想的,慢慢来,公司总能渡过难关。"

摇光不再说什么,心里却已做好打算。

次日,摇光来到黄氏集团,前台见她没有预约,不为她通报,她便站在门口等候,接近三小时后,才终于看到黄夫人从电梯出来,身后恭敬地跟着数人。摇光没时间犹豫,连忙上前拦截。

"黄夫人,黄夫人!请您等等!"

"你是什么人?"保安拦在摇光身前,不让她接近。

"黄夫人,您还认得我吗?"摇光试图挣脱保安,"请您给我十分钟的时间,我有很重要的事对您说!"

黄夫人认出摇光,示意保安住手,冷冷地看她:"你有什么事?"

"我们可以单独谈谈吗?我不会耽误您很久!"

"不可以,我没时间。"黄夫人说着就要离开。

"等等!"摇光急忙开口,"那就在这里说,没关系!"

黄夫人抬眼冷冷地看着她,周围已有人围观。

摇光额头冒汗,她斟字酌句道:"黄夫人,我想您现在应该已经清楚真相,我并不是……您以为的那个人。"

"所以呢?"黄夫人面无表情。

"我知道那天盛董对您的态度有些不礼貌,但他不是故意的!其实这一切都是我与陶小姐的私人纠葛,不该牵扯到他人!黄夫人,我在这里郑重向您道歉!"

"你究竟想说什么?"黄夫人不耐烦了。

"我是说,您能不能高抬贵手……"

"荒谬!"黄夫人打断她,"你这话是什么意思?难不成我还在后背刁难谁了?"

Chapter 12
被捕与真相

"当然不是……"摇光讷讷地,"可是现在'腾晖'的状况很不乐观,您能不能看在与盛董父亲的交情上,出手相助呢?"

黄夫人冷笑:"欸,你别给我扣帽子,我正在打离婚官司,是泥菩萨过江自身难保,你们后辈的事自己解决,别扯到我头上。"说完便提脚要走。

摇光再次阻拦:"黄夫人,'腾晖'现在真的……"

"那是他咎由自取!关我什么事?让开!"黄夫人动怒,挡开摇光走过去。

保安及时拦住摇光不让她追上去,直到黄夫人安全上车,才放开她。摇光盯着开走的车,暗骂自己没用,一回头却看到周围人在观察自己,议论纷纷。她沉下脸,刚转身便接到电话,是管娜。

"娜娜,怎么了?"

彼端"哇"的一声传来哭喊,"摇光!师兄被抓了!怎么办?他会不会坐牢啊?!"

摇光几乎眼前一黑,她告诉自己要镇定:"发生什么事了?"

"不知道啊!刚才公司突然冲进来一批警察,说有人举报师兄藏毒!然后就真的在师兄办公室里搜出了毒品!怎么会这样?"管娜泣不成声。

毒品!摇光不受控制地蹲下身,抱住脑袋,又是毒品!这是摇光最害怕的字眼,她所遭受的一切灾难都是这两个字带来的!

你好，金鱼先生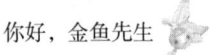

"摇光？你还在吗？"电话那边管娜焦急在喊。

摇光重新将手机放到耳边，声音低哑："我还在，我……我马上过去！"

摇光挂掉电话，她看到周围的人仍在指指点点，她感觉天旋地转的，她闭了一下眼，想起已没时间停留，才跌跌撞撞冲上街，她迫使自己冷静，拦车赶往西塔。

到达"腾晖"时，公司门口已被围得水泄不通，媒体及围观人群被警察拦在外面，现场一片混乱。公司员工全被隔离，安排在大厅接受调查。摇光没料到事情这样严重，又看不到盛晖的人影，想挤进去却被阻拦。她不断拨管娜的手机都无人接听，急得她满头大汗。

终于里面传来动静，是盛晖被带了出来！他两手放在身前，中间搭一件外套遮盖，身后跟着警察。摇光看到此情景，心几乎不会跳了，她被一拥而上的记者挤到旁边，傻傻地站着不动。

"盛先生，您真的窝赃毒品吗？"

"警官警官！请问现在是藏毒还是贩毒？证据确凿吗？盛先生将如何判决？"

警察们挡开记者："无可奉告，请不要妨碍我们执行公务！"

盛晖一直微垂着头，一言不发，摇光只能看到他紧抿的嘴唇。她心猛地一跳，不顾一切冲上前去："盛晖！"

盛晖抬眼看到她，眼中闪过一抹异样。

"快走开！你们这群记者真烦！"警察不客气地推开摇光。

Chapter 12
被捕与真相

摇光险些跌倒,她再欲上前,盛晖忽然回头,冲她一笑:"你那天做的钵仔糕,真的很好吃。"

摇光愣住,钵仔糕?什么意思?她来不及多想,盛晖很快被警察带走了。

公司员工解开禁令,管娜跑出来,抱住摇光大哭:"怎么办?摇光怎么办!师兄会不会有事?他怎么可能藏毒嘛!一定是被陷害的!"

摇光任管娜摇晃,一言不发,她脑中飞速运转,盛晖最后的话是什么意思?钵仔糕……他到底在暗示什么?

摇光没有将盛晖对她说的话告诉任何人,包括柏然。她总觉得事有蹊跷,在完全搞清楚盛晖的暗示之前,不能鲁莽行事。至于黄夫人那边,居然能做到如此狠绝的地步,再去求情也是无济于事。

"腾晖"已停业调查,管娜这些天待在家里,大骂其他同事不讲义气,公司一半员工都已自动离职,投靠他所。

"摇光,你别再晃了!晃得我眼都花了!"管娜忍无可忍地丢出枕头。

摇光接住枕头,却不理会她,继续迈着步沉思。她抓了抓头,钵仔糕?到底什么意思?或许,问题不在钵仔糕身上,而是当晚送去钵仔糕的地点?

摇光站住,她想到了!那个房间,盛晖说过,那曾是她母亲的房间!难道……他在暗示那间房里有什么?

"怎么了?"管娜见摇光突然停下,望着窗外发呆。

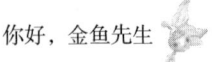

摇光不答，抓起手机便出了门。

来到盛晖别墅，摇光站在门口，不确定里面是否有人。她贴在门上听了听，按照盛晖的说法，盛怀龙此刻应该在欧洲，但也可能听说盛晖的事后赶回来。摇光犹豫片刻，还是按响门铃，良久，无人应答。

她退后几步，观察那个房间的阳台，刚好可以看到白色窗纱被风吹得飘拂。摇光心中一宽，这个房间没有上锁！她看了看周围，选择攀爬的位置，她知道这种高档别墅区里全是探头，爬露台很可能被保安发现。

终于顺利翻进阳台，摇光落地时长嘘一口气，她蹑手蹑脚地走进房间，里面静悄悄的，寂静无声。摇光轻轻拉开卧室的房门，往外望一眼客厅，确定没人后才开始放心寻找，可究竟寻找什么？她仍旧毫无头绪。

摇光只能漫无目地四处翻找，但什么特别的东西也没发现，她颓然地坐在地毯上，难道自己想错了？根本不关这间房的事？摇光再起身，走去阳台，那天他们先是在这里喝酒聊天，之后盛晖要她留下来，他们就回到了卧房……

摇光想起那天与盛晖同榻而眠的场景，心中温暖而酸涩，目光自然而然落在宽大的床面上，心突得一跳，会不会……藏在床上？她走过去，翻开枕头、被褥，仍旧一无所获，正要放弃，余光却瞥到床头缝隙里夹着什么。摇光眼睛一亮，小心地用手指将那东西够出来，是一个U盘！

会是这个吗？摇光将U盘握在手心，来到盛晖卧房启动电脑。她将U盘点开，里面只有一个音频文件，她再点开，一段

Chapter 12
被捕与真相

录音顷刻传出。

"我已经藏好了,很隐蔽,他不可能会发现。"

……

"当然,他办公室里没装探头,这我很清楚。"

……

"我知道,你放心吧,那边已经联系好,到时他只能百口莫辩。"接着传来几声模糊的笑声。

音频结束,全长还不到十五秒,是一个男人讲电话的声音,对话中也没有涉及任何具体内容或人名。然而,摇光却感到浑身冰冷,她颤抖着手重新点开,再听一次,接着再听一次。房间回归寂静,摇光愣愣坐在电脑前,已经听了这么多次,绝对不会错,那个声音的主人,是柏然。

怎么会是他?那个总是温和笑着的人!摇光无法相信,她甚至清晰地记得柏然是怎样感同身受的地向她讲述盛晖童年的痛苦,他是盛晖这么多年的搭档、挚友!摇光震惊,不解!她似乎闻到了阴谋的味道,这件事绝不简单!

但是,现在该怎么做?她的能力有限,靠自己根本无法查清整件事,若是现在贸然拿这段录音去警局,怕是对盛晖起不到太大帮助,反而会打草惊蛇,毕竟录音中没有涉及犯罪的具体内容。

摇光握着U盘,手心全是汗,盛晖信任她,将这么重要的证据交给她,难道她无能为力?摇光深深呼吸,她努力使自己冷静,时间已经不多,她必须找一个信得过而有能力的人帮助盛晖。或许,应该将录音交给盛怀龙?虽然盛晖恨他冷

你好，金鱼先生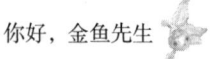

酷，但他毕竟是盛晖的父亲……

手机铃声打断了摇光的思维，她吓一跳，条件反射地接起。

"接得真快，你现在在哪？"是陆铭宇。

摇光微愣："我……在家。"

"有时间出来吃饭吗，我去接你。"

"不了，我不饿。"

"……我知道因为盛晖的事你很着急，但你自己的身体也很重要，盛晖光明磊落，一定会没事的。"

摇光心中微微一动："你也觉得，盛晖是被冤枉的？"

陆铭宇毫不思索："那是当然，他怎么可能贩毒？你放心，真相一定会水落石出。"

摇光没有说话，她想现在唯一可以求助的人或许是陆铭宇了。

"摇光？"

"我在。"摇光顿了顿，下决心般沉声道，"铭宇，我现在过去找你，我有很重要的事要告诉你。"

彼端陆铭宇沉默一瞬，听出摇光语气中的严肃："好，我来接你。"

摇光让陆铭宇带她到家里，她不愿在任何公共场所谈论这件关乎盛晖命运的大事，她需要绝对的隐蔽。

"你的脸色很不好，喝点热茶吧！"陆铭宇为她倒一杯热茶，放在她手里。

摇光感到眼睛酸痛，她看着陆铭宇，觉得他真是自己在困难面前唯一能依靠的人，他们相识近十年，她年幼骄纵曾伤害过他，而他不计前嫌，依旧对她关爱包容。

"铭宇，我真的不知能去找谁，你是我最信任的人。假如，我求你救救盛晖，你会答应吗？"摇光紧紧抓住陆铭宇的手，声音沙哑地恳求。

陆铭宇看着她，抽出纸巾，轻轻擦掉摇光脸上不知何时爬满的泪水，摇光下意识摸了摸脸，她竟不知自己哭了。

陆铭宇温柔地注视着她，眉头微蹙，什么也不说。

"铭宇，求求你！我以前总以为还有足够多的时间，可以去打动他，争取他的信任。就算他认定我贪慕钱财也无所谓，我总有机会去向他证明！但我现在发现不是这样，很多事不及时去说去做，或许就再没机会。我还没来得及告诉他很多事，我是那样想要保护他却一点办法也没有，只有求你……"

"你这样爱他，为他低声下气来求我。"陆铭宇喃喃道，"你从没为自己求过我任何事。"

"铭宇，我……我不知该怎么对你说，我曾伤害过你，我希望你原谅，我一直当你是最好的朋友，你对我来说很重要，真的很重要！"

"我对你，真的很重要？"陆铭宇抬眼看着她，轻声问。

摇光重重点头。

陆铭宇凝视她，良久，无奈笑一下："我很想帮你，我与盛晖也有些交情，只是目前的状况对他很不利，而我们又没有任何证据可以提供……"

你好，金鱼先生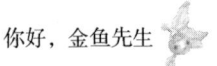

"有！"摇光急忙从提包中取出U盘，拿给陆铭宇看，"这里面就是他被诬陷的证据！而诬陷他的那个人，就是柏然！"

陆铭宇眼中骤闪："柏然？"

"对！其实我也不敢相信，但这是事实！我们仅有这段录音还不够，还必须找到更多有力的证据才行。"摇光忧心，看向陆铭宇，"这段录音交给你，看能否有新发现，这方面你比我懂。"

陆铭宇并未接过，他静静看着摇光，英俊的面容看不出喜怒："你相信我？"

摇光忽然觉得他与平时有些不同，但这想法只从脑中迅速滑过，她点点头："我说了，你是我最信任的人。"

陆铭宇不再说什么，接过U盘，似是应了。

"也不知他现在怎样了，警方会不会严刑逼供？应该不会，他是盛晖，又是盛怀龙的儿子，铭宇，你能否想办法让我去见见他？"摇光满脸焦急。

与她的焦急相反，陆铭宇表现得很平静，这不能怪他，男人在任何时候都应该表现得沉着冷静。他掂量着手中的U盘，缓缓开口："Cecile，还记得那时在法国，我们都很开心，你虽然没有说爱过我，但我知道你是在意我的。后来如果不是发生了那样的事，如果你一直留在法国，我们现在大概已经结婚，孩子都满地跑了。"

摇光看着他，不明白他为何突然说这些，陆铭宇仍旧英俊温和，但隐约已有些不同，摇光莫名地感到不安，不明白哪

Chapter 12
被捕与真相

里出了问题。

身后的房门传来声响,摇光惊吓地回头,看到柏然从那扇门里走出来。她脑中一炸,直直地瞪大眼,做不出任何反应。

柏然走过来,陆铭宇将手中的U盘递过去,摇光下意识拦他的手,却被陆铭宇轻松挡开。她第一次感到陆铭宇是有力气的,他并不像她以为的那样温柔而善意,他的力道不容拒绝,也毫不在意她的阻拦。

柏然得到U盘后,几乎没有端详它一眼,便扔在地上用力踩碎。

"咔嚓"一声,摇光的身体抖了抖,她眼睁睁看着自己小心保护的唯一证据眨眼消失,完全难以置信!她愕然!甚至到现在还在想是否有什么地方弄错?原本温和的柏然,熟悉的陆铭宇,他们为什么要陷害盛晖?

"有没有U盘都不能改变什么,这件事凭你的力量根本无法阻止,所以不要太自责,盛晖已经完了。"陆铭宇转头看摇光,语气平淡,"Cecile,我也累了,不想再伪装。我厌倦了看到你不断接近他,厌倦了你在我面前说有多爱他,现在你的爱就要害死他了,你还想去爱他吗?"

陆铭宇,摇光几乎不认得他了,说着这样可怕的话,他却依旧平静从容。摇光麻木地盯着他,有句话他没有说错,她就要害死盛晖了,她无知地相信了最不该相信的人,她亲手将盛晖推到绝境。她的人生果然是一塌糊涂,荒唐又可笑。

"为什么?"摇光看向柏然,她不问陆铭宇,她已经看到

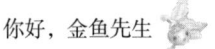

了,他眼里因妒忌而起的阴霾,"你比谁都清楚,盛晖最害怕的就是背叛,你却要这样对待他?"

柏然看着摇光,神情平静,他慢慢坐到沙发上,第一次嘴角没了笑意:"我没有必要向你解释什么,这件事你最好不要干涉。"

"是因为陶青吗?"摇光盯住他,"因为她,你迁怒于盛晖?陶青如今事业处处受阻,也是你一手造成的吗?你就是这样去爱的?用这种肮脏卑鄙的手段,你能得到吗?"

"陶青爱上的只是盛晖的光环,当那个人一无所有,她就不会继续爱他,现在事业下滑,已经够她忙一阵子,盛晖这边她是无暇顾及了。其实人人都如此,最在意的总是自己,你也不必义愤填膺,还是接受现实的好。"

"接受什么现实?"摇光站起身,想要朝柏然走去却被陆铭宇制止,她奋力挣扎,哭出声来:"你是他最好的朋友!你对得起他吗?他手中分明有证据,却仍想要相信你!你看不出来吗?"

柏然冷眼望着摇光的歇斯底里,默默点燃一支烟,将目光转向窗外:"以后不是了,我与盛晖,以后做不成朋友了。"他似乎笑了一下,"和他做了十几年的朋友,压力真的很大。他太聪明、太优秀,得到所有人赞赏。我了解他的过去,看过他的痛苦,我曾经对桂姨发誓,会一直帮助他,做他最好的伙伴。

"但这不代表我就应该活在阴影里!应该永远被他的光芒掩盖!我是离他最近的人,我比谁都清楚他受过的伤,可他

Chapter 12
被捕与真相

却看不到我的痛苦。我爱上的女孩爱上他，我最想要的成就也属于他。如果我所有想要的一切都只能眼睁睁地看着他拥有，我需要这样的朋友吗？"柏然缓缓吐出烟雾："或许他没有错，但命运真的很奇怪，最后我只能选择这种残酷的方式，这就是人生，总不随人愿。"

摇光不再挣扎，也不再开口，对着这样的柏然，她还能说什么？

"跟我回法国吧，这里一切都将与我们无关。"陆铭宇放开她。

摇光没有动，甚至没有愤怒，她只是任泪流淌，只是很平静地回答："不了。"

被最信任的人出卖，心如刀割，摇光心中充满悲怆。她没有力气去骂他或者打他，她只是对这个人感到失望，感到鄙弃。她因为自己的愚蠢，亲手葬送掉盛晖的未来，原来她是这么的不可信任。盛晖没有想错，他千不该万不该，在最后相信了她。

摇光失魂落魄地往门口走去。

"你去哪？"陆铭宇拦住她。

"让我回去。"摇光头也不抬，径直往前走。

陆铭宇堵住大门："你恨我？"

摇光捂住双眼，泪从指缝间溢出："我恨自己有眼无珠。"

陆铭宇毫不动容，他的心原来这样冷酷，他扯开摇光的手臂，捉住她冷冷道："你还不能走，不是想见盛晖吗？我带你去。"

Chapter 13

失声的黄莺

她知道自己快要拉不住了,
她是那么不舍得放手,她只能朝他努力微笑:
"感谢你的信任,
我用我一生的诚意和你交换。"

Chapter 13
失声的黄莺

车外晴空万里，明亮的阳光洒进车窗，一切都看上去简单而美好，充满蓬勃的希望。而摇光却只觉得冷，在炎炎夏日，她冷得缩起肩膀，世界仿佛突然间面目全非，她快要不知道自己身在何方。

陆铭宇一言不发，他沉默地开车，沉默地拉摇光下车，沉默地领她走进看守所的大门。柏然默默跟在身后，摇光不明白，他怎么还敢在盛晖面前出现？他是去检阅他的战果吗？如果他们是要看盛晖挫败的脸，他们就想错了。

铁门开启，盛晖被警察带出来，他神情疲惫，但仍旧高傲。他看到陆铭宇和柏然，面无表情，他淡淡地扫一眼摇光，走下阶梯，背脊直挺，毫不慌张。

盛晖坐下后，抬眼直直看向陆铭宇，没有说话。他目不斜视，不屑给柏然或摇光一个眼神。摇光慢慢在对面坐下，她坐在陆铭宇身边，她知道这对盛晖来讲有多残酷，但她无法拒绝，她用近乎贪婪而轻柔的目光抚摸他，盛晖瘦了。

陆铭宇唇边挂着阴沉的笑，他看着盛晖，对自己造成的结果非常满意："我不得不说，你做人真的很失败，最亲密的朋友都一个个迫不及待地揭发你。你说你做点什么不好，却要贩毒？这可是大罪，一旦被正式定罪至少也是十年以上有期，作为合作伙伴，我多么希望你是冤枉的，有个类似U盘什么的证据可以翻案。"他撇嘴，摇了摇头，"可惜啊，我们

你好，金鱼先生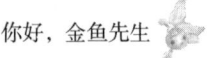

什么也没找到。"

摇光看到盛晖的手指紧了紧，但他面上仍旧平静，她没有猜错，她的心上人永远这么从容不迫，面对任何丑恶都不会皱一下眉。

"Cecile就要随我回法国了，我们会一直为你祈祷，希望你在里面能想通一些事。在哪里跌倒，就从哪里爬起来，我会等着你。"陆铭宇微笑，"等你出来，我们的孩子可能已经小学毕业，不过没关系，孩子干爹的身份我会为你留着。"

"警官，请带我回去。"

摇光今天第一次听到他的声音，有点喑哑，有点疲惫，却仍旧动听，这声音她会一辈子记得，永生不忘。

盛晖起身。

摇光忽然倾身用力抓住他的手，盛晖有些吃惊地抬眼，这让他看上去不再冷若冰霜，摇光握着他，感到彼此的一部分紧紧相连。

警察出声呵斥，想掰开她的手。

摇光死死扣着，手臂被警察拉扯到剧痛也不放开。盛晖感到她的手心像一块火热的烙铁牢牢夹住自己。

"Cecile，你做什么！"陆铭宇也上前阻止。

摇光知道自己快要拉不住了，她是那么不舍得放手，她朝他努力微笑："感谢你的信任，我用我一生的诚意和你交换。"

盛晖听到了，他微微睁大眼，但警察不由分说，将他强行

Chapter 13
失声的黄莺

带走。

摇光从法国回来时曾经发过誓,再也不要和毒品沾上任何关系,它害得她家破人亡,害得她抬不起头做人,她要用剩下的生命为父亲赎罪,她要干干净净地活下去。

她曾问过盛晖,有没有那么一瞬,心跳得特别快,脑海里闪现出很强烈的念头,它惊天动地,能够指引人方向,是它告诉你,剩下的日子都要为那个而活。这就是她爱上盛晖的瞬间,天地也不过是那一个人的天地。

"你想做什么?"陆铭宇盯着她,将她拉回现实。

摇光轻轻一笑,她冲到门口去抢武警的配枪,她大喊:"快抓住这两个人,我要举报,我要举报!"

现场骚动,多名警察一拥而上将摇光按倒,扭着她的胳膊将她重重压在地上,她满脸灰土。

"住手!你们做什么?"陆铭宇冲过来,却被警察推开。

柏然好像看傻瓜一样看着她,他不明白摇光想做什么,举报?她手里已没了证据,她以为警方会采纳她的一面之词?

三人还是被带到了审讯室,摇光指着陆铭宇与柏然:"警官,盛晖是无辜的,他是遭到了这两个人的陷害。"

警察慢条斯理地坐下,翻开笔录:"你怎么知道是他们陷害的?"

陆铭宇嘴角露出冷笑,他在嘲笑她的愚蠢,他不相信她有能力扳倒他。

"因为我是他们的同谋,盛晖办公室里的毒品是我藏进去

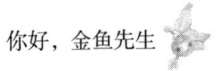

的,那个白痴太容易信任别人,竟连探头也不装。"摇光坦白,冲柏然和陆铭宇怒斥,"我说过,如果你们不给我应得的报酬,我就跟你们同归于尽!现在你们信了吧?反正我贱命一条,死也要拉你们陪葬!"

"你—疯—了!"陆铭宇死盯住摇光,狠狠开口。

"我是疯了!反正我也不想活了,没有那笔钱我出去也是被讨债鬼乱棍打死!既然如此,你们就跟我做个伴吧!"

柏然此刻还算镇定,他打断摇光的胡言乱语,对警察说:"她是盛晖的女友,她很爱他,她想牺牲自己为盛晖脱罪。她愤恨我们举报盛晖,企图报复。"

警察似乎认为柏然的证词更可信,于是问摇光:"你有什么证据说毒品是你放进去的?而他们和你是同谋?"

摇光静静看着他:"从盛晖办公室里搜出的毒品已经被当场缴获,除了你们自己人和将毒品藏进去的人,再没别人见过。"她缓慢开口,"那些是产自黎巴嫩的一号海洛因,分量大概一公斤左右,我用胶布缠在盛晖座椅的底下。"

陆铭宇与柏然瞬间瞪大了眼,他们难以置信仿佛见了鬼。摇光的准确陈述终于引得了警察的重视,他唤来另一位高级警司旁听。

摇光暗自松口气,警察的反应告诉她,她没有猜错,这要归功于管娜。管娜是眼见盛晖被捕的人,她那时正汇报工作,却有警察闯入搜寻,他们从椅子底下找到两袋纯白色晶体,管娜很快被隔离,她是唯一看到毒品的人。她将所见告诉了摇光,摇光上网查找,估出了毒品的型号及分量。

Chapter 13
失声的黄莺

"你们陷害盛晖的目的是为何?"警察问。

"人为财死,鸟为食亡,我自然是为了钱。至于他们两个,警官,你一定要重罚!他们不守信用,利用完我却不想给钱!简直无耻!"摇光愤怒地"呸"一声,"我全部坦白,我虽然协助他们犯罪,但其他事他们都不告诉我,里面肯定大有阴谋,你们要明查!"

"这些毒品你们从哪里得来?是不是与一批越境毒贩有关?"警察继续提问。

"越境毒贩?……我,我不知道,我只负责陷害盛晖。"摇光心惊,居然与毒贩团伙有关?还是越境毒贩!他们真的想置盛晖于死地!

"你既然已经认罪,就老实交代清楚,把你知道的都说出来,或许还可以转为污点证人,从轻处理,要是继续隐瞒,对你没什么好处。"警察开始威逼利诱。

"我要求见我的律师,你们没有权力拘留我。"陆铭宇绷不住了,他狠狠地看着摇光,"你不是想坐牢吗?我成全你,但我不会陪你!"

"警官,你们赶快逮捕他啊!还让他见律师?"摇光急了。

警察看一眼高级警司,见对方没有表示,于是说:"这件事还没查清楚,不能仅凭你一面之词就抓人,我们会着手调查,现在……"

"等等!"摇光阻止他,"我不想一个人坐牢,我既然坦白,就不能放过这些狼心狗肺的家伙!还有柏然,你们去他

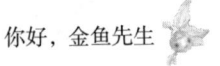

家里搜查,一定能找到证据!"

警察不再理会摇光,他收起笔录,准备起身。

"我是李吉东的女儿!"摇光大声宣布,"我是李吉东的女儿,我叫李摇光,你们可以马上去查。我全部认罪,并对我的罪行供认不讳!我放弃一切辩护,我唯一的要求就是要让我的同谋受到法律制裁!"

摇光的话无疑是晴天霹雳,像一枚重型炸弹,将所有人炸得晕头转向。年轻警察愣愣地回头看她,一时反应不来。一直稳坐旁听的高级警司也激动地站起身,难以置信地盯住她,门口围拢一群路过的警察,他们都用看妖怪般的眼神看她。

摇光闭上眼,是啊,她的父亲就是有这样的有影响力,只要别人知道她的身份,她就已经被标上罪人的标签,她罪大恶极,她应该被就地处决。她的父亲李吉东是全国警察史上最痛恨的罪犯,她父亲的死是全国人民最快意的事。他们都在说,看啊,那个大毒枭的女儿,果然步她父亲的后尘,继续贩毒害人,她要是在当年被一起处决就好了!

摇光看到陆铭宇的脸色变了又变,她看到柏然终于露出惊恐的神情。她想她做到了,她保护了她最重要的人,她保住了他的信任,他的尊严。她本来就是个罪人,早在几年前她就应该死了,盛晖救她一命,现在该她还给他了。

摇光被抓了起来,她再看不到陆铭宇和柏然,她想他们应该也被抓了。她的身份果然很见效,不知警局里有多少她

Chapter 13
失声的黄莺

父亲的仇人,他们的亲朋好友有多少曾遭毒品侵害。总之,摇光不必再提供任何证据,她的身份足够让警方相信她的证词,定她的罪。比起人中龙凤的优秀企业家,大毒枭的女儿似乎更应该被送进监狱。

在等待上法庭的这段时间,摇光被暂时关进了看守所,可能是因为她"显赫"的身份,她没有分发到洗漱用品,她的床铺最靠近厕所,甚至她的食物也是别人的一半。但这些都没关系,她可以用手洗脸,她睡觉时可以用被子捂住头,她的食量本来就很小,她拒绝见任何人,她知道姑妈和管娜不止一次来访,但她拿什么脸去见她们?她毁了自己以后的人生。

好在看守所也可以看电视,摇光在新闻里看到盛晖被释放的消息,他仍旧仪表堂堂,风度不俗,他终于无碍,终于能重回他的商业帝国。

摇光望着囚室中唯一的小窗,那种小小的竖满铁栏的窗将月亮分割成几块。她心中默数,明天就是判决日,她已做好准备,她将在庭上招认一切。之后,她会用在牢狱中的所有时间去忘记盛晖,她必须这么做。她不希望很久以后,当她还记得他,却忘了爱,到那一天她会恨他。

翌日,摇光没有被送上法庭,而是被重新带到审讯室,陆铭宇就坐在对面,冷冷地看着她。他穿着笔挺的西服,干净清爽,就连头发也没少一根。相比摇光的狼狈,陆铭宇简直意气风发。

"我从前都不知道,你原来这么有本事。"摇光看着他,觉得他是那样陌生,"算了,我其实也没有多恨你,你没事就没事吧。"

"你这么说是想我放过他?"陆铭宇冷笑。

"放过他吧,你究竟恨他什么呢?你又不是柏然,你要的也不是我,你只是不甘心罢了,不甘心我爱上别人。"

陆铭宇盯住她,嘴角扬起残酷的笑:"我就是不放过他,就是要他完蛋,你能怎么样?Cecile,我要让你知道,你做出的牺牲毫无意义!"

摇光垂下眼,恐惧感慢慢爬遍全身,她承认陆铭宇的威胁起作用了,她害怕,她非常害怕自己所承受的苦难对盛晖毫无用处,那要她拿什么勇气去坚持?要她拿什么信念继续活下去?

陆铭宇扔一份文件在桌上,命令道:"签了。"

摇光没有动。

"Cecile,我再说一次,签了它,你最好别做让自己后悔的事!"陆铭宇似乎没了耐心,他狠狠捶一下桌面。

摇光抬眼看他隐怒的脸,终于伸手取过文件,翻开。

摊在她面前的是一份引渡协议。

"如果不签下这份协议,你马上就会入狱,判处至少十年以上有期徒刑!Cecile,你够狠!我现在救你一命,你跟我回法国,慢慢还!"

引渡是指一国把在该国境内而被该国指控为犯罪或已被判刑的人,根据有关国家的请求移交给请求国审判或处罚。摇光十岁移民后拿到法国绿卡,但国籍仍属中国,使用引渡法

Chapter 13
失声的黄莺

必须为法国籍。而陆铭宇居然有办法在这么短的时间内变更她的国籍，并让法国向中方发出引渡申请。摇光多年不去法国，对陆家发展不明，现在看来，却是比当年李家有过之而无不及了。

"有什么附加条件？"摇光平静地问他。

陆铭宇抱起双臂，靠在椅背上："非自愿丧失中国国籍，签下这份协议，你作为中方认可的刑事罪犯终生不得踏入中国境内。"他伸手盖住摇光的手背，低声诱惑，"Cecile，法国才是你的家，跟我回去，我就放过你今生的最爱。"

摇光久久看着他，是啊，这已经是最好的结果，她能救下盛晖，又不必坐牢。她如今身份曝光，穿上囚衣那天已有记者拍照，大小报刊将她渲染得更加臭名昭著，即便协议不限制，她又如何立足？摇光咧嘴笑了笑，她果然是过街老鼠，从法国逃回中国，再从中国逃去法国，人人得以诛之。

陆铭宇看着她颓然的笑，她干裂的嘴唇，她乱七八糟的短发和脸颊手臂的新鲜伤痕，终于不忍。这个女孩在他心中永远高贵，她不该属于这里，一分一秒都不应该。

"什么我要的不是你，什么我只是不甘心你爱上别人？"陆铭宇凝视她，眼里是隐忍与无奈，"你不爱我没关系，但你不该轻视我的爱。我已经告诉过你，我花了七年的时间也无法忘记你，为什么你不明白那是因为我太爱你？你以为我来到这里遇见你是巧合吗？你以为我真的受到家族排挤吗？Cecile，难道我已经蠢到连我究竟是不是真的爱你都分辨不清了吗？"

摇光沉默地听着,她慢慢取过笔,在协议上签名。她闭上眼,有泪从眼角滑落,泛着黯淡光晕:"带我走吧,我想去……看看母亲了。"

陆铭宇留给摇光一小时与姑妈一家告别,李红芬抱着摇光哭泣,她没想到她的侄女最后还是得来这样的命运,管娜将摇光拉进房间,锁上门。

"摇光,你真的要离开吗?就这样走了?"管娜眼圈红了,她握住摇光的手,"你走了我一个人睡这间房多孤独啊,我还没和你做够姐妹,你怎么就突然走了?"

"我的情况你知道,这次要不是陆铭宇我就要坐牢了。"摇光安慰她,"你以后可以去那边看我,我们永远是姐妹。"

管娜看着她,流下泪来:"为什么?为什么你可以为师兄做到这种地步?你……你爱他爱得这么深,你舍得离开吗?"

"娜娜,对不起,我之前对你隐瞒……"

"不!是我在隐瞒你!"管娜泪流满面,语气哽咽,"我知道你喜欢他,我故意让你看到那个文档,我希望你知难而退,师兄那天也根本没答应我的约会,是我骗了你,我真可恶……"

"娜娜。"摇光搂住她,"我要走了,你可以答应我一件事吗?"

管娜伏在她怀中点头。

"盛晖现在一定很难受,他的朋友背叛了他,虽然他不说,但他的心里正在滴血呢。"摇光轻拍管娜的背,"盛晖

Chapter 13
失声的黄莺

很少笑,但他笑起来的样子很迷人,好像冰雪融化的春天,以后你会看到。他不笑的时候,眼睛总是沉沉的,那双眸子写满了故事所以才那么深邃。他的耳朵很灵敏,他会温柔的解救被困的小动物,他用淡漠的语气说他是困兽,是朝不保夕的狮子。他说他的心里没有门,所以我进不去。娜娜,我多么想到达他心中的'家',可不再有机会,你能答应我吗?替我开启那扇无形的门,替我守护他。"

"摇光,你真的不去看看他就走吗?他一定会找你!你这样突然消失……"

"娜娜,能答应我吗?"摇光打断她,"我没有时间了,我也不会去见他,已经没有必要,我知道你爱他是真的,你能做到。"

管娜不住摇头,泣不成声:"我做不到!跟你比起来我什么也做不到,我无法为了他牺牲自己,我爱得自私也懦弱!我没有你的坚强、勇敢和忠诚!摇光,你真的像War goddess,谁都会爱上你的!盛晖也一定会爱上你!你不要走!"

摇光松开搂住管娜的手,捂住脸颊:"我留不下来,我签了协议,已经被政府终身驱赶出境,我再也不能回来了……"

"摇光你别哭,我答应你!我都答应你!"管娜紧紧抱住她。

Chaper 14

再见，我的爱

在法国的第一年，
她常梦见那双深潭般的眼睛一动不动地看着她，
梦见他手掌的温度，梦见他一遍遍在问：
"为什么一声不响地离开？"

Chaper 14
再见，我的爱

到达法国，摇光按照引渡协议在法庭受审，她被判处有期徒刑十年，因身体状态不佳，需住院治疗而缓刑两年。

摇光睁开眼睛，还是这里，她曾不止一次梦见自己躺在管娜身边，然而睁开眼，还是这里。高而开阔的天花板、宽敞的房间、明媚的阳光、温顺的海风，多么美丽舒心的地方，却无法唤醒她内心的喜悦。

法国有五千多座私人城堡，它们矗立在开满鲜花的庭院之中，装饰陈列着某个家族的传世珍品。它们常常出现在杂志封面，精致夺目，美轮美奂，令人神往也惹人艳羡。拥有一座城堡，这对于普通人而言的确是一个遥不可及的美梦，然而对于现在的摇光，这个梦却残忍地剥夺了一切美好。

这座城堡是法国文艺复兴时期的得意建筑，是法国第一位文艺复兴式的君主"弗朗索瓦一世"为炫耀财势在中世纪下令兴建的行宫之一，几经转手，也曾被李家拥有五年。那五年里摇光与父母住在这里，如今再看，并没什么改变，唯一不同的是这里已姓陆。

除了仆人，摇光从未在城堡看到别人，其余陆家人显然不住这里。陆铭宇已有很久不曾露面，即便出现也只在夜间偷偷进来，他会静静立在床边，悄无声息。摇光睡眠极浅，几次惊醒都不动神色，等他离开。

刚来法国时，陆铭宇带摇光去过一次疗养院，看望她的母亲。那座位于郊区山坡上的疗养院，是法国司法部门专用于收押精神失常的犯人。七年前，李吉东入狱不到一周便遭残忍杀害，摇光母亲得知后精神失常，被收押疗养院，不允探视。摇光在法国举目无亲，受李吉东生前一位友人相助逃回中国，却再未与母亲见过。

陆铭宇带着摇光走过暗仄的走廊，她看到两边有头发散乱的女病人冲她嬉笑，甚至上前要抓她的头发。有护士仓皇跑过来，拿橘子剥开给那女病人才哄得她回房。摇光心跳很快，疗养院四壁高墙，她有些透不过气，似乎有沉重的东西在迫近。陆铭宇告诉她拐角就是她母亲的房间，她不敢想象那里是什么样子，她的心跳到了嗓子眼儿。

在狭窄的拐角里，他们终于停下来。就这样，摇光看到了母亲，这是她在中国的日子里梦到过很多次的场景，但在那无数次的想象中，她的母亲虽穿着病服，却仍旧温柔高贵，她或者安静地坐着，或者望着某处发呆，但绝不是现在这副模样。

母亲坐在房间中央，她衰老了太多，衣着邋遢，只穿一件灰蒙蒙的长褂，敞着大领口。她的裤脚挽得很高，露出一双毫无血色的脚，脚踝突出的骨头有些错位，只有梗出的骨节，像是老妪的脚，头发亦若柴草一般干涩。母亲的双眼无神，青色的眼袋十分明显，边缘处的皱纹是一根根参差显露的明线。

摇光不可置信地摇头，她将握紧的拳头伸进嘴里，她压抑着哭泣，她不敢发出任何声音，她不敢惊扰如此脆弱的

Chaper 14
再见，我的爱

母亲。

陆铭宇对随后而至的护士点点头，护士打开门，让陆铭宇进去，他轻轻地蹲下身："伯母，您最近好吗？有没有听护士的话呢？"他的声音像在哄一个七岁的孩子，而母亲竟似熟悉他般，幅度非常大地点头，冲他傻傻地笑着。

摇光感到心跳快要停止，她一步一步慢慢走进去，却不敢靠近，她紧紧捂住嘴，泪不断滴落在冰冷的水泥地面。母亲似乎被泪滴吸引，她忽然坐到地上，伸手去碰那点点泪液，她的手细瘦得像庙宇里占卜的签，纤弱而诡异。

"妈！！！"

摇光终于喊出声来，那样撕心裂肺，她跪倒在地泣不成声，想要紧紧抱住自己的母亲。然而母亲却吓得缩成一团，不停抽搐，她惊慌失措地向墙角爬去。

"Cecile！别这样！你吓着她了！"陆铭宇阻止摇光继续靠近，抓住她双臂，"伯母很害怕见生人，你不要刺激她。"

摇光象征性地挣扎一下，便不再动，她已经没有力气："……生人，我是生人吗？"她喃喃道："我是她的女儿啊，唯一的女儿，最爱的女儿……现在，我成了生人吗？"

"我不是这个意思。"陆铭宇为自己的慌不择言尴尬解释，"我是说，伯母现在精神失常，她已不记得你，对现在的她来说，你是陌生的。你刚才那样激动的行为，会刺激到她，对她的病情很不利。"

摇光迅速转头看她："还能治好吗？"

陆铭宇移开视线："这些年，我一直在替伯母治疗，也找

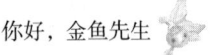

来很多这方面的专家,但情况并不乐观……能治愈的概率,很低。"

"答应我!救救我母亲!"摇光抓住他的衣袖,泪流满面,"你会得到你想要的!我保证,我向你保证!"

陆铭宇不为所动,他冷冷甩开摇光的手:"你能给我什么?这种话我不想再听到第二次,你母亲的病况很不好,久治不愈,你还是花时间多陪陪她吧。"

摇光松开手,她蹲在地上,她不该求他,她比谁都清楚,面前这人是多么冷酷无情,如果说盛晖的冷酷是一种自我防御,那陆铭宇的冷酷就是可怕的自私。摇光看着角落里惶恐的母亲,良久,轻轻哼出歌来。

这曾是母亲最爱的歌,摇光儿时睡不着,母亲就会轻轻拍着她,哼这首歌哄她入睡。摇光唱得断断续续,哽咽得不成调,她与母亲近在咫尺,却仿佛比在中国时还要遥远。她是那样想念,那样坚持,却换来这样的结局。

母亲倏地坐直身子,竟随摇光慢慢哼唱起来。她看着摇光,无神的双眼慢慢聚拢光辉,渐渐的,有清冷的泪从眼眶滴落。

"摇摇……"母亲的声音沙哑,她望着摇光,眼中像堆积柔软的泥,"是你吗……摇摇……"

"妈!!是我!!"摇光不顾一切扑过去,大哭出声:"妈!!妈!!你认得我了吗?你认得摇摇了吗?"

母女两人紧紧相拥,泣不成声。

陆铭宇悄悄退了出去,他支开赶来的护士,为她们带

Chaper 14
再见,我的爱

上门。

……

母亲真的清醒过来,她记得所有的事,她温柔地搂住摇光,问摇光这些年的生活。摇光靠在母亲怀里,觉得一切都像一场梦。她告诉母亲要接她出去,她要让母亲的晚年和自己一起度过。如果陆铭宇不能帮她,她就住进这里,陪母亲终老。

当晚回去,摇光对陆铭宇说出自己的想法,意外的是陆铭宇很快应下,并保证明天就接她母亲回来。那夜摇光梦到了母亲,她看到自己与母亲团聚的场景,她对陆铭宇的恨不再尖刻,如果他真能履行自己的承诺,她会试着原谅他。

然而,摇光的梦碎了,她现实中的美梦也跟着她睁眼的瞬间醒过来。陆铭宇没有带回她的母亲,他只带回母亲病逝的消息。他握着死亡鉴定书,上面有最著名医生的签字,他对摇光母亲前一天的异常给出专业解释,他说她母亲突然神志清醒是回光返照,他说她母亲的肾脏功能已经衰竭,靠某种意志力才能坚持生命。昨天与摇光相见,她看到完好无损的女儿,终于放下心来,一旦意志松懈,生命就走到了尽头。

摇光不信陆铭宇,她不去疗养院看母亲的尸体,也不去墓地。她高烧昏迷,胡言乱语,她卧床不起,身边日夜有医生守着。摇光不愿见到陆铭宇,那人一旦出现,她的病情便会恶化,这样来去两次,陆铭宇果然不再出现。

如今过去数月,摇光的病是彻底好了,她已能接受现实,去墓地看望了母亲,陆铭宇将她母亲安葬在法国最昂贵的墓

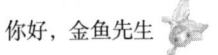

地,摇光整整在母亲墓前陪伴了一天一夜。

她仍旧不见陆铭宇,那个人也甘愿躲起来,他知道摇光需要时间,他以为摇光只是需要时间。

每晚城堡上空都会燃放烟火,或许是九点,也可能是十点。摇光不确定时间,但每到这时候,她都会走去露台,聆听海浪拍击石壁的声音,聆听烟火爆裂的声音。深黑的夜空里绽放出一朵朵绚丽的花,美丽壮观,宛如当初。

那几年里,父亲也曾为摇光在这座城堡里放过烟火,她最喜欢那种红色的大大的牡丹,漫天绽放,点亮夜空,那么美,曾经那么美。

摇光站在高高的城堡上看这些脆弱的美丽,光斑在她脸上不断投下深深的阴影,她伸出手,很想抓住一朵,哪怕它碎了也想试着握在手心。然而不行,她从没有拥有美好事物的能力,她是受到诅咒的生命。

很久不见的陆铭宇来到她身后,摇光把手收回来,没有转身。

"那件事已经彻底解决,Cecile,你无罪了。"陆铭宇走到石栏边,与摇光平行。

摇光回头看他,米色的风衣,身形挺拔,他也看着烟火,感觉到摇光的视线低下头看过来。

"你准备和我冷战多久呢,Cecile。"

摇光重新看向远处,语气平静:"你觉得我们在冷战。"

"不是吗?"

摇光轻笑一声,没有回答。

Chaper 14
再见，我的爱

"你现在恨我，不接受我，没关系，我可以等。毕竟，你再也回不去中国，回不到那个人身边。我答应你放过他，我可以不再去中国，陪着你一直在这里生活。我能做到的只有这些，我希望你能慢慢习惯这里的生活，习惯我，那样你会好受一点。"

摇光吸一口气，轻轻叹出："铭宇，谢谢你买下这座城堡，也谢谢你照顾我的母亲，这些都是我没料到的。我想通了，母亲过世不是你的错，她离开或许是种解脱，有时我想我也在等待那样一种解脱。我不恨你，就算你真的爱我，我能怎么样呢？让你爱吗？也爱你吗？你知道我做不到，我可以继续在这象牙塔里生活，但你不要对我有所期待，我的心已经是一团死灰，你见过死灰复燃吗？"

陆铭宇不以为然："看看你，多奇怪，说这种傻话。你只是个被爱情冲昏头脑的可怜虫，和我一样，放不下心中的执念。那咱们就耗着吧，看谁先走出来。如果我先，我会放你离开；如果你先，就安心留下陪我吧。"

摇光不答，闭上眼感受海风。

"为了能让你先走出来，我想告诉你一些不知道的事。"陆铭宇笑了笑，"对于我下面要说的话，你可能有两个反应，原谅我一些，或者更恨我，想听吗？"

摇光没有动静，仍旧闭着眼，却也没有明确拒绝，于是陆铭宇当她答应，开始讲述。

原来陆铭宇与柏然并非陷害盛晖的幕后黑手，他们是执行者，为了各自的利益，与幕后那人达成共识。那人不是别人，正是盛晖的父亲盛怀龙。盛怀龙了解盛晖不愿继承他的事业，态度坚决，盛晖已经长大，不再顺从他。于是盛怀龙决定摧毁儿子的一切成就，不留余地，使他一无所有，使他除了自己别无所依。盛怀龙找到盛晖最好的伙伴柏然，答应事成后将"腾晖"拱手相送，至于陆铭宇，却是全为了私心。

摇光默默听着，这些才发生不久的事，这些与自己息息相关的事，却像是上个世纪的旧闻，年代久远，令她差点回忆不起。

良久，摇光缓缓开口："所以，从一开始盛晖就不会坐牢，盛怀龙会在最后关头解救他，若不是中途冒出个傻瓜，盛怀龙也就得逞了。"

"是的。"

"盛怀龙，他竟这么狠，这样对待自己的儿子。"摇光脑子闪过盛晖落寞的眼神，她仰头望天，凝视着摇光星，盛晖曾说那是他的主命星。

"警方从盛晖办公室搜出一公斤多的海洛因，分量多的足可定罪。后来又查出这些海洛因与一批越境毒贩有关，一旦定罪，情节严重。盛怀龙就没有考虑过盛晖的安危？他有什么把握在那样的处境下一定能救出盛晖？"

"那些海洛因是盛怀龙找人通过特殊渠道向毒贩买来，毒品在盛晖的地盘被发现，最不值得怀疑的就是盛怀龙，没人想到他会这样陷害自己的儿子。盛怀龙一方面扮演受害者，一方面秘密与警方合作，使他们更快捕获毒贩。我不知道盛怀龙与这批毒贩有什么过节儿，但他这样做一石二鸟，既可

Chaper 14
再见，我的爱

除掉毒贩，又令盛晖身败名裂。事后他自然有办法证明盛晖是遭人陷害，只是那人不是我，也不是柏然，而是一直与盛怀龙有着'特殊过节'的毒贩。"陆铭宇看着摇光，"可你的出现，你的义无反顾，打乱了全盘计划，警方将视线转移到你身上，采纳你的证词。我早已入法国籍，自然有法儿脱身，至于柏然，怕是难免牢狱之灾了。"

见摇光神情黯淡，陆铭宇又安慰："当然，柏然是被自己的野心所害，与你无关，如果盛怀龙能将烂摊子收拾圆满，说不定也能善心大发救他一命。再或者，你最爱的盛晖，愿意不计前嫌地帮助他。"

摇光眼眶闷热，有什么强堵着喉咙："……虎毒不食子，但狮子会，他说自己是狮子，我起初只想到威武，后来才知，他说这话是怎样的苍凉。"

夜里风紧，陆铭宇为她披件衣服："现在告诉我，你原谅我一些，还是更恨我？"

摇光摇头："我刚才说过，我不恨你，我只是感到难过，为盛晖难过，你知道我有多遗憾吗，不能陪他一起终老。铭宇，我不恨你，但也无法原谅，因为你拿走了……我的阳光。"

"Cecile，我明白你有傲骨。"陆铭宇低声冷笑，"但你要知道，寒梅也是一身傲骨，可过了这冬季，也只能化作春泥任人践踏。"

摇光不再理他，转身走回屋内。陆铭宇看着她的背影，半响，终于拂袖而去。

在法国的第一年，摇光常梦到盛晖，梦见他那双深潭般的眼眸一动不动地看着她，梦见他手掌的温度，梦见他一遍遍在问："为什么一声不响离开？"每次醒来，摇光都怔怔地想，他在意吗？他真的在意吗？或许，他早就忘记她了。

到了第二年，这样的梦越来越少，渐渐地，摇光几乎快记不清盛晖的模样。他在她脑海中形成模糊的一团，仿佛隔着雾，怎么也摸不着，她远远看他像隔岸看花。摇光原以为再怎么存心想忘记一个人也需要十年八载，可原来心的荒芜会让人的记忆加速空白。

两年来，摇光几乎从未出过城堡，她的大部分时间都是在房间昏睡。她每日吃得很少，她能够一整天什么也不想，只是发呆，或者吸烟。陆铭宇曾试图强行带她出门，但摇光一坐上车就会吐，她从没有晕车的毛病。她想她是快要死了，她每天都能感觉生命在流失，她觉得她会像母亲那样丧失神志，快速老去。陆铭宇放弃出远门，他带摇光在院子里散步，城堡的庭院很美，这里甚至有母亲曾经种下的玫瑰，摇光有时会去看看它们，但她很快就疲乏，只想躺在床上休息。

"你在用这种方式折磨我！"陆铭宇终于不能维持风度，他抓住摇光的胳膊，大有风暴来前之势，"你拼命消耗自己的生命！你想做什么？想让我后悔，让我自责吗？我还要怎么对你好？你不想看到我，我就尽量不出现！我在等，我愿意花时间等！可你呢？你都做了些什么？你把自己弄得这么

Chaper 14
再见，我的爱

瘦！你就这样不想活吗？"

"好吵……"摇光不去管自己被紧紧拽住的胳膊，她试着翻身，眼里是不完全清醒的迷离，"再让我睡会儿，你安静一点。"

陆铭宇掐住摇光下巴，盯住她，狠狠道："你给我起来！清醒过来！"

摇光吃疼，她坐起身，背软软靠在床头，不耐烦地抬眼看向陆铭宇："怎么了？你又想怎么样？"

陆铭宇深呼吸，他转开脸，片刻再转回时神情恢复自然，他微笑着："今晚我朋友要开个舞会，很多社会名流到场，你陪我一起去。"

"我不去。"摇光没兴致地别开眼，"我又不是社会名流。"

"必须去。"陆铭宇松开拽住她的手，走去窗边，"等会儿有人会送礼服进来，她会帮你打扮，你准备一下。"

"你忘了，我不能坐车。"摇光再次躺下。

陆铭宇走回来掀开她的被子："我特地为你备了马车，如果你还吐，我会沿路带上塑料袋，让你吐个够。"

"……你真狠。"摇光咳出两声，缓缓闭上眼，"我现在这个样子，你带我去做什么？我还能给你长脸吗？"

这两年摇光瘦得厉害，身子虚，进食少又不运动，整个人气色很差。

陆铭宇静静看着她，淡然道："没关系，你变成什么样子我都爱你。"而后走去门边，手握住门把时停了停，最后还

你好，金鱼先生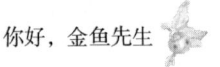

是无言离开。

下午果然有人送礼服过来，是位有着甜甜笑容的法国女孩，叫作Julie。她看到摇光后热情而礼貌地亲吻她，用法语招呼："美丽的姑娘，你叫什么名字？"

"摇光。"摇光第一眼就喜欢她，这个阳光般的女孩。

Julie念不好中文，水灵的大眼睛无奈地看着摇光。

"叫我Cecile。"摇光微笑。

"哦，Cecile，我为你带来了店里最贵重的礼服！我敢保证今晚的舞会你会是最惹眼的一个！"Julie笑着牵起摇光的手，"还等什么？我们快来试试它吧！"

摇光顺从起身，她由着Julie为她穿上礼服，这是一袭镶满钻石的宝蓝色长裙，华美动人。摇光轻抚前胸的绸缎，抬头问Julie："这礼服是皇后街aogol家的？"

Julie惊奇地看她："Cecile，原来你知道我们家？"

摇光笑笑："是啊，似乎很多年前，我的礼服全在你们家定做。"

Julie略微羞赧地回笑："可惜我来的时间尚短，没认出你来，原来你是我们的老主顾！你放心，今晚我一定将你打扮得光彩夺目！"

"谢谢！"摇光望向窗外，陆铭宇在院子里吸烟，他靠着一棵树，似乎在发呆。

Julie精心为摇光上妆，将她的短发打理得柔顺轻盈，妆容遮住苍白的面色，将她衬得明艳动人。

Chaper 14
再见，我的爱

陆铭宇在两小时后回到房间，检查Julie的工作，他很久不见如此惊艳的摇光，情不自禁叹出一声："Cecile，你真美。"

摇光不动声色，待Julie离开，她回身看着陆铭宇："铭宇，我是谁？"

陆铭宇不答她，不知摇光何意。

"我是Cecile，对吗？"

陆铭宇看着她，缓缓问："你又想说什么？"

"这里是Cecile曾住过的城堡，我穿着Cecile最常定做的礼服。你从不叫我摇光，你一直叫我Cecile。"摇光望进他眼里，"无论装得多像，我都已经不是Cecile，我不是她，你明白吗？铭宇，你费尽心思让我做回她，你放不下她，但她已经不存在了，她只能活在你记忆当中，懂吗？"

"你很在乎称呼问题？我知道你不愿想起那些不好的事，我以后都叫你摇光。"陆铭宇走近她，"我们上路吧，别闹了。"

摇光垂下眼，越过他向门口走去："有一天你会明白，你在自欺欺人。"

Chapter 15
城堡舞会

她没有动,屏住呼吸,这一刻很短暂,却又像一辈子那么长。他终于俯下身,嘴唇轻轻贴在她耳畔:
"我走了,你要好好生活。"

Chapter 15
城堡舞会

　　舞会在另一座更为奢华的城堡举行，城堡的主人是位伯爵，真正的皇室成员。陆铭宇竟结识上这样的朋友，摇光略微惊诧。乘马车前往时她没再呕吐，只颠簸得有些难受，于是单手撑住额头，陆铭宇见状将她的头轻轻按到肩上："就快到了。"

　　摇光不说话，晕晕地合上眼。

　　再醒来时已抵达城堡，陆铭宇扶她下车，关切地问："还好吗？"

　　摇光只望他一眼，便转向灯火璀璨的城堡，院外已停满百辆名车，宾客不断向内涌入，这样大的城堡，能容纳上千人的聚会。

　　摇光不由自主地皱起眉，她实在不想进去。陆铭宇却仿佛没看到般，托住她的手将她带进城堡。一楼大厅人声鼎沸，头顶巨型的复古吊灯奢华耀眼，照得摇光有点头晕。周围的绅士淑女相互交谈，觥筹交错。陆铭宇领摇光见了伯爵与伯爵夫人，伯爵夫妇尊贵而亲切，他们甚至礼貌地与摇光亲吻。

　　有熟人与陆铭宇招呼，几人举杯寒暄，摇光便趁机逃出大厅，往人少的地方走。她来到高处偏僻的露台，轻轻嘘一口气感受夜风，她闭上眼，风温柔得像母亲的手。

　　想到母亲，摇光眼里有些微湿，她取出藏在礼服里的香烟，却发现忘了带火源。

"啪"的一声，有人点燃火机，伸到她跟前。

摇光惊讶，愣愣地侧身瞧着火苗，她刚才完全没感到有人靠近。

"不需要吗？"见摇光不动，来人开口。

摇光感到心脏一跳，她缓缓将视线上移，在微弱的火光中看到一双深邃而锐利的眼睛。好熟悉……摇光慌忙转开眼，她回忆起头一年不断重复的那些梦境，梦里那个人就拥有这样的眼神，她闭上眼，不敢再看。

忽然，火光灭了，来人收起火机，与摇光齐肩而立，他没有看摇光，而是俯望塔下的热闹。

身旁人熟悉的气息被风带过来，扰乱摇光的思维，她想她知道这个人是谁了。如果一个人，曾让你觉得前途和性命都不重要了，那么说忘记，真是件为难自己的事。摇光苦笑，她想过千万次如果与盛晖重逢会是怎样？然而，这么平静，这么平静地与他并肩而立，却是摇光意料之外的。

"你好吗？"盛晖淡淡地开口，仍旧望着塔下。

摇光总以为自己再见到他会有很多话堵在胸口想告诉他，但突然就在这么一瞬她竟自然地放弃了。这一刻，他们离得这么近，却彼此静默。摇光似乎看到了结局，是啊，还有什么可说呢？语言是多么苍白，一切都过去了，已经过去。

"我很好。"她于是淡淡地答着。

盛晖终于看过来，他细细地默默打量着摇光，像在他别墅那晚一样："……你欠我一个解释。"

Chapter 15
城堡舞会

欠，多霸道的一个字。

摇光垂下眼，她爱的人果然永远高傲，盛晖的声音平稳，衣着得体，分明是最简单普通的打扮，他却是那样耀眼。陆铭宇说过，今晚能参加舞会的宾客除拥有财富，还必须有相当的社会地位。摇光慢慢抬眼对上他，心中长久以来的石头放下，这个人依旧英俊非凡，意气风发。

"什么解释？"

"那时候，为什么那样做？"盛晖看着她，目光仿佛能穿透人心。

摇光回视他，似乎笑了笑，她再次将手中的香烟搁进嘴里："借个火。"

盛晖顿了顿，为她点燃。

"我那么做，是给自己一个交代。"摇光浅浅吐出烟雾，"盛晖，我曾经很爱你，从高中开始就爱上了，你恐怕已经不记得那个患抑郁症的胖妹妹吧？"她转向他，看着他，"那就是我，我差点自杀而你救了我。后来我发现你居然是小时候放我鸽子的人，呵呵，记得吗？我是摇摇，你童年时短暂的朋友。盛晖，你总是忘记我，一次又一次地忘记，但我想这没什么，你只是不在意罢了，没有人会花时间去记得不相干的人。"

"你真的觉得，我不记得你吗？"盛晖讳莫如深地看着她，"不记得你，又怎么会在差点车毁人亡的时候……去吻一个陌生人。想起来，那天倒是你救了我，一位来自过去的故友，彼此的初吻对象。"

你好，金鱼先生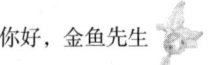

"你，记得？"摇光讶异地睁大眼。

她苦笑，盛晖，曾经我多么希望你能记得我，记得我的一切。

可是，已经晚了。

"我总是无法描述那究竟是什么感觉，你给了我第二次生命，给了我继续生活的勇气。盛晖，是你让我在长久的黑暗中再次看到光明，你就是我的阳光，那时候，我一直这么认为。我不在乎你的误解，你的厌恶，我只希望能为你做些什么。我向你要了最贵重的东西，而我差点辜负了它，盛晖，感谢你愿意信任我，真的。"

"这些话，听起来像在道别。"盛晖面上仍旧看不出喜怒，"和他在一起，你感到快乐吗？"

摇光没有说话，她答不上来，快乐？她已很久不曾感到快乐，虚度而荒芜的日子历历在目，她累了，再爱不起也要不起了，知道盛晖现在很好，这就足够了，也不枉费她曾拼命付出。

盛晖觉得她默认了，他的声音掺进一丝落寞："原来你快乐。"

我不快乐！可我又能怎样？我再回不去了，回不去中国，也回不去你身边！摇光在心中呐喊，却只能低声说："对不起。"

半晌，盛晖的语气再次波澜不惊："没什么对不起，你原来舍己救我，我该感激。现在我生活得很好，事业稳步上升。可能你曾经爱我，但这爱并不长久，果然这世界没什么

Chapter 15
城堡舞会

不可改变。这样也好，你一直喜欢奢华的生活，如今他都满足你了。"

陆铭宇那时与柏然设计陷害盛晖，如今摇光却待在陆铭宇身边，她静静握紧拳，无论如何，她都伤害他了。

"其实，真正陷害你的……并不是陆铭宇。"摇光犹豫着开口，她试图使盛晖不那么难受，说完才发现这话简直像在为陆铭宇开脱！

果然，盛晖笑了，他垂下头敛去神情："我知道不是他，你放心，他现在足够强大，我没有能力报复他。"

摇光难过地说不出话，她恨自己无能，恨自己软弱。但即便她勇敢坦荡，她敢过去紧紧抱住盛晖，告诉他她爱他又能怎样？离开这座城堡，这个露台，她还要面对陆铭宇。她已经回不去中国，她指望盛晖什么呢？跟她留在法国吗？即便盛晖愿意了，陆铭宇会放过她吗？算了吧，这个星辰般闪耀的男人，从来就不属于她。

"阿晖，是你吗？"有位女孩犹豫着走过来。

"是。"盛晖迎过去，牵住她的手。

"你突然不见，我找了你好久。"女孩撒娇般嗔怪。

"对不起，遇见个朋友，聊了两句。"

"哦？你的朋友吗？那得介绍我们认识。"女孩注意到摇光，笑着慢慢走近，"你好，我是方景露。"她伸出手。

摇光静静看着她，月光散在女孩秀丽的脸上，娇美可人。这是个陌生的女孩，摇光从前没有见过。其实，她了解盛晖多少呢？两年时间，又可以改变多少事？

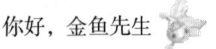

"你好，Cecile。"摇光与她相握。

"Cecile，真是好听的名字，你的中文名字呢？"方景露眨了眨眼，"我想那样会更亲切一些。"

"我的中文名字很久不用，已经不习惯，你叫我Cecile，我会觉得更亲切。"摇光笑了笑。

"是吗，这还真是奇怪！"方景露寻求认同般看向盛晖，无奈地耸了耸肩，"那好吧，Cecile，很高兴认识你。"

盛晖没有说话，目光一直落在摇光身上。

"我也是。"摇光答得很快，态度有丝敷衍。

方景露敏感地察觉，稍稍挑起眉："是我有什么地方做得不好吗？"

"不，我今晚有点累，不好意思。"摇光只得解释，面前是位有名望的富贵小姐，从她介绍时说"我是方景露"，而不是"我叫方景露"就能看出。

"景露，帮我把这个交给你哥哥，我找不到他。"盛晖拿出什么放在方景露手中，"我一会儿下去。"

"好吧，那你快一点。"方景露乖顺应下，对摇光点一下头，便独自走开。

露台再次静下来。

"你女朋友？"摇光先打破沉寂。

盛晖不置可否，却说："现在，你都自称Cecile，在这样美丽的地方待太久，连家也快忘了。"

摇光深吸口气："是啊，我又开始逃避了，如今李摇光三个字在国人眼里恐怕已如李吉东家喻户晓，无人不鄙弃

Chapter 15
城堡舞会

了。最终我也没能替父亲赎罪,哪怕守住一丝洁净,终于是彻底脏了。"她看向盛晖,抬手轻压在心上,"中国不再是我的家,法国也不是,你说的,这里才是我们唯一的家,我不会忘。"

盛晖久久看着她,眼中是摇光不懂的烟火,忽明忽暗,最终归为平静。他走近摇光,慢慢抬手拥住她,慢慢收紧,慢慢抚摸她的短发。

摇光没有动,她屏住呼吸,这一刻很短暂,却又像一辈子那么长。

盛晖俯下身,嘴唇轻轻贴在她耳畔:"我走了,你要好好生活。"

摇光情不自禁抚上他的手腕挽留,一点点摸索,他的皮肤温和光滑,他永远如此完美,而她却已支离破碎,难以修补,她只能成为他光明下的阴影,仅此而已。

盛晖轻笑,他微微抬起手臂:"你那时握得很用力,非常用力,好像用全身的力气在挽留,我感到皮肤发热,这里曾留下很深的指印。"他再将手臂抬高,使摇光能看见,"但是你看,现在什么也没剩下,再深的印记也有消散的一天。"

摇光放开手,难受地后退一步,她知道盛晖要离开了,她留不住他,无论如何也留不住。

"再见,李摇光。"盛晖望着她,不再靠近。

摇光张了张嘴,她说不出话,更说不出再见。

盛晖却不再犹豫,他转身一步步走远,没有停留,渐渐

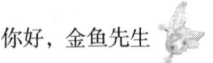

地,他的身影完全消失……

摇光孤零零地站在露台上,望着盛晖消失的方向。这间城堡太大,大到摇光害怕,她知道整层楼只剩她自己一个人,再也不会有人来。

返回的马车上,摇光一直沉默,陆铭宇也难得地一言不发。

"你想做什么?"摇光忽然出声。

陆铭宇不答,仿佛没听到般直视前方。

摇光不再说话,闭上眼假寐。今晚的一切都在陆铭宇掌握之中,以他的能力不可能不知道盛晖要来,他硬拉上摇光参加这舞会,必定在暗处看两人重逢。他不过想以这种方式让摇光彻底明白,她与盛晖已成陌路。

回到城堡,摇光径直向自己的卧室走去,陆铭宇不远不近跟在后面,摇光准备关门时他终于赶上两步,将门挡开。

摇光看他一眼,转身往里走。

陆铭宇掩上门,他扯开领口的领结,半倚在墙壁上。

"两年来,你从没像刚才那么激动,你看着他的眼神那么依依不舍。"他缓慢说着,"那又何必伪装呢?你怎么不跟他走呢?"

"陆铭宇,你的目的已经达到,别在这儿得寸进尺。"摇光冷冷看着他,"你不就是想我亲手了断吗?你不就是想看我痛苦挣扎,最后屈服命运吗?我按你的意愿做了,你还想怎么样?我以后都见不到他了,这还不够?"

"你就这么爱他,想跟他在一起?"陆铭宇上前几步,盯住摇光狠狠地问。

"何必明知故问,何必一次次让自己难受,你自虐吗?"摇光背过身去,"我爱不爱他不必我说,你也看得到,我们能不能在一起,你更比谁都清楚。"

陆铭宇抓住她,扳正她的肩膀:"阴险恶毒卑鄙狡诈,这些都无所谓,我爱你是执念,还是不甘心,我也不想了解。我只知道我不会放手,就算你往后的人生是折翼的金丝雀,你也给我好好活着,只能这么活着!"

陆铭宇紧紧箍住摇光,疯狂地亲吻她。这是第一次,他终于彻底除下绅士的外衣,终于不再做任何伪装,他暴躁地撕碎摇光的礼服,闪亮的钻石崩落满地。

摇光没有挣扎,她冷冷地看他动作。

陆铭宇眼里写满欲望,他摸索摇光的脸,用力亲吻她的唇,直到红肿充血,他的眼神更残酷。

"在你继续之前,我只说一句话。"摇光仍旧平静看他。

陆铭宇稍微停下。

"我不是什么贞洁烈女,但我太厌恶你,如果你做下去,我会自我了断。你可以觉得我在吓唬你,也可以防着我,但我决定要做的事不会改变,你防得了我一天,一个月,防不了我一年。"

"不,你没那么大的决心,自杀不过是一时之气,我防你二十一天就够了。一个习惯的养成只需二十一天,当一个人重复二十一天做同样的事,这件事就会变成生活中的习惯。这段时间里我会让你尽情习惯我,和我的身体。"陆铭宇冷笑。

"试试看。"摇光看着他,眼里是清澈的决绝。

陆铭宇没有动,敛去笑意,他紧紧看着摇光毫不闪躲的双眼,慢慢松开手。

"我不是做不到,是不想伤害你。"陆铭宇闭一下眼,"是不想你以后有借口来恨我。"

"谢谢。"摇光放松下来,她再次转身,"铭宇,我很累,累得只想停下来再也不动。你曾是我最重要的朋友,你温柔宽容为我着想,不像现在……"

"那你也该为我着想。"陆铭宇脱下外套搭在摇光赤裸的背上,"做个烂好人一辈子被你感激,却得不到爱,我不需要那样的感情。"

陆铭宇说完离开,门被狠狠带上。

摇光走到床边,直直躺倒下去,她望向露台外的天空,这正是夜最黑暗的时候,所有的光都化成了影,融在夜色里,墨一般的黑。

摇光见到陶青是在舞会后的第三个月,那天陆铭宇不在,摇光蹲在院子里望着母亲种的玫瑰发呆,用人过来通报,说外面有客人找。

摇光回过神,惊诧地眯起眼:"谁?"

用人答是位中国人。

摇光有一瞬甚至以为那是盛晖,她来法国后未结识任何朋友,不可能有人找她。

Chapter 15
城堡舞会

她忙起身,却因起得急了眼前一阵发黑,差点栽倒,用人吓得赶紧上前搀扶。摇光近来身体越来越差,气血严重不足,陆铭宇找来著名中医为她调理,效果却并不明显。

摇光快步来到前厅,看到立于门口的陶青,脚步才顿了顿,渐渐缓下来。她走近陶青,礼貌笑了笑:"好久不见,你怎么会来?"

陶青回以一笑,笑容里不再有从前的尖刻:"能请我进去坐坐吗?"

"当然,你来我房间吧。"摇光在前面带路。

城堡很大很安静,偶尔能看到用人沉默做事。摇光走过长长的仿佛没有尽头的走廊,来到二楼,再穿过几间不同功能的大厅,才在最靠里的地方推开一扇门。

"进来吧。"摇光示意陶青。

陶青走进去,摇光的房间很大,天花板很高,宽敞的露台能够看到海。

"真难以想象。"陶青轻叹,她看向摇光,"这间城堡除了你,还有别人么?"

"还有用人,还有陆铭宇会回来,这里房间太多,即便有其他人我也不知道,我几乎只待在这里。"

陶青没说什么,看到露台上的欧式桌椅:"我们到那里坐坐,可以吗?"

"好。"

摇光与她走过去,不一会儿便有用人端茶点进来。摇光对用人交代不必再过来,她会自己招待客人。

"你怎么知道我在这里?"摇光端起瓷杯,喝一口茶。

"我来法国工作,碰巧遇见陆铭宇,他与这次的广告商是朋友。他没看到我,但我从广告商那得知这里的地址,我知道他今天不在,才过来找你。"

"这两年,你还好吗?"摇光问她,陶青气色如常,与两年前没什么差别。

"我还好。"陶青淡笑,"可你看起来不太好,瘦了太多。在这样的地方生活,你还是不快乐吗?"

摇光转开脸,看向海面:"如果你清楚那时的事,就不该这么问。"

"是的,我清楚,并且……也清楚那之后的事。"陶青看着她,"我今天来,就是要告诉你这两年你所不知道的事。"

摇光收回目光,轻轻打量她:"你想说的是关于盛晖吗?为什么你觉得我应该知道?你又为什么特地来告诉我?"

"我知道你对我有防备,我也承认过去做了些过分的事,但如果你因为这些而不愿听我说,你会后悔。"

摇光沉默片刻:"说吧,你知道我拒绝不了。"

陶青吸口气,看着摇光:"盛晖……他失踪了。"

摇光心一沉:"什么意思?"

"两个月前,他结束了小作坊似的公司,给手下仅有的三名员工发了遣散费,然后便彻底消失,至今杳无音信,连盛怀龙也找不到他。"

摇光感到身体一点点爬上凉意:"小作坊似的公司?仅有三名员工?……你到底在说什么?"

Chapter 15
城堡舞会

"两年前'腾晖'倒闭，柏然入狱，盛晖虽被释放，但名声是彻底毁了。一起重大贩毒案最终审得不明不白，你与陆铭宇双双引渡法国，警方后来虽宣称毒贩被抓获，但舆论并未停止。无论是柏然、你，还是陆铭宇，都与盛晖有诸多关联，你想想，他又怎么取信于人？所以那之后，盛晖人是没事，事业却彻底完了。"

摇光略微激动地看着她："怎么可能？盛怀龙怎么可能让他完了？"

"这就是我要告诉你的。"陶青微微皱眉，"盛晖并不是盛怀龙的亲生儿子。"

摇光难以置信："谁说的？你又怎么知道？盛怀龙虽然狠绝，但他毕竟……他设这样一个局！难道不是为盛晖毫无退路地去继承他的产业吗？"

"原本我也不清楚，只知道盛晖与盛怀龙关系彻底决裂。盛晖不愿回去，也无心再经营公司，只要他愿意，他绝对有能力东山再起，我一直这么相信。"陶青看向摇光，神情不太自然，"可有一晚，我不放心去看望他，谁知他喝醉了，把我当成你说了些我听不太懂的话，也就是那些话，让我最后查到真相！"

"什么话？"盛晖居然在醉酒后惦记她，摇光整颗心像浸在水里般难受。

"他说得断断续续，前后颠倒，开始我并不明白，但后面仔细听了，才发现他是在说狮子。大概是说狮子在数学方面有着难以置信的天分，它们能够计算出母狮的精确孕期，所以任何在不适当情况下被产下的幼狮都会被咬死,因为那不是它的血统。"

"狮子……"摇光呢喃,心疼得一缩。

"我总觉得盛晖不会无缘无故说这些,于是留了心眼,找到侦探公司的人查出他与盛怀龙的真正关系,并非亲生父子。"陶青顿了顿,"盛晖应该也是被释放后才知道真相的。"

摇光想起柏然曾告诉她的往事,盛晖原本恨盛怀龙冷血无情,想要报复残忍的父亲,如今却突然发现一切都没有意义,这个人并非他的父亲,只是"好心"养大他的人。

"既然盛晖不是他亲生,盛怀龙又怎可能放过?甚至让他接手事业,这怎么可能……"

陶青打断她:"因为盛怀龙无法生育。我从侦探公司得知,早在盛晖年幼时盛怀龙就发现自己没有生育能力,这件事在小范围被传过,盛晖那时太小,所以一无所知。"

摇光沉默下来,这或许能解释当年的事。盛怀龙在震惊与愤怒之下刻薄对待盛晖的母亲,间接导致她死亡。盛晖心中因此种下仇恨,如今真相大白,先背叛的人竟是他母亲,盛晖恐怕至今都不知生父是谁。而盛怀龙对盛晖感情特殊,明知他并非亲生却又无法舍弃,疼爱十年的儿子突然变成人生最大的污点,他接受不了,于是狠心对待他却不愿放手。

其实这世界,上帝操纵棋手,棋手摆布棋子,人人都以为自己知晓一切,疏而不漏,却不想命运所在又哪轮到你来掌控?历史的长河中,有什么得以沉淀,又有什么还足以求

Chapter 15
城堡舞会

证？那些扑朔迷离的往事，不过是相对再相对的真相。

"盛晖为什么会失踪？三个月前我还看到他！他意气风发来参加城堡舞会，被邀请的宾客非富即贵！他怎么可能像你说的这样落魄？"

"那天一起来的是不是还有方景露？"陶青问道。

摇光想起那个女孩，没有作声。

"她是伊莱电器的千金，这位人尽皆知的名媛看上盛晖，也不顾及他如今声名狼藉仍积极示好。这次舞会邀请的是她及她哥哥，盛晖只是随她去的。"陶青怪异地笑了笑，"你知道要盛晖做到依靠一个女人有多难吗？你知道人们在背后怎么议论吗？你又知道他为什么承受这样的压力和屈辱仍要参加这什么狗屁舞会吗！"

摇光心跳加速，她不由自主地站起身，一颗心躁动得几乎要蹦出胸腔，她双手扶住露台，试图稳定情绪。

"还有，你应该比谁都清楚这座城堡有多少个房间？"陶青并不放过她，她也站起身，走到摇光身边。

"你想说什么？"

"可以先回答我吗？"陶青咄咄逼人。

摇光扭头，仍不去看她："这里有242间房。"

"那么伯爵的城堡呢？"陶青盯着她。"那间比这里还要大上一倍的城堡，恐怕有400间房了吧？"

摇光不回答，终于转头看她。

"在一座拥有400间房和无数露台的城堡里，盛晖能与你偶遇的概率有多高呢？你认为他来这满是贵族富商的虚伪聚会是要做什么?"

"别说了!"摇光回原处坐下,明显心神不定,"你告诉我这些,即便我知道这些,我……我又能怎么办?陆铭宇对待犯人一样看着我!我已经不能再回中国,我被取消国籍、终身禁止踏入你明白吗?这样的我,这样的我能为他做什么?"

陶青安静下来,良久,才缓缓开口:"摇光,知道我今天为什么来吗?像你说的,我为什么要告诉你这些呢?"

摇光无言看她。

"虽然不想承认,但两年前,你确实让我震撼了。"陶青模糊地勾起嘴角,"有多少人可以做到为爱的人去顶罪坐牢,放弃前途和生命呢?……我爱盛晖,真的很爱他,但我却没能做到,在自己和他之间,我终于还是选择保全自己。于是我不和你争了,我争不过,我输给了自己。"

陶青紧紧看着摇光:"我现在相信,只有你能够找到他。他在等的人,不是我,不是别人,你觉得那是谁?"

摇光沉默垂着头,看不清表情。

"我可以帮助你离开,但我不是陆铭宇,没有他那样大的本事,我只能……帮你先抵达香港,再偷偷回大陆。这当然有危险,一旦发现可能被逮捕,也可能被遣送回来。"陶青轻声而缓慢地问,"你愿意吗?为了他,再冒一次险。"

半晌,摇光抬起头,冲她淡然笑了:"何必问?我不是早就这么做了。"

陶青终于嘘一口气,眼中慢慢聚满晶莹。

Chapter 16

金鱼莫与流年错

她久久望着他,眼中蓄满泪水,
终于抬手轻点在他心脏的位置,
低声说:"嗨,我回来了。"

你好，金鱼先生

两年来，摇光第一次拨电话回姑妈家，管娜听到摇光的声音，几乎喜极而泣。

"摇光你好吗？为什么一直不来电话？我们都担心死了！"

"我很好，你和姑妈姑父都好吗？"摇光拿着听筒笑了笑，"你已经毕业了吧，现在工作怎么样？"

"我们都很好，我现在在一间软件公司做策划，只是妈妈很想你！有时想着想着都会哭起来，摇光，你以后多给我们来电话好吗？"

"我会的。"摇光顿了顿，"娜娜，我……有些事想问你。"

电话彼端沉默一瞬，管娜放低声音："对不起，我知道你想问什么。我答应你的事没能做到，盛师兄他失踪了，没有人知道他去了哪里。"

"他这两年，过得很不好吗？你有没有去看过他？"摇光轻轻拨着电话线，心脏仿佛被细线拉扯般生疼。

"起初我总去看望他，可他不常见我，即使我在他身边，他也好像只有自己一人。我不知怎么会有这种感觉，我无法走进他的世界。"管娜难过地说，"摇光，我做不到……真的做不到。"

"没关系，我知道你尽力了。娜娜，告诉我，他对你说过些什么吗？"

Chapter 16
金鱼莫与流年错

管娜想了想:"不太记得了,好像没说什么特别的。"

"是吗。"摇光沉吟。

"……不过有一次,但那也不是什么重要的话。"管娜停了停,继续说,"有一次我去看望师兄时带了自己做的点心,那是唯一一次他主动对我说话,他看着点心问我会不会做钵仔糕,我于是问钵仔糕是什么?他又不再说话。后来我在网上查了,钵仔糕是广州一带的小吃,也不知他为什么问。"

摇光心中一滞,那晚在盛晖别墅中的对话便跳进脑海。盛晖那时曾说,他的母亲是广州岭南人,会做各种小吃。

广州岭南……

摇光知道陆铭宇一周后会去纽约出差,这是她能离开的唯一机会。近期陆铭宇的公司似乎遇到些麻烦,对摇光疏于防范,无暇顾及。陆铭宇离开当天,摇光便抵达机场与陶青会和,她为避免引起用人怀疑,只带上外出的小包及少许现金,称自己出门逛逛。

陶青将一个新的护照递给摇光,准备与她一同乘机前往香港。

摇光看了眼护照上的名字,白丽欣。

"这护照真的行吗?会不会这边安检都过不了?"摇光担忧地正反瞧了瞧。

"应该没问题,这是现在做得最仿真的一种。"陶青挽住摇光手臂,安抚般微笑,"走吧,一定会没事。"

安检验证时,摇光的心几乎提到嗓子眼,安检员例行公事般观察她的脸,摇光尽量显得自然,下垂的双手却不住颤抖。终于,安检员为她压了印章,她慢慢嘘出一口气,刚迈出两步后面便有人请她等等。

摇光闭一下眼,若无其事地转身:"什么事?"

"小姐,您走错了,是这边。"安检员提醒。

摇光这才看清自己因过度紧张走错方向,她赧赧地朝安检员笑笑,想给对方造成自己对机场不熟悉的印象,接着头一低,忙走了过去。

直到坐上飞机,摇光仍无法安心,总觉得会有人过来请她下飞机。

"放松点,你最好睡一觉,很快就到了。"陶青将手搭在她手背上。

摇光轻轻点头,配合地闭上眼。她知道从离开法国,抵达香港的那刻开始,自己才将真正面临危机。

走出香港机场,陶青直接领摇光坐上出租车:"师傅,到直通车客运站。"

"这是车票,我只能送你到客运站,我在香港还有拍摄。"陶青从随身提包里取出车票递给摇光,"我必须准时开工,陆铭宇回国后发现你逃走肯定会彻查,我现在一举一动都不能引他怀疑。"

摇光接过车票看了看,香港——广州,她点头,将车票收进口袋。

片刻沉默。

"你真的觉得他在岭南?"陶青突然问。

Chapter 16
金鱼莫与流年错

摇光答不上来,她只能凭直觉猜测:"去看看吧。"

陶青没再说什么,到达客运站时她拉住摇光的手:"……你记住,遇到任何困难都要打电话给我。"

"我知道,你去吧,我会照顾自己。"摇光替她关上车门,看车驶远。

之后就全靠自己了,摇光暗自祈祷,希望能顺利找到盛晖。她走进候车厅,显示板不停跳动着字幕,距离发车还有半小时,摇光寻到一处座位休息。

"小姐你好,可以看看你的身份证吗?"

摇光闻声抬头,满脸错愕地看着眼前的警察,脑中飞速运转,哪里出错了?究竟哪里出错了?

"小姐?"警察将摇光的反应收进眼底,越发怀疑,他客气地重复,"请出示您的身份证,谢谢。"

"为……为什么?"摇光心慌不已,她告诉自己要镇定,开口却不由得结巴。

"只是例行检查。"警察平静解释。

"我没有身份证,只有护照。"摇光的手在暗处紧紧攥住,满手都是汗。

"那请将护照给我看看。"警察笑了笑,"您看起来很紧张。"

摇光将护照递过去,也局促笑了笑:"是啊!忽然有警察过来找我,让我很意外,我又没犯什么法……"

说到一半的句子戛然而止,摇光赶紧闭嘴,这话简直像此地无银,说多错多。

你好，金鱼先生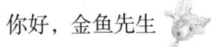

还好警察并未在意，他仔细查看摇光的护照，确认般念道："白丽欣？"

"是我。"摇光冲他微笑。

警察将护照还给她，仍旧端详她的脸，"不好意思，这样问可能有点唐突，但您看起来很像一个人，你是不是……"

"不是！"摇光打断他，慌忙道，"我不是。"

警察诧异地微微睁大眼。

摇光愣神地看着他，恨不能咬断自己的舌头！

忽然有人在远处唤警察过去，他应一声，转头对摇光说："您先别离开，在这等我一下，我马上回来。"

"好。"摇光答应。

她见警察背过身走远，便立刻猫下身，再盯一眼显示板，还有十分钟发车。她找到大厅一隅的公共厕所，寻了间靠窗的隔间藏起来，摇光坐在马桶盖上，靠着抽水箱，神情狼狈无比。几分钟过去，外面并没什么动静，她稍微放心一些，见时间差不多了，便从隔间出来。刚推开门便看到一名女警察在洗手台处冲水，她脑子一炸，在原地僵直了一两秒，全身如被冷水泼过一般。

警察听到动静，抬头从镜中看她一眼，摇光迫使自己迈动双腿，走到她身边的水槽，低着头拧开水龙头洗手，摇光洗得极慢，几乎要将皮搓下一层。已经到发车时间，她焦急地盼着警察快点离开，可对方仍在慢条斯理地烘手。摇光咬紧牙，终于在她关上水龙头时警察走了出去。

摇光一刻不敢耽搁，出了厕所便往发车地点奔跑，拦住准

Chapter 16
金鱼莫与流年错

备启动的公交，总算上了车。

"怎么这么晚，等你半天。"司机不悦地看她。

"对不起！对不起！"摇光压住胸口，喘息不已。

摇光走到最后一排的位置坐下，掀开布帘一眼候车厅，仍旧没什么动静，眼见车越开越远，直到候车厅再看不见，摇光才放下心来。

到达广州后，摇光转了一趟出租车，一直开到岭南，下车时已是华灯初上，天差不多黑了。她找到一家看上去较为干净的小旅馆住下，五十块钱一个单间，定时供应热水，还能订早餐。

摇光洗了澡出来，靠着窗点燃一支烟，吐出烟雾的瞬间才感到稍微放松。摇光闭上眼静了静，再睁开望向远处，小镇夜色浓郁，并无大城市的霓虹璀璨。有风乍起，掀起她心湖的涟漪荡漾，思绪漫天飘开来。

这是个陌生的城市，盛晖，你在吗？

岭南是典型的季风气候区，夏季气温较高，但雨水充沛。摇光来这里已经第九天，她没有找到盛晖，甚至不确定他是否在这里。但如果不在这里，她又该去哪里寻找？摇光感到茫然，她每天漫无目的在这座并不大的城镇里四处转悠，直到天黑才回到旅馆，第二天继续如此。摇光身边的现金已不多，她不知还能支撑多久，而之后又该怎么办？这些她都全无把握。

清晨，摇光照例出门，她拿着之前购买的地图，按计划一条街一条街地询问。忽然纸上晕染开一点水渍，她仰头看天,有几滴雨水落下来。不知何时起,天边已一团乌云堆集,下雨了。

摇光轻轻蹙眉,她没带雨伞,在屋檐下站了一会儿,看雨滴越落越急,渐渐连成丝,滴答声也渐变成哗啦啦声,泥土的气味扑面而来。瓦片上的水流至凹槽,形成水柱,落到地面溅起晶莹剔透的水珠。她抬眼望见街对面有间杂货铺子,于是冒雨跑过去。

"老板,有伞吗?"

店铺老板没有移开聚精会神盯着电视的双眼,只熟练摸出把雨伞递过去。

"十块。"

摇光付钱,好笑地瞥他一眼,这一眼,却吓得不轻!

老板手边摊着的报纸上赫然摆着一张照片,那照片不是别人,正是摇光!这是一张四寸大小的彩照,照片上的她正对着某处发呆,齐耳的短发,背景是城堡内的庭院。摇光惊骇不已,头一低转身就走。

"喂,还没找钱!"老板在身后喊。

"不要了,我赶时间!"摇光怕他怀疑,忙回上一句。

摇光疾步走着,她将伞压得低低的,将脸整个遮住。陆铭宇来了!他已经找来了!摇光心中惊跳,这里不能再待下去!她略一思忖,便转身往旅馆的方向走。

"人找到了吗?"

"还没,但就在这附近肯定错不了,快点!"

身后传来两个男人焦急的脚步声,摇光微微愣住,几乎感到全身的血液都凝固了。她极度慌张中拐进身边的小吃铺，拼命往里走，在最靠里的位置突然坐下，对面客人怔怔地看她。

摇光勉强对他笑了笑，用乞求的眼光看着他，生怕他出声。

那两个男人已经走进来，快速找着人，嘴里骂骂咧咧些什么摇光一句也没听进去。她掩饰般低垂着头，取筷子夹一块对面客人的糕点就往嘴里塞。

"奎子，你们找谁呢？"摇光对面的客人忽然冲那两人喊道。

摇光倏然抬头看他，嘴里忘了咀嚼。

那人玩味地看她一眼，再冲奎子嚷道："是找东子吧？"

"是啊！死小子肯定在这附近，昨晚又偷光家里钱赌来了！"奎子与同伴找了一圈，见没人就出去了。

摇光讷讷地放下筷子，向对面那人道歉："不好意思，我……"却不知能说什么。

那人笑着摆摆手："没事，你在躲谁呢？"

摇光不语，起身准备离开。

"哎，等等，你白吃了我的钵仔糕，不该说点什么？"那人逗她。

钵仔糕？

摇光顿住身形，她细看一眼面前的小吃，还真是钵仔糕。刚才胡乱吞下的余味仍在口中，摇光直接用手又拿起一块放到嘴边咬一口，细细咀嚼，再咬一口。

你好，金鱼先生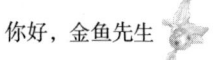

"嘿嘿，你这人，怎么还吃上瘾了？"那人好笑地说着，忽然低喝一声，"喂，你……你哭什么啊？怎么了？"

摇光也不知自己怎么了，熟悉的味道融化在口腔里，传递到心上，又仿佛从皮肤中散发出来般紧紧包裹着她。她抓住前来收盘子的店员，急急出声："是谁？谁做的这钵仔糕？你告诉我！"

店员吓了一跳，愣愣地反问："怎，怎么了？"

"快告诉我！是谁？"摇光紧盯着他。

"……是老板。"

"老板？他叫什么？人在哪？"

店员奇怪地看着摇光，忍不住问："你到底有什么事啊？"

摇光声音低哑，眼泪抑制不住地流下："我知道他是谁，不会是别人，是盛晖对不对？你告诉我！"

"不是。"店员回答，"我们老板没有名字，他就叫老板。"

是他吗？一定没有错，他就在这里，她找到他了！

"抱歉，我刚才太激动，带我去见见他吧，我喜欢你们老板做的钵仔糕。"摇光稍微恢复常态，她含泪冲店员微笑，"好吗？我想和他谈谈合作的事。"

店员想了想："好吧，你跟我来。"

这是一间十几平方米的小店铺，干净简单，客人不多不少。店员带摇光到厨房后面，她推开一扇门请摇光进去："你在这里等等，我去叫老板过来。"

"好。"摇光走进房间。

Chapter 16
金鱼莫与流年错

青白的墙壁,摆着一组小沙发和办公桌,看起来像一处简陋的办公室。摇光往里走一些,能够看到阳光从窗外照进来,她的心扑通扑通沉沉跳着,她真的这么肯定老板就是盛晖吗?不,她并不肯定,待得越久她就越心慌。

有影子出现在阳光里,叠在摇光的身影上面。她蓦地转头,看到盛晖正倚在门口看着她。

摇光与他对视,万千思绪万千感慨已将她淹没,只有她的躯壳还一动不动站在这里,说不出话。

"怎么不坐?"盛晖转身带上门,环视屋里一圈,"这屋里没什么招待,想喝茶吗?"

摇光想说不用,可看着盛晖的身影她仿佛魔怔了一般,全身动也不能动,目光黏在他身上,如何也移不开。盛晖更瘦了,没上次见到有精神,气色也不太好。

盛晖见摇光不说话,便出门唤一声店员,让他泡壶茶进来。

"普洱还是铁观音?"他问摇光。

"……都可以。"摇光轻声答。

店员将沏好的茶端进来,放在茶几上。

盛晖示意摇光坐下,动作客气平静,仿佛她真是一位来谈合作的普通客人。摇光开始心里没底,她又不懂了,她总是看不懂盛晖,不明白他的想法。

摇光将茶杯在手里端了端,心不在焉地抬起便喝。

"小心烫。"盛晖提醒他,眸深不见底。

果然,摇光被烫到,不由得张开嘴流到身上,她放下茶

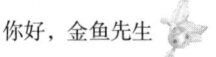

杯,狼狈窘迫。这就是她千辛万苦冒着被捕的危险找来的结果吗?她感觉自己像个傻瓜,终于抑制不住阴霾的情绪:"你准备怎么对我?是我想错了吗?这其实,根本不是你想要的结果?"

"你是怎么来的?"盛晖问她。

"你说呢?"摇光直接用袖子擦去嘴角的水渍,"你觉得我是怎么来的?我逃到这片已经没有任何资格踏入的土地,每天心惊胆战地躲避所有陌生人是为了什么?"

盛晖垂下眼,不去看她:"你在这里休息一晚,明早我安全送你回去。"

羞怒涌进了摇光心头,她感到两颊迅速发热,忍无可忍般站起身,张开嘴却吐不出只字片语。绝望与失落的情绪化成满满当当的水,盖住脚,没了腰,最后连她头顶也覆过去。

"回去……"摇光的心沉到谷底,她喃喃重复,蓦地激动起身,"我现在就走,不必你好心相送!"她几乎是抑制不住地喊出声,并用立刻迈动双腿来证明自己所言非虚。

盛晖并未拦住她,甚至没有发出任何声响,连一句挽留也吝啬说出。摇光心灰意冷,她踉跄着慢慢向门口走去,外面的天空明净如水,而她背后却是一片死寂的黑暗,这一刻她所有的感知都在无声崩溃。

摇光不知道自己是如何回到旅馆的,她将雨伞忘在店铺,浑身淋得透湿。她甚至忘了遮掩,忘了陆铭宇。她回到房间走到窗边,呆呆地凝视楼下路旁被风吹拂得摇摆的树枝。她想如果人心可以像树叶一样,落了一片再长出一片鲜叶,伤

Chapter 16
金鱼莫与流年错

了一次可以再长出一颗无痕的来,世上就不会有那么多悲欢离合。她又想起不知在哪里看过的话,说离别与重逢,是人生不停上演的戏码,习惯了,也就不再悲伤。

真能不悲伤吗?摇光试图扯开嘴角露出个冷笑,却做不到,她颓然地闭上眼。后悔,非常非常后悔,若是不曾相见或许还能留一丝念想,可现在,一切都支离破碎,无可挽回。

有人敲门,摇光没有理会,她想她明天真的该离开这里了。

敲门声停止,摇光缓缓走至床边,湿乎乎的衣服紧贴着身体,她直接躺倒在床上,双眼紧闭,脑中是一片麻木的空白。

有人再次敲门,摇光皱眉翻身,她猜是旅馆老板来催收房费了,仍旧没有动弹,却在下一刻听到门锁扭动的声响,她忘了老板手中有所有房间的钥匙。

摇光坐起身,直直望向门口的眼神却骤闪惊愕,来人是盛晖!

盛晖看到摇光,眉心似乎微微蹙一下,他合上门走过来,步伐不快不慢,脸上也看不出情绪。

他还来做什么?摇光本能地排斥,她怕听到更决绝的话,她下意识离开床后退一步,捂住双耳。

"摇光。"盛晖唤她。

摇光埋首垂眼,不愿看他。

"看着我。"盛晖伸手抬起她下颌。

快挣开他!摇光在心中呐喊,身体却违背意志一动不动,

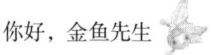

她抿唇闭上眼,做着最后的挣扎。摇光心乱如麻,他想做什么?他怎么进来的?

"看着我,摇光。"盛晖低声诱惑。

摇光用力摇头,她试着找回所剩无几的些微理智:"你放开我,走开!"

盛晖似乎轻轻叹出一声,手上下了点力,摇光痛着终于睁开眼,她看着近在咫尺的盛晖,他的眼睛里总有她看不懂的东西在流转,很深沉、很幽暗。摇光凝视他的眼睛,她一直被盛晖的眼睛迷惑,他的瞳孔很宽很广,没有边际,仿佛什么都包容了,又像是什么都没有。

"我现在看着你了。"无奈与痛苦装点着摇光虚弱的声音,她像是在说给自己听,"我看着你了,但我在你眼里却看不到我。"

盛晖没有说话,他眉心蹙得更深了,摇光刚要转开眼就被他吻住,柔软的嘴唇贴着彼此。摇光慢慢睁大眼,望着眼前盛晖放大的脸,她清楚看见盛晖睁开的眼眸中惊慌的自己。她应该推开他,可她动弹不得,只有任盛晖继续这绵长的吻,是熟悉渴望的味道,仿佛连每一缕风都醉了,她如何拒绝得了?

盛晖稍微退开,他用手掌盖住摇光的眼,再次贴上她的唇,一手用力压住她后脑,迫使她启唇,盛晖灵活地探进她嘴里。直到摇光感到胸口闷得难受,轻轻喘了几下,盛晖才放开她。

"你什么意思?"摇光的声音喑哑,她倚着身后的墙壁,

Chapter 16
金鱼莫与流年错

"不是要我离开吗?现在又做什么?"

"你从来没有相信过我吗?"盛晖凝视摇光,拇指摩挲她微肿的嘴唇,眼睛微眯着,"你的决心呢?无论我是否伤害到你都不肯离开的决心,已经没有了吗?"

痛苦到窒息的沉默之后,摇光抬眼望着他:"原来我不离开,因为我知道如果我转身,就意味着永远失去靠近你的机会,你绝不可能留在那里等我。但现在我怕了,我已经耗光全部积蓄,如果这样都得不来你半分心动,我不知该怎么办,能做的只有狼狈逃开。"

盛晖拥摇光入怀:"哪里只是半分心动,你究竟是太不了解我,还是对自己毫无信心?"他将唇贴在摇光耳畔,"你听着,刚才我冷淡对你,因为外面可能有陆铭宇派来的人。他们找到我询问你的下落,我才知道你离开了法国。傻瓜,你知道这有多危险吗?我刚答应他们如果见到你一定送你回去,你就果真在下一刻出现。我原本想避开他们默默找到你,却没想到……"他顿了顿,忽然意识到什么,"你想穿着湿衣服到什么时候?你现在浑身冰冷不知道吗?"

摇光没有动,她将头轻轻伏在盛晖肩上,声音平缓而冷静:"你确定你刚才所说的吗?能再说得清楚些吗?你……是什么意思?"仅有一个尾音才表露出谨慎的期待。

盛晖温热的手指缓缓划过摇光脸颊的弧线:"你要得到确定答案,才肯换下湿衣服是吗?"他稍微拉开彼此间的距离,深深看着摇光,"为避免你感冒,我只好用最简洁的方式表达,那就是我爱你,现在懂了吗。"

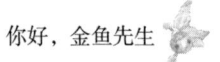

耳边是雨后夏蝉的长鸣，还有这个人手指的温度，摇光将眼前一切牢牢锁进心底深处，她久久望着他，眼中蓄满泪水，终于抬手轻点在他心脏的位置，低声说："嗨，我回来了。"

盛晖笑了，紧紧搂住摇光："……欢迎回来。"

"可是，我们该怎么办？你知道我的身份，我不能留在这儿，还有陆铭宇……"摇光离开盛晖的怀抱，担忧地看着他。

"听说过艾尔斯岩石吗？"盛晖突然问。

摇光微微侧头："你是说，那块世界上最大的整体岩石？在澳大利亚？"

"对，就是那块巨大的岩石，被人类俗称为地球肚脐的地方。"盛晖牵起摇光的手，定定看她，"愿意一起去吗，这个世界的中心。"

摇光笑着垂下眼，指尖在盛晖手心里轻轻划着："何必明知故问？把你的计划告诉我，无论那是什么，我都会陪你实行。"

"早年我曾在澳大利亚艾丽斯泉市投资过一处房产，靠近艾尔斯岩。那里位置较偏，房屋也不算太大，比不得城堡，但住两个人绰绰有余。"

摇光抬眼静静看他，半晌启唇："何时启程？"

盛晖轻揽住摇光的肩，呼出口气，脸转向窗外时嘴角无可抑制地上扬："很快。"

当晚，摇光便随盛晖躲开陆铭宇的眼线，秘密离开岭南，她以白丽欣的名字再次成功登机，顺利抵达澳大利亚。

尾声

相约格里芬湖

这份感情他们都期待太久,
久到几乎忘了开端,
但这并不妨碍两人慎重地扣紧双手,
视这份爱如瑰宝,妥帖安放。

你好，金鱼先生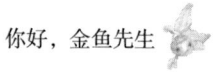

第一缕阳光照进屋内，摇光微微睁开眼，盛晖不在身边，她又将眼合上，享受睡眠后的慵懒。

"吱"的一声，房门被推开，盛晖进来在床边坐下，替摇光拉了拉被单。

摇光眼睫轻轻抖了抖，缓缓睁开来，入目便是身着居家服的盛晖，她勾起嘴角，猫一般近乎极限地舒展着自己的身体，而后懒洋洋问道："怎么不多睡会儿？"

"哦？"盛晖斜睨着她，慢慢凑近，"昨晚是谁吵着今天去看格里芬湖？"

摇光闻言将自己藏进被子里，无比眷恋地窝在床上不肯动弹。

盛晖无奈地看着隆起的被子，决定动手将她挖出来："起来吃早餐，要凉了。"

摇光仍旧不起来，只是换了个姿势躺着。

盛晖出其不意地俯下身，在她唇上啄一下，威胁道："不想吃没关系，我丝毫不介意你做我的早餐。"

摇光霎时脸颊通红，一双眼睛忽闪忽闪，不知盯哪里好。

盛晖见到她因害羞而无意流露的媚态，不自觉再次凑上去，却被摇光爬起来躲开。

"我，我还没刷牙呢！"她捂住嘴，迅速钻进了洗手间。

盛晖笑着摇了摇头，将搁在桌上的报纸拿过来，再次看了

尾声
相约格里芬湖

那条新闻,神情平静。

摇光梳洗好后出来,接过盛晖递给她的衣服,打趣道:"走吧!王子殿下,小的这就伺候您用早餐。"

"不急。"盛晖拉住欲往客厅去的摇光,将手中报纸递给她,"先看看。"

摇光狐疑地接过来,嘴中嘟囔:"刚才还在催,现在又不急了。"

报上刊登的这条新闻版面不大,在右下角的地方,但摇光还是一眼看到了。只因照片中的不是别人,而是许久未见的陆铭宇。算一算从中国来澳大利亚已经三年,幸福的日子总是过得飞快。摇光忍不住抬眼看盛晖,相守三年,她对这个男人的爱只增不减,忽然觉得再有一辈子都不够。

照片中的陆铭宇面带微笑,取下脖子上的项圈,转送给福利院里资助的智障婴儿,他为婴儿取名adieu。身旁挽着他胳膊的是门当户对的妻子——伯爵的女儿。摇光合上报纸,她知道陆铭宇在通过这种方式向不知身在何处的自己表达,他已经放下了。

"全球有600多份报纸都刊登了这则新闻,不得不说他的财力令人惊叹。"盛晖不动声色地观察着摇光的情绪,"陆铭宇,不像是做慈善需要宣扬到全世界的人。"

摇光放下报纸,一眨不眨地盯着盛晖,忽地一笑:"亲爱的,你在紧张吗?"

盛晖不理她,转身向客厅走:"过来吃早餐。"

摇光听话地在桌边坐下,慢慢咬着温热的培根土司,喝下一口牛奶。她时不时偷偷地瞧瞧盛晖，见他一副淡定自若的模样，毫无发问的意思。

"算你定力好。"摇光泄气，似笑非笑地看他："送你份礼物，要吗？"

盛晖看着她，不置可否。

"你知道法语里adieu的含义吗？"摇光搁下刀叉，"不仅仅是再见，而是永别的意思，法国人很少会用它辞行。"

"那只项圈是我小时候送给陆铭宇的，他现在面对全球媒体将它取下来，并为智障婴儿取名adieu，他对记者说希望婴儿能从此远离灾难与痛苦，但我知道，那是他在向我告别。"摇光微笑着看盛晖，"他已经放下了，今后我们不必再为这件事烦恼。"

盛晖听完解释，面上神情并无变化，他没有看摇光，状似平淡问道："后悔过吗，离开那样深情又富有的男人。"

摇光"扑哧"一声笑了，她拿起刀叉敲了敲盛晖的脑袋："这像是你会说的话吗？天哪，别告诉我你在吃醋！"

盛晖仍旧稳如泰山，神情镇定，只是脸颊浮上一层可疑的绯红。他轻咳一声，催促道："快吃，你还想不想去看格里芬湖？"

摇光心中暖意浓浓，她眼睛眯成一条线，望了望外面灿烂的阳光："唔，真是个出游的好天气！"

格里芬湖是人工湖，但湖区辽阔，碧波荡漾，景色十分美丽。湖中有为纪念库克船长而建造的喷泉，它从湖底喷出的水柱高达137米，站在全城任何地方，都可以看到高大的白色

尾声
相约格里芬湖

水柱直刺蓝天。水柱四周的水珠和雾粒在阳光的照耀下,闪烁着一道道彩虹。

"真美……"摇光紧了紧盛晖与她相握的手,转头看他,"真美啊,我们应该早点就来看!"

盛晖笑着看向她,黑亮的眸子里默默流淌着数不尽的柔情。

格里芬湖的湖水在暖阳下泛着金光,微风将两岸的花草吹得摇曳生姿,宽阔的湖面荡漾起一层层波纹,摇光舒服地闭上眼。

"盛怀龙去世了。"盛晖的声音很轻,被风送过来。

摇光蓦地睁开眼看向他:"什么时候?"

盛晖静了静,仍旧望着湖面:"一周前。"

摇光冷静下来,她也将视线转向湖面,更加用力地握住盛晖的手。

"有律师找到我,他将全部的遗产都留给我,却没有一句遗言。"盛晖淡淡地说着,仿佛谈论的人与自己完全无关,但摇光却能听出他平淡语气下的落寞。

"你说,他为什么这么做?"

摇光回身,慢慢抱住他:"因为你是他……唯一的亲人。他恨你,也爱你,盛晖,无论你是否承认,他都做了你一生的父亲。"

盛晖很久没再说话,有温热的东西飘落到摇光的手背上,摇光抬头,想看一看盛晖的眼,却被闪耀的阳光照得睁不开。

你好，金鱼先生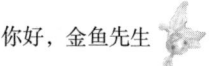

"回家吧！"盛晖转身，牵起摇光的手。

"嗯。"她点点头，忽然抢过盛晖头顶的鸭舌帽向远处跑去，"抓到我就还给你！"

盛晖愣了愣，被这孩子般的把戏惹得笑了，终于抬脚追她而去，两人在格里芬湖泛起的波光中追逐不休。

有些人的爱或许像金鱼一样健忘，唾手可得，也唾手可弃，不知错过什么，也不知未来还会发生什么。这份感情他们都期待太久，久到几乎忘了开端，但这并不妨碍两人慎重地扣紧双手，视这份爱如瑰宝，妥帖安放，直到你我都不得而知的久远未来。